U0624986

仰望昆仑

YANGWANGKUNLUN

王宗仁　著

青海人民出版社

图书在版编目（CIP）数据

仰望昆仑 / 王宗仁著. -- 西宁：青海人民出版社，2024.5

ISBN 978-7-225-06687-5

Ⅰ. ①仰… Ⅱ. ①王… Ⅲ. ①散文集—中国—当代 Ⅳ. ①I267

中国国家版本馆CIP数据核字（2024）第033317号

仰望昆仑

王宗仁 著

出 版 人 樊原成
出版发行 青海人民出版社有限责任公司
西宁市五四西路71号 邮政编码：810023 电话：（0971）6143426（总编室）
发行热线 （0971）6143516 / 6137730
网 址 http://www.qhrmcbs.com
印 刷 青海新宏铭印业有限公司
经 销 新华书店
开 本 890mm × 1240mm 1/32
印 张 9.875
字 数 200千
版 次 2024年 5 月第 1 版 2024年 5 月第 1 次印刷
书 号 ISBN 978-7-225-06687-5
定 价 42.00元

版权所有 侵权必究

目录

目录

仰望昆仑

仰望昆仑

几十年了，我的固执始终无法改变，对一些热爱的人一直热爱着,对恨着的人也一直恨着。大人物小角色,概没例外。彭德怀元帅，那张布满钢纹般的脸盘和一副铁塔似的敦实身躯，彷徨之后的坦然，沉默之中的呐喊，无不闪射着铮铮硬汉的刚烈。我对他们的爱确实达到了刻骨铭心。相当长的一段时间里，尽管许多人不知道他去了何处，但是大家的心都没有远离他。我是了解他在遭难，常常产生一些莫名其妙的想法，总想把他背回到另一个安静的世界里去，让那些迷了路的人冷静思考现实，不再相信浓妆艳抹的史书。毛主席最早称他彭大将军,“山高路远坑深,大军纵横驰奔。谁敢横刀立马?唯我彭大将军！”这是 1935 年 10 月，毛主席写的一首六言诗。当时以彭德怀为司令员、毛泽东为政委的红军北上抗日先遣队在吴起镇附近的大折梁进行了“割尾巴”战斗，歼敌一个骑兵团，一举击溃三个团，俘敌约七百人，缴获战马近千匹。这是中央红军到达陕北后的第一个大胜仗。毛主席特别高兴，作了这首诗。我如果没记错的话，彭德怀大概是我党最早的“大将军”了。中华人民共和国成立后，在他成为十大元帅之一且位居前列时，我仍在固执地认为“唯我彭大将军”这六个字最适合给他。对一些特型演员所模仿的先驱者，他们那仿佛充满魅力的经典姿势、腔调，我实在觉得太虚假，很不舒服。可以推想，他们在自己那有限的空间如何张扬得了崇高至美的人格！所以，我特别看重彭大将军留在大地上那些鲜活的脚印，那是永远跳动着他血脉的有生命的印章。昆仑山里定格着他一段鲜为人知的故事，那是一个五十一年前的早已陈旧的故事，但是它仍然闪亮着滴滴春雨，告诉你站在大地上应该怎样做人。

那一年神州大地发热发烫可谓达到顶级，可是青藏高原却出奇地清冷，甚至寂寞。西宁以西很难见到一棵树，只有厚道的黄土。

这一天，1958 年 10 月 19 日中午，提前降临的第一场雪在三天前悄悄地覆盖了昆仑山。进山的路和出城的路都隐藏得那么深。这阵子彭老总正乘车从格尔木出发前往昆仑山，他透过车窗玻璃看着外面的景色。司机可能知道彭老总的心思，有意放慢了车速，让他多看，看够。戈壁、雪峰、芨芨草、火柴盒似的道班房，还有凹陷成的一个又一个苦咸苦咸的海子，像压缩饼干一样卷在荒原深处……他看着看着好像在深思什么？一朵云升起，飘来了他的感叹：

“纳赤台快到了吧！你们知道那个地方的故事吗？”

陪同他的兰州军区司令员张达志中将也许一时没有弄明白这句话的意思，只是望了望彭老总，没有吭声。另一位陪同的人——青藏公路管理局局长慕生忠接过问话，回答道：“有个传说，那是当年文成公主梳妆打扮自己的地方，才落下了纳赤台这么个地名。还有传说，纳赤台的那个不冻泉是公主思乡的眼泪聚成的。这些都是民间的传说，无据可查。”

“所以嘛，我要去纳赤台看看那个皇帝的千金待过的地方，要不她会说我彭德怀不近人情！”他放声一笑，又说，“当然，我还要去看几个兵，这是我此次柴达木之行计划中的事！”

直到这时，大家似乎才明白彭老总坚持要进昆仑山的真正目的了。头天当他提出要去纳赤台看看时，大家再三劝他取消这个安排。同志们的理由不外乎那个地方海拔高，空气稀薄，路也不好走，他又这么大年纪了，还是不去较为稳妥。他却说：“到纳赤台去看那几个兵，是我在北京出发前就决定了的事，怎么能随便改变！”到底是几个什么样的兵，这样牵动国防部长的心？他没细说，大家也不便问，只好依了他。

汽车继续飞驰着，一片褶褶皱皱的岩石影子跳上了挡风玻璃，进入昆仑山了。彭老总又一次把目光从荒野收回来，说：“纳赤台有个硼砂厂，硼砂厂有几个从山东退伍的海军战士，我要去看他们！”

在人世间纯粹的声音里往往有太多的秘密。国防部部长千里迢迢去看望几个兵，这情够深，这意也够浓了！

原来头年春天，纳赤台硼砂厂几个退伍兵给国防部和彭德怀直接写信，反映他们工作和生活上一些不尽人意的事情。因为是带着情绪写的，难免会发泄几句牢骚。信上说，昆仑山这个地方太艰苦，常年积雪，四季刮风，地冻三尺。住房简陋透风漏雪，缺柴少煤饭生菜冷。还说他们的工资不高，付出的多得到的少。不能不说他们讲的这些不无道理，心里不痛快不讲几句怪话憋得慌，怨气吐净了身上会轻松。其实这些兵们心里很明白，来到昆仑山创业不吃些苦不受点罪，怎么建得起事业！信发出了，他们该干什么还照样干好，偷懒耍奸那叫熊样，与战士不沾边。昆仑山日出日落，不冻泉月辉月晕。生活依旧向前走着，创业的日子平平淡淡又蛮富有挑战。

兵的声音绝对不属于哀求。也许正因为这样，他必然有回声。

几个退伍兵做梦也没有想到，他们发牢骚的信真的会让彭德怀元帅看到，而且他竟然牢牢地记住了这几个脱下军装的兵。他是国防部部长呀，他们是普普通通的兵，退伍兵！

阳光破云而出，雪停。雪后的青藏高原真的好宁静，雪山、冰河、戈壁都在倾听阳光的诉说。不算近的山坳里那几排矮矮的泥草小屋，远看像紧紧地贴在地面上。屋顶一缕轻轻摇晃的细烟，像摇着手送别什么，又像招着手迎接客人。那就是硼砂厂。彭老总踏碎地上的积雪急步前往。路上，他俯身抓起一把沙土，在手心里揉揉，沙土从指缝间落下，随风而去，他身上也附落了些许沙土。他说："这里果然干燥得很嘛，风头也蛮是厉害。一棵草都没得看到，难怪初来乍到的战士生活不习惯。"

走进硼砂厂你就会看到昆仑山刚从冻伤岁月中脱胎出来的痕迹。院子的角落里残留着大概好几年不化的冻雪，上面落着点点沙土。那些远远瞧见的泥草房屋其实是一顶顶帐篷房，但你不能不佩服主人就地取材对它的苦心装扮，按着长长短短的顺序压在帐篷顶上的那些沙漠植被，确实使它显得得体、结实又保暖。紧挨着山根用石棉瓦搭起来的那个四面透风的大房子就是生产车间了。因为它不显山不露水地蹲在较低的地势上，你站在稍远处就看不到它的存在。硼砂厂处处都呈现着创业初期的简陋和匆忙。不时有工人与彭老总擦肩而过，他们竟然不望彭老总一眼。也许是没有留意这个陌生人，或者留意了也绝对想不到这个人会是国防部部长。工人们继续来来往往地从彭老总身边走过。从这些匆忙的脚步和不时扬起的谈笑声中，彭老总能感受到创业者压不垮的精神，他很高兴地看着这个新崛起的昆仑硼砂厂。

几个工人晒着太阳正在午休，彭老总上前和他们聊天。这时大家已经知道站在他们面前的是什么人了，高兴之中免不了有几分拘束，都站起来拍着手，欢迎首长。

“不要站起来，坐下歇晌嘛，本来你们就坐着休息的嘛！不要我来了就影响大家休息。”彭老总说，完全是家常话，很暖心。果然有人坐下了。彭老总也在一条木凳上就座，继续拉家常。

“你是哪里人，来到高原多长时间了？父母支持你来这里吗？”他指着正在卷着纸烟准备吹喇叭筒的小青年问。

小青年摁灭喇叭筒，回答道：“报告首长，我是甘肃民勤人，刚来半年，娘是铁杆支持我，爹是坚决反对。没办法我只得背着爹偷偷跟招工的慕政委的人上了高原！”

“你娘是女中豪杰，支持儿子建设大西北，有功之臣。不过爹的态度也可以理解，他会慢慢明白儿子做的没有错！”

他又问身边另一个工人：“你呢，家里人支持你的行动吗？”

这个工人先主动通报自己的姓名，他也是甘肃民勤人，“我爸我妈都支持我来高原。家里太穷，我爹说，儿呀，出去挣些钱早些回来过日子！”

大家都笑了，彭老总边笑边鼓掌。为这个工人，也为那个知情达理很朴实的父亲。

这时彭老总站起来，顺手捧起一把白花花的硼砂，鼓励大家说：“这个东西可真是个宝贝疙瘩，稀有矿藏！我们要搞尖端科学离不开它。你们是在生产像金子一样重要的宝贝，责任重大！”同志们异口同声地回敬彭老总一句话：“我们一定按首长的指示办，多多生产出合格的硼砂！”

他走进了车间，一片紧张忙碌的景象。这时走来一位穿着褪了色军装的中年人，站定，恭恭敬敬地给彭老总行了个军礼，喊了一声：

“首长您好！”彭老总眼睛一亮，愣住了：“是你呀！你什么时候到了这里？”原来这是一位转业军官，几年前在北京举行的抗美援朝庆功会上见过彭老总，还给军委领导汇报过自己的战斗事迹。彭老总竟然过目不忘记住了他。

转业军官很激动，在首长面前一时不知说些什么才好，想了想才说：“首长，我给您汇报吧。”彭老总忙说：“别提什么汇报，我是无意间在这里看到了你，也算是来看望你这位朋友吧。”转业军官这才说：“我们是按照你的命令集体转业来青藏高原的，支援大西北建设。有的到了拉萨，有的到了格尔木，我和另外三个战友分到了昆仑山。”

“好嘛，你们在朝鲜战场是英雄，来到昆仑山创业也会成为好样的。现在大西北建设急需要人，你们肩上挑着很重的担子！”

“请首长放心，我会安心在昆仑山工作，为国家生产更多的硼砂。”

“好同志，我真没有想到会在昆仑山见到你。对啦，你是这个硼砂厂的领导吧，我正好有事要找你。”

接着彭老总指名道姓地问起了那几个给他写信的同志：“他们的思想疙瘩解开了没有？我刚才看到了，眼下这里的条件是差了点，可是你们用双手改造它，还怕它不变吗？会越变越好的。”

转业军官赶忙解释说：“他们都很年轻，心血来潮就写了那封信，我们是事后才知道的。我还批评了他们，现在他们都能安心在这里工作。”

彭老总说：“不要批评，他们反映的情况还是真实的嘛。要教育他们用劳动来改变艰苦的环境，先苦后甜。艰苦的环境才能锻炼人。你们领导要给大家做出榜样，大家爱你们了，也就爱昆仑山了！”

这时，窗户底下有个小同志探头探脑地朝屋里张望。转业军官对彭老总说："他就是给你写信的其中一个小战士。"小同志许是听到屋里有人提及自己，头一缩正想跑开，没料被转业军官喊住，招呼进了屋。

彭老总伸手要和他相握，他还有些胆怯，吐了吐舌头，直往人堆里钻。彭老总笑了，说："怎么，害怕我？怕我还给我写信。"

小同志说："您不批评我，我就不害怕。"

彭老总哈哈大笑："小家伙，讲条件了，不批评你！我怎么会批评你呢，你能给我彭德怀提意见，我还要感激你呢！"

"首长，我们不是给您提意见，我们只是给首长反映了一些实际问题。"

"你这个小同志，不敢承认提意见，是怕我报复你吧。反映情况就是提意见嘛，让我们改进工作我还能不欢迎！"

彭老总像拉家常似的和小同志聊天，小同志的拘束渐渐消散。

"你在信上把这里形容得很可怕嘛，连气都喘不过来，是吗？"

小同志很不好意思地回答："那是刚进山时的情形，现在已经习惯了。我扛起一包硼砂跑步装卸，没一点儿问题。"

"那很好嘛，你在成长，你在进步！"彭老总指着堆满车间的白亮亮的硼砂说，"国家建设需要这种贵重的矿藏，你们现在吃点苦甚至受些罪值得！你知道白蛇传里那个白娘子到昆仑山来盗灵芝草的故事吗？说不定你们这个车间就是当年长灵芝草的地方。你们的工作干出了成绩，大家都来取经，那个白蛇精保不准会被你们吸引来取经呢。哈哈！"

临别前，彭老总再次对那个小同志说："我是国防部部长，你是退伍军人，咱们都是兵，革命战士。我能理解你们，生活嘛，总不可能事事称心如意，谁能没牢骚，谁能没怪话？说出来比憋在心里好，发泄一下就轻松了。我很理解你们的心情。今后有什么想不通的事还可以给我写信。晚上加个班写封信，往邮筒一塞，连邮票都不用贴。军人嘛，免费寄信。但是，我希望你们不要丢掉军队的光荣传统！”

雪峰裸露在冬日的旷野里，风带着晶莹的雪花在骆驼草尖疾走。太阳真红！

出了硼砂厂，来到昆仑泉边，那里早就围满了人，等候见彭老总。彭老总抱起一个五六岁的女孩，问她叫什么名字。还没等女孩回答，他就把她高高地举过头顶，欣喜万分地说：“我看你就叫社会主义吧！”

昆仑山保留着对彭大将军的爱，如同保留一瓢水对大海的渴望。当他乘坐的汽车慢慢远去时，阳光突然把天空照得格外亮丽。从寒冷到温暖的台阶从来都不漫长。

彭老总离开纳赤台返回格尔木，已经是半后晌了。太阳不近不远地悬挂在天边的一朵白云下，温柔而绵长。

也许是硼砂厂那几个兵写信的事仍压在他的心底，人间的冷暖总是萦绕在脑海里的缘故吧！他想到了常驻格尔木部队的生活。他们的日子过得艰苦吗？有多苦呢？

回到下榻的望柳庄，喧闹的格尔木突然静了下来，他反倒不习惯，对着随行的工作人员说：“格尔木不是有个兵站吗？咱们去看看部队。”大家说：“首长跑了一天，好好休息休息，看部队的事早有安排，明天去。”他一边端起茶缸喝水一边说：“大白天不干个事蛮难受的，还是看部队去吧！”所有的士兵都在他这个国防部长的怀抱里，让哪个受委屈他都于心不忍。

彭老总亲切地向兵站走去，带着生机勃勃的光彩。他来到了兵站，它确切的名称：格尔木物资转运兵站。

转运站与兵站，两个本该承担不同任务的建制单位合而为一，这是那个年代在青藏线上普遍的现象。转运站：接收、起运从内地运往西藏的各种各样的物资，军用的、地方的，一律接收，然后从这里再装车运到西藏各地和西南边防；中转站：当时青海没有火车，所有进藏物资都是从兰新铁路线上一个叫峡东的火车站运进格尔木；兵站：负责接待南来北往的汽车兵，解决他们的食宿问题，汽车兵送给兵站不少锦旗，上面多写着“雪线温暖之家”。

格尔木物资转运兵站是由解放军总后勤部青藏办事处管辖。彭老总视察时由办事处主任宋西侯大校陪同。慕生忠将军也在场，他是彭老总的老部下，当年修筑青藏公路全仗着彭老总的鼎力支持，要不这条路不知还要推迟多少年才能修起。

他们踏着一路笑声走进了货场。

这是刚从荒漠上开辟出来的不算小的一个场地，偶尔还可见到长在地上的沙棘那残枝碎叶在风中摇曳。乍一看，远处积雪覆盖的昆仑山好像它的围墙。场上很不规则地堆积着大大小小的山一样的货物。箱子码的垛，麻袋码的垛，还有叫不上名字的机械伸着铁臂高傲地挺立在莽野上。所有货堆沉默无语，却似乎在轻轻地呼吸着。彭老总饶有兴趣地穿行在货堆之间，听宋西侯介绍情况。

西藏刚和平解放不久，处处还残留着在凛凛寒风中冻伤未愈的疤痕。整个西藏没有任何企业，连一根火柴也要从内地运去。这个转运站就是保障西藏供应的后方基地。彭老总说：“西藏封闭的时间是太久了，太需要有一条和内地联系的通道。现在青藏公路修起来了，落后状况会很快有所改变！”宋西侯讲到了青藏办事处这支部队，它所属的汽车团和兵站大都是从朝鲜战场上直接开赴青藏高原的，部队分散在甘、青、藏三个省区的3000多公里的数十个点上，高度分散，流动性大。彭老总说：“你们这个办事处管了三个省区，了不得呀，我看你就叫‘镇西侯’吧！哈哈！”慕生忠忙替宋西侯回答：“我们是按照党中央的要求，在这里为支援西藏服务，为巩固西南边防服务！”慕生忠是修青藏公路的总指挥，又是青藏办事处的第一任党委书记，论功行赏，头等功臣非他莫属。但他不敢封侯。

彭老总说：“咱们去看看战士们住的地方，再看看他们的食堂。在高原上，吃饭、睡觉是两件头等大事！”

一排低低的木板房，悄无声息地矗立在货场一侧。宿舍，它本来就在眼前，却为什么那么遥远？原来货场和房子中间隔着一条小水沟，为了用水方便，士兵们把格尔木河的水引进兵站。奔波急流的河水，到了小沟里显得有些疲惫，流速也慢下来，水却变清了。

彭老总踩着一根圆木过了小沟。“这就叫独木桥，这里没法修阳关道呀！”他站在对面感叹道。

走进板房时，板棚上不时地落着沙土，掉在了彭老总的衣服上。他仰头望望，问道：“战士们住在这样的房子里不冷吗？”

兵站的一位干部如实回答：“冷呀！这房子既不挡风也不遮沙，三面透风。每天早上睡起来，被面上落一层霜！”

“是霜还是沙？”彭老总看了看自己衣袖上的沙土，问道。

“有沙也有霜，都冻在一堆了！”兵站的干部回答，他笑了，大概觉得自己的回答很笨拙吧！

“噢！噢！是冷，哪能不冷嘛！”彭老总自言自语着。

兵站的干部继续说：“艰苦确实是艰苦了些，不过大家很少有抱怨。因为我们都知道当前给西藏运输的任务很紧急，还腾不出手为自己整吃的住的。以后会慢慢好起来，困难是暂时的。我们的干部和战士住一样的房吃一样的饭，所以大家的情绪很高涨。”

慕生忠给彭老总解释说：“格尔木这个地方是很重要的交通要道，南去拉萨，北上敦煌，东通西宁、兰州，西至茫崖、新疆，它是必经之地。不久就会建设成一个西部很繁荣的城市，我已经给她起名为格尔木花园城。今天我们吃些苦，甚至受些罪，都值！”

彭老总听着直点头，说道：“情人眼里出西施，格尔木就是你慕生忠的西施，难得你有这份格尔木情结。好嘛好嘛！”

他回转头来又对兵站的干部说：“你们干部做得很好！第一，大家明白了道理，就甘愿吃苦。第二，干部和战士共甘苦，大家就不会有怨言了。我们靠这两条就能把天大的困难战胜一大半，剩下的那一点困难就会不攻自破，自然消亡。但是还要给群众尽力解决实际问题，入冬前一定要做好防寒准备工作，让战士暖暖和和过冬。老百姓把娃娃送来当兵，如果让战士挨冻，他们的老爹老娘会骂我们的！”

说着，他又抬头望了望房顶，仍有沙土索索落下。“这个掉沙土的问题就应该马上解决！”

这天，彭老总在兵站和战士们共进晚餐。面条、米饭倒是都有，且精米白面，乃专为他所做。只是菜很简单，不能不简单：一盘温热了的腱头肉，当然是特别的香，没有一叶青菜，仅用一盘咸萝卜代替。

彭老总吃得蛮香。他沉默地吃着，若有所思。整个吃饭时间一直这么沉默着。不知是他回想到了长征路上还是想起了朝鲜的战地生活？那样的年代里，不仅仅是彭老总，恐怕是所有的战斗者都会有过这样的奢想：什么时候能在听不见枪声没有追击的日子里，找个小店喝碗老酒，一碟花生米，余味无穷。可是，今天在高原上创业的同志们，他们会不会还有这样的奢想呢？

这晚，彭老总执意要和战士们一起睡在大屋里的通铺上。了得！首先是慕生忠发毛了："首长，你住在这野天野地里，我可担当不起。那只能我给你站岗了！"

"你给我站岗，那还得找人给你站岗，谁呢？只能是'镇西侯'了！"彭老总开起了玩笑。

"望柳庄（当时格尔木唯一的招待所）那边早就给您安排好了，您还是过去住吧！"慕生忠说。

"您睡在这里，我们担心把您冻病，大家都睡不着，您也就休息不好。"兵站的同志劝道。

彭老总嘿嘿一笑："看把你们急的，我又没说不去望柳庄嘛！我看咱们来个平均主义，今晚住兵站，明晚住望柳庄。这样总可以吧！"

彭老总的倔犟是出了名的，谁也别想拧过他。这晚他住在兵站专门给他收拾的一间小屋里，紧挨着战士们的宿舍。他已经让步了，总算没住通铺。

半夜里，他起来查看了兵站的几个哨兵，这又是大家没有想到的事。

寒风席卷了整个格尔木的夜晚，夜霜越落越厚，奇冷。彭老总发现哨兵们都没有穿皮大衣，他很惊讶！

"你怎么不穿皮大衣？"他问哨兵。

"报告首长，我们没有皮大衣！"哨兵回答。

"你们为什么没有皮大衣？"

"因为上级有规定，以这条格尔木河为界，河西才算高寒地带，发皮大衣、毛皮鞋。我们住在河东，没有过线，所以不算高寒区，只发棉大衣！”

“噢，这条格尔木河把你们隔成了两家人！它太无情了！”

彭老总记住了河东河西这件事。一条河把一个地隔成了两个地界，他要弄个明白。

第二天，他就让人对这个规定做了调查，也对河东河西的情况摸了底。他把问题提出来，让有关部门的同志解释。他们说：“河西海拔地势比河东高，天气冷。所以归入高寒带，享受高寒带的御寒物品。”彭老总问：“那么你们知道吗？这个兵站的地势高，比河西有的地方还冷，你们掌握这个情况吗？”对方无言以对。

彭老总说：“我们干工作切忌木匠的斧子一面砍，特殊情况什么时候都会有，还是要深入实际弄清情况。”

他当场就给军需部门作了指示：“按实际情况发给这个部队御寒物品。”

格尔木河东地区的指战员，在生活上至今享受着高寒地带部队应该享受的一切。因为他们本来就生活在高寒地带，当然更因为彭老总到格尔木看望了他们的哨所！

慕生忠在彭老总离开格尔木后，很动情地讲过这样一番话：“彭老总这官当得够大了吧！可他的眼睛总是能看到最基层战士的吃穿住行。他对这个世界的感情好像都集中在士兵的身上了！”

1958 年的这个冬天，昆仑山上的雪下得好像比以往任何一年都要大要猛，整个格尔木都在雪中陷入沉睡。军营被白雪掩盖了所有的气势。这样的雪夜，有个哨兵怦然心动，搬了一块石头到屋外，靠格尔木河近一些。他坐在石头上望着雪茫茫的昆仑山。望什么呢？他说：“望星星，找那些最亮的星星。”别人不解了，雪夜哪会有星星？

哨兵说："我就不信雪能把最亮的星星遮住。我爷爷告诉过我，下雪的时候天上最亮的星星才显现呢！天上星，地上灯，一颗亮亮的星星就是人间的一盏灯！"

也许就是哨兵找亮星的这个雪夜，一同住在望柳庄的慕生忠对自己最敬佩的首长彭德怀讲了那句后来青藏线人都知道的话："我这一生就献给青藏线了！我连坟地都看好了，死后就埋在昆仑山上！"彭老总听了嘿嘿一笑，说道："我说你这个慕生忠真是，好好活着干吧，什么死呀坟呀的！"

那个哨兵仍然坐在石头上望着昆仑山，寻找最亮的星星。

苍茫昆仑

1958年10月某天的午后，蓝天高悬着半醒半睡的太阳。雪花仍然在天空中欢欢乐乐地飘洒着。阳光显得很薄，洒到人身上没有丝毫温热的感觉。偶尔可见一两只鹰用影子涂抹天空的空寂。戈壁悬在天上，草滩悬在天上。那鹰的翅膀像一把剪刀，剪着空中的云朵。

这时，一队浩浩荡荡的军车，承载着我们200多名汽车兵，驶进了还铺着一层薄雪的格尔木转盘路口。我们是刚从兰州市十里店部队汽车教导营毕业的新驾驶员，从此，将像在昆仑山巅飞翔的雄鹰一样，在四千里青藏公路上奔驰！

车队停在格尔木转盘路口。汽车兵们纷纷整理军容风纪，清理车容，编排车队。

格尔木转盘路口是这座正在迅猛兴起的高原新城的一个标杆符号，数千里青藏公路仿佛都浓缩在竖立在路口的路牌上。这是青藏高原的微缩展板，上面标记着：

格尔木海拔2780米

→拉萨1237公里；

→西宁 806 公里；

→安西 690 公里；

→茫崖 358 公里。

站在转盘路口的路牌下，举目四顾，你立马就会觉得人高了，山低了，四千里青藏公路尽收眼底。

在我的记忆里，转盘路口的这块路标牌，起码更换过三四次了。最初，我看到写在上面的“格尔木”三个字是繁体字“噶尔穆”。大约到了 20 世纪 70 年代初，才改成了“格尔木”。我仍然对那几个繁体字依恋不舍，总觉得可以触摸到少数民族虔诚的心意。所以那个“噶”字还时不时出现于我的作品里。

“噶尔穆”是蒙古语，意为“河流密集的地方”。河流密集吗？也许曾经是，或者寄托了人们的一种美好愿望。反正我们初到格尔木时，倒有一条小河好像没有睡醒似的露着肚皮，很不情愿地躺在荒漠上。河道里偶尔会凸起一块大沙包，上面长满沙棘或者红柳。“河流密集的地方”——体现了格尔木曾经的居住者用超时空的诗意态度表达着对生活的无奈和困境。

改写格尔木历史的当然是人民群众，“人民，只有人民才是真正的英雄”。

至今，我仍然完整无损地保存着《可爱的柴达木》这本书，那是中共柴达木工作委员会宣传部编，青海人民出版社于 1959 年出版的。1959 年，我一到格尔木汽车团，我们宿舍的床头柜上就摆放着这本书。我急不可待翻开书看到了介绍格尔木的那段文字：

格尔木像一个年轻的巨人站立在盆地的南

部。庄严而肃穆的昆仑山披着白盔甲肃立在它的南面。关于昆仑山，有多少美丽的神话传说，又有多少诗人为它写出壮丽的诗篇。

多少年来，这一带是蒙古族和哈萨克族游牧的地方，也叫阿尔顿曲克。由于反动派统治者的挑拨，各民族间长期进行征战杀伐，本来为数不多的人口，减少了十之七八。中华人民共和国成立前，这儿是一片蓬断草枯的凄凉景象。

1954 年 5 月，开始修筑青藏公路。格尔木这个城市就是筑路工人向世界屋脊大进军的战斗中开始诞生的。今天，青藏公路仍然是内地和青藏之间的最大交通动脉，同时也是通向印度的国际干线。这条世界屋脊上的英雄公路的心脏就在格尔木。

在我的上百次穿越青藏高原的人生经历中，格尔木毫不例外的都是我的出发地和落脚地。我的600多万字的文学作品中有一半以上，是在格尔木望柳庄一侧的青藏兵站部招待所那间几乎固定让我居住的小房间里创作的。坐在窗含昆仑银雪的小屋里，我总觉如春山在望，其势也雄，其神也敏。笔端凝滋润，不失圆劲，也有棱角。当然我是努力这样做到的。不可否认地是，格尔木是我文学的父母，她瘠薄的荒漠丰饶了我创作的欲望。我曾经释放着抑制不住的自豪说：“我住北京几十年了，一不留神就把长安街走成了昆仑山的小路！”

这篇纪实文学，我就是以格尔木转盘路口的路牌为立脚点，放眼昆仑山以及唐古拉山之间的可可西里，写下我的所见所闻、所见所思。

女将军三上昆仑山

近 60 岁的人了，在她身上很少能觉察到暮年的印迹，倒能感受到处女的圣洁。也许因为她喜欢读书，尤其乐与我们这些文学人接触，甚至还不时开几句玩笑，一下子就把将军和下级之间的距离拉近了。仅举一例，她是总后政治部副主任，副军职领导。我是她下属的创作室主任，我多次随她到部队调查研究，青藏高原就去过三次。她给部队介绍我们时，总是先推出我，她指着我说："这是王主任，我是副主任谢彬！"一句开场白就把大家逗乐了，哪里还有上下级之间的距离！

我曾和她三次走上昆仑山，跟着她看望青藏线上的指战员。她特别喜欢《西部好儿郎》这支歌，这是音乐工作者专门为青藏兵站部官兵量身创作的，她爱唱这支歌是因为她心里装着高原指战员。她爱高原战士，这支张扬着高原兵味的歌便成了她心中的旋律。听，她坐的车刚一驶进格尔木转盘路口，她就亮起嗓子唱起了《西部好儿郎》，还让我和她同唱：

儿当兵当到多高多高的地方
儿的手能摸到娘看见的月亮
娘知道这里不是杀敌的战场
儿说这里是献身报国的地方

儿当兵当到多远多远的地方
儿的眼望不见娘炕头的灯光
儿知道娘在三月花里把儿望
娘可知儿在六月雪里把娘想
寄上一张西部的雕像
让娘记住儿现在的模样
……

我分明看到谢彬唱这支《西部好儿郎》时，微闭双眼，全身心都沉浸在歌曲的深情昂扬神韵之中，整个人被不舍和不由自主的情结所牵动。我总是这样想，是不是《西部好儿郎》诞生的那一刻，就已栖居在女将军的胸腔里。虽然这支歌里积满了雪，且雪的厚度还在不断增加，但它能给人温度和力量。当然，后来我才知道《西部好儿郎》的歌词作者之一，曾在昆仑山下当兵近 20 年，后来成为她的邻居。这支歌里的营养怎能不较早地注入她的胸腔！她的身体里住着一条歌的冰河，河的彼岸有一盏风灯夜夜灿红！

谢彬在经历三次踏雪走冰后，便有了这样的体会："其实人生就是一个逐渐积累幸福的过程"。正因于此，她把自己能和在异常艰苦环境里生活的指战员相遇相知相交看成是幸福。

这成了一个很难改变一些人也不愿改变的"规程"：上级领导

来检查工作总要大摆宴席，超标准接待。谢彬来汽车团的前几天，几个团领导经过反复商量，决定在格尔木一家档次较高的饭店为女将军接风洗尘。

面对这种安排，多数领导嘴里也许客套一句："这不是逼着我搞特殊化犯错误吗？就这一次，下不为例！"边说着就边心安理得地坐在了主宾席上，同时操起筷子有滋有味地吃起来。女将军如果属于这种类型的领导，那她就不会三赴高原了。第一次她一迈进汽车团的营门就对迎接她的团里领导打了招呼："咱们是吃挂面只放醋有言（盐）在先，我今天一不进饭店二不吃你们的特殊饭菜，就在你们团里领导就餐的小灶吃饭。"之后，她提出饭前先到连队看望指战员，争取多走几个连队看看——

一连车队刚从拉萨执勤回营，车辆和驾驶员身上的征尘还未扫去，她便到车场迎接车队；五连刚保养整理完车辆，次日准备登车上路，她去送同志们出征；修理连刚接来了一批新兵，她和新战士一一握手问好……之后，女将军又在团部会议室召开了官兵代表座谈会，把基层指战员的心声都记在了她的小笔记本上……

那天，团里原先在某饭店为她预定的高档宴席只好退掉了。在团里就餐的女将军说，这不是我最后一次来你们团里，以后还要来高原看望大家。我吃饭的原则是："吃土不吃洋，吃近不吃远，吃下不吃上！"大家听了她的话好一阵发愣，什么意思呢？女将军做了解释："我就愿意吃你们自己种的菜，而且就在下面连队食堂就餐！"

陪同女将军检查工作的团政委秦大章说："首长，我们院里还长着不少野菜，是我们的老团长最早发现和品尝过后推广的，现在不少连队都吃这些野菜，成了团里的风味菜。"女将军问："都有些什么野菜？"政委说："地皮菜，野蕨根，枸杞子……"女将军立马就在院里的空地上找到了这些野菜，她说：“好，下一顿我们就来一个野菜宴！”

女将军离开汽车团的最后一顿午餐就是“野菜宴”。团里用这送她继续西行，奔向昆仑山、唐古拉山。团里领导有点不好意思，说：“首长，这顿饭吃得太简单了，请你多多包涵！”她忙说：“说的哪里话！我很少吃这么称心如意的饭菜了！下次我来团里，还是吃这些野菜。一言为定！”

从汽车团乘车出来，女将军直奔唐古拉山兵站。此次上高原到唐古拉山兵站看望指战员，是她从北京出发时就决定了的事。我作为她的随行人员，几次劝她取消唐古拉山之行，5000多米的海拔高度，天晓得她能否吃得消？她却丝毫不动摇上山的决心，走青藏线不上唐古拉山算什么上山！

上了唐古拉山后，女将军确实有了高山反应，食欲大减，入睡困难。我们不得不缩短在山上停留的时间。当时正值春节前夕，兵站的领导请女将军给兵站的营门写一副春联，她很爽快地允诺，对我说：“我是大老粗，肚里墨水不多，做不了孔雀翎，做孔雀尾也好。你编词，我提笔献丑写出来，算我们两人的作品！”

我想了片刻，春联有词儿了：

缺氧气，缺暖气，不缺志气

想咱爹，想咱妈，更想祖国

女将军念了一遍说：“好！绝好！”她提笔蘸饱墨汁，三下两下就刷在了站长早就铺展的红帖上。你别说，字迹虽有些歪，但笔画苍劲有力！我一看立马就有了心劲，提笔写出了横额：雪山乐。

这时，兵站的不少战士、干部都闻风赶来了，站长大声念读这副春联。掌声，不断线的掌声！

女将军双手举起让大家静静，她说：“我不能贪天功为己有，这副春联的词是咱们王主任的，我是副主任，只想出了个横额！”

她呀，什么时候都不忘开玩笑，哪像个有高山反应的样儿！

女兵的血点亮戈壁灯

仍然是一座坟墓，和墓柳相隔不远。掩埋的人姓甚名谁，一概无人知道。她是一名女兵，进藏的女兵。她在格尔木走完了她本该朝气蓬勃的一生。当时她也就十八九岁吧！

一场劈头盖脸的雪偏偏让我遇上，是祸还是福，我当时确实说不清。我要讲的那个女兵的故事就与那场雪息息相关。

格尔木那个被雪雾笼罩得三步外都瞅不清人和物的早晨，对 18 岁的我来说，是这一生中都难以忘掉的触目惊心的时刻。我是第一次眼睁睁地看着一个如花的生命在无可奈何地挣扎了一阵子后枯萎而去。“我再不想看人是怎样把最后一口气咽下去的了！”数十年后的我，仍然心有余悸地这样感叹那个早晨那件事对我的刺激。

我记忆的银屏上，清清楚楚地显示着：那是春节放假的第三天——正月初三，满世界都飞飘着雪花，仿佛整个格尔木都在旋转着雪花。飞雪使昆仑山失去顶点，使格尔木河断了喘息。我在格尔木转盘路口晨练，一会儿跑步，一会儿散步。雪雾混沌，寒风怒吼，路口的所有建筑和景物都被雪抹平了，掩埋了。只有那块标志着可以通往四方的路牌滴雪不沾地裸露在雪原之上。只是四方的公路上断了行车，路牌显得有些寂寞无助。我断定，寒号鸟在黎明前已经仓促逃飞，野狼也醒来赖在窝里窥视时机。我正要迈步继续散步时，突然看到从路边的一顶帐篷里窜出一个人影，疯了似的朝盐湖方向跑去。接着就听见帐篷里杂乱无章的吵声、叫声。我便走进了帐篷。就这样，我看到了那个生命在最后挣扎时的凄惨情景。

死者是一个年轻的女军人，往大处想也就 20 岁刚出头。看不出她是战士还是军官，也无法辨认她服役于哪个部队。当然，事后我得到了只言片语关于她的情况。她是随一支去西藏边防某地执勤的小分队进藏的，行至唐古拉山下的雁石坪时，实在无法忍受高山反应的猛烈折磨，只好留在那里了。部队临走前把她托付给一位藏族老阿爸照料，并留给老阿爸三个袁大头银圆（当时西藏还在使用这种货币）。老阿爸他没有接受，便顺手把银圆装在了女军人的军衣口袋里，还说了一通谁也听不懂的藏语，大概意思是我怎么能收钱呢，你们是藏家人的菩萨兵。

当天，女军人的病情就急剧加重，老阿爸慌手慌脚地不知该怎么办，他只好一会儿抱着一会儿背着，硬是把女军人折腾到公路边，顺手拦了一辆车，将其送到格尔木。当时格尔木还没有一家设备完善的医院，她被老阿爸和几个路人抬到路口的一顶军用帐篷里，由兵站一个卫生员给她做最后的抢救治疗……

事情真的那么巧，我晨练散步时碰巧遇到了她。直到今天，我在回忆当时的情景并要用文字记录下来时，仍然没有足够的勇气重现她那张曾经拨痛我心弦的脸。那是一张犹如我们常说的猪肝那样的紫糖脸。她的嘴唇像两片干渴的沙漠，唇边裂开了条条血色细纹，却没有渗出血来，也许已经流干了。她完全没有多少力气说更多的话了，只是每隔一会儿用近乎哀求的、微弱的嗓音呼道：“我的头要爆炸了！救救我吧！”涉世尚浅的我当时并不理解她的话，怎么会有人炸她的脑袋呢？在以后我生活于高原雪山冰河间的漫长日子里，当高山反应袭击我时，或者多次看到战友们因高山反应痛苦无奈地挣扎时，我才体会到了“爆炸”的滋味。那种疼痛使你原本设想的一切美好向往顷刻间化为灰烬，脑海里就留下了一个字：死！死比什么都当紧。死可以解脱一切痛苦。有什么要紧的呢？一棵草、一朵花的生灭，何曾惊天动地！

自然，当你摆脱了高山反应的袭击，照样会精神百倍甚至千倍地去迎接另一次反应！这就是高原军人的性格，好了伤疤总忘疼！使命，也是命运！

女军人就这样走了！从昆仑山下的格尔木转盘路口起步踏上了她远行的不归路。那一刻，她衣领上的红领章格外艳丽、耀眼！

坠入往事中的我，已经完全没有散步的雅兴了。我正要转身回军营时，听到一个司机模样穿戴的人说了一句话:“哪怕有一口氧气，兴许会救下她的命！”他给谁说话呢？周围除了我别无他人啊！我在原地站了好久，那人好像又说了一句类似的话。他总是在说缺氧，缺氧！

我望着他渐渐远去的身影，思忖着今后该怎样在这个地方生活……

高原空气里的含氧量只有内地的一半，缺氧时时刻刻都威胁着人们的生命。

这就是我初到格尔木见到的一件事，算不上辉煌，却很悲壮。我相信，那一刻女军人家乡山坡上的映山红含满了泪珠。其实，我并不知道女军人的姓名，更无从晓得她的家乡在哪里。但是，我确信她家乡的村前或村后，会有一片映山红。没有映山红也会有一片桃树正吐放花蕾！

现在回想起来，我对女军人的死留下了许多疑问，这是很遗憾的。最不该出现的憾事是没有打听她的遗体是如何处理的。当时她所在的部队没有人在格尔木，她的亲人也不在身边，格尔木没有她一个熟人、战友，她是孤身踏上了远行之路的。她将走向哪里？不知道……

我的疏忽，或者说我的幼稚，使我的高原生活留下了很多空白。其实有空白才能产生出想象，才有驰骋的空间。这便是这个故事后来能一次次延续下去的原因。

那年正月，就是我见到那个女兵离开人世的那个落雪天，那场雪不歇气地下了半个多月。整个青藏高原都被积雪覆盖了。

没有一条路是通的。

好不容易等到雪停了，我特地抽出时间又从格尔木转盘路口起步，向郊外跋涉，去寻找那个女军人留下的故事，哪怕是一点点痕迹。我一直无法安下心来，总觉得她应该有点下文……什么下文，我却一时说不清楚。

无边无际的雪原很亮，很空，深远而寂寥。我走出去不久，就难辨东西南北了。但是，我知道我的脚下就是察尔汗盐湖。我也知道我不会迷路，留在地上那一行歪歪扭扭麻花似的脚印的源头，就是我们营房。脚印连着军营是不会迷路的。

我可以断言，在这个偌大的阿尔顿曲克雪原上，那一刻只有我一个人在寂静地踏雪而行。我不十分清楚我会到什么地方去，但是我知道我为什么要这样走下去。我坚持朝前走着，低着头，有时还会闭上眼睛，我也不会走出昆仑山的怀抱。踏雪走路绝对是一件非常惬意的事情。我觉得自己腹腔内的器官被整个掏空了，圣洁的雪将我的胸脯与雪原十分妥帖地交融在了一起。整个雪原犹如一片白衣襟似的挂在我胸前，潇洒，爽心！我的脚步由开始的急促赶路渐渐地变成了缓慢地欣赏雪景。我专心致志地倾听着绵长清脆的踏雪声，分明是从我的脚下发出的，我却感到它来自遥远的天畔。这种听觉、视觉上的错位，使我的踏雪声荡满整个宇宙。我的心随着这独特且美妙的声音悠荡，一会儿升空，一会儿落地，一会儿飘到很远的地方，一会儿又牵回脚下。我真的被我自己陶醉了！

不知走了多久，在我的“白衣襟”里突然出现了几个黑影？黑点？极小，极小。最初，我还以为是有人也像我一样踏雪走动——在那样一个广袤而坦荡的雪原上，人影和小黑点确实是很难分辨的。后来，我顿脚细瞧，才看清原来是一片又一片的脚印。其实，说成足迹更确切，因为那些不过是留在地上的一个圆坑，弄不清是人或别的什么动物踩踏出来的。不可思议的是，它为什么猛乍乍地好像从天而降地出现在雪原上？当然，我不排除这种可能：那踏雪者留在前面的脚印被狂风暴雪呼啦平了，随后雪停止，其继续行走，足迹便留下了。

总之，这足迹奇特、玄妙，我无法弄清它的来龙去脉。索性，不管那么多了，随它去，权当我在踏雪路上遇到了海市蜃楼！

我继续前行。这时候，茫茫雪原上更加空寂、阔远，连刚才极目可及的昆仑山的皑皑雪峰也与雪原融为一体，消失得踪影全无。只有那一行足迹依然显露在我眼前，一直延伸到望不见边际的雪线上。这时我的心突然被一个愿望牵去。

什么愿望？

我莫名其妙地相信这行足迹的顶端会有一个什么故事。这个故事诱惑着我，浑身生发着力量。可以这么说，如果没有这个诱惑，我就不会有这次踏雪而行。

我迈着快捷的步子走着，像彩云追月，追的是投入到我记忆中的一个影子。不久，我的额头就冒汗了，身上也黏糊糊地浸出了一层汗泥。我把毛皮帽掀掉，拿在手中当摇扇。这样走起来轻松了许多。这会儿，如果旁边有人看到我，一定会发现我头上像刚揭锅盖的蒸笼冒着热气。我走得酣畅，开心。

时间被我有节奏的踏雪声踩碎，又与呼呼多情的晨风衔接在一起。约莫一个小时过去了，我扭头一看，火球似的太阳从身后的东方天畔已经升起来了一竿高。阳光的碎片给雪地镀上了一层美丽的金粉，昆仑山罩上了一件红色的彩裙，原先那洁白的雪也换成了似金似银的颜色。我无法用文字形容出那一刻，我是在多么壮丽、温柔的画面中行走，我只想用掩饰不住的骄傲告诉读者：昆仑山的壮美超过了我所见过的每一座名山。

美丽的时刻总是不会持久的，甚至稍纵即逝。在我踏雪行走了不到千米的时候，随着太阳的渐渐升起，大地的彩衣流星般消散。雪原又恢复了一望无际的白亮、辽远。一切都变得如从前一样的单调、寂寥。

我听见了阳光碰在雪地上的声音，微弱、细碎，像蜜蜂在花粉上忙碌一般。

这之后，我最多走了不到半里地，遇到的一件事就成了我这一生也很难解开的一个谜。一直被我追逐的那行足迹突然断线，是在一个水池边消失的。

我茫然地止步在水池前。那一刻，我确实觉得这水里储存着复杂的故事，说不上是风雨声、暴雪声还是涛声，也弄不清是雪原的故事、冰川的故事还是战友的故事。我一时手足无措，思绪恍惚。在我的脑子稍有清醒后，才仔细地打量起了这池仿佛从天而降的水——

水池如澡盆那么大，形状并不十分规则，周围是参差不齐的冰碴、冻雪，水面上浮游着大小不一的冰块。给我的感觉是水池下似乎隐藏着什么活物。鱼？水怪？或别的什么？我站在原地静静地观察了五六分钟，才猛地发现它并不是水池，而是在冰河上砸开的一个冰窟窿，河下面未结冰的水便从这窟窿里冒了出来。从冰碴上可推知,冰层相当厚,一寸到两寸。能想象得出砸冰人费了多大的力气。

昆仑山很大，格尔木河太小。我有预感，冰窟窿里翻卷着的冰块绝不是在欢笑，也不会是在歌唱。我满脑子的疑团。

是谁砸开的冰洞？雪原上的足迹来自何处？足迹与冰洞之间有什么必然的联系？

大西北荒漠上的每一块坚硬的戈壁石也许很温暖，但却是暂时读不懂的故事！

一只苍鹰飞过了昆仑山。天地变小了。

……

那天，我回到军营给战友们讲了我的这次奇遇，他们没有一个人相信我的鬼话，都说我中了邪，看走了眼。我一遍又一遍地声辩也无济于事。战友们一口咬定我是被类似白蛇精什么的魔精缠了身。

我知道他们是要笑我，可我无话可说。

两天后，格尔木大街上疯传着一个消息：昆仑河畔发现了一位藏族老人的尸首，死者身上没有任何痕迹，唯有杈子枪的枪托是破碎的。

又过些日子，地上的积雪消融，有人在那位老人尸体的旁边看到一只死狼，狼的身上千疮百孔，显然老人死前与狼有过一场殊死搏斗。按一般推理，狼很可能是丧命于老人之手。可是老人是怎么死的，这是个谜。

藏族老人和野狼倒下去的地方，正是在我看到的那个冰窟窿的附近。

我心里一颤，却不知道该说些什么……

冰窟窿、藏族老人、野狼，这三者之间似乎应该有什么联系，有一个故事。但是，我一时无法琢磨透。

夕阳落下山，阳光依然灿烂。世界上就是有这样让你一时不能理解的事情。其实，并非永远不能理解，而是一时没有找到钥匙。有了钥匙，只需轻轻一撞，就会轻而易举地看到真相。

我在以后的几十年间，总是努力地回忆着那个雪后的早晨发生的事情，琢磨着是否当时有什么人或者什么事，被我的粗心漏掉了或因为缺少处世经验忽略了？这样，我心里才一直留下一个悬而未解的谜团。

心中没有底，我却牢牢地记着。

我一次又一次追寻，一次又一次失望。

完全是个偶然的机会，一个意外的线索给了我一个惊喜，令我豁然开朗。也正是这个惊喜加重了我的心事，因为它把我心里一直昏昏欲睡的往事撞醒，那个因为缺氧而死去的女军人……

1996 年夏，我重返格尔木，攀上昆仑山。

格尔木转盘路口的变化是与这座城市日新月异的变化同步进行的。我再不敢小视它为荒漠小镇了，当然这种飞跃性巨变也体现在了转盘路口周围。昔日坑坑洼洼的路面以及通往西宁、拉萨、敦煌、茫崖的土路，早在十多年前就被锃亮闪光的柏油马路代替。转盘路口中间是一个很大、很壮观的在内地才可以看到的长满了各种花卉的大花坛。四周高高低低的楼房延伸到远处，与昆仑山雪峰相衔接。望柳庄被淹没在中间。

我是个抱着已经消失了的岁月不轻易松手的固守者，越是看到眼前的这些现代化新景，就越是想追寻格尔木当初的简陋与质朴。于是，在我被安排住在转盘路口一个军人招待所的第一个清晨，我便拽上与我同行的青年干事小杨，坚持我每日的散步之旅。当然，是从格尔木路口开步的。

没有落雪，满目都是冰。

当时，我确实没有怀旧之外的别的想法。当年在这里散步时的奇遇是不会忘记的。往事在我迈步的一瞬间就在脑海里浮现出来，那个澡盆大的水池……

我没想到这次尽量闲淡的散步，使我又有了一次奇遇。这次奇遇和上次奇遇相隔了30余年，可以说完全是两码事，但是，我把它们叠加在了一起。

是的，一脉相承……

我俩沿着格尔木河走，向南。对面就是昆仑山。说是对面，可是走了好久，山峰还在对面。反而有一种越走越远的感觉。望山跑死马，在戈壁滩跋涉的人对此体会尤为深切。

风是荒原上少见的和风，但因为是逆我们而吹，它的力度无形中增大了。我们踩起的沙土被风扬起，在空寂的山野飘成一条条烟尘，很是美丽。走着走着，格尔木河拐了个90度的弯，我们也跟着拐弯，继续沿河而行。方向变了，朝北走。就在这时候，我看到前面天地衔接的地方，腾飞着一缕一缕的尘土。最初，我还以为是有人也像我们一样在戈壁滩赶路。后来，走近了，才看清是一个人铲着沙土。他的面前是一个土堆,不是很大,不细看会以为是个红柳包。

我止步了。面前站着一个藏族老人，他拿着一把木锨，望着我们却不说话。老人的那双眼睛像两束不打弯的光，很有穿透力，我感到他的目光渗入了我的体内。我知道藏家人的警惕性蛮高，特别是对不相识的汉人，那个年代嘛！我俩都没有穿军装，否则会好一些。

空间骤然变小了。我胸闷。

为消除他的疑虑，我赶紧说明我俩是转悠戈壁滩的闲人，就住在格尔木。他信了，点头。他也告诉我们，他是来扫墓的，家就住在附近的乌图美仁乡。他的汉话说得很流利，真是有点儿出乎我们的预料。

我这才想起清明节快到了，同时也明白了他面前的那个红柳包似的土堆是坟包。

我问：“老人家，这里安埋的是你什么人？”

他说：“不是我的什么人，也不知道是谁的什么人！”

我惊讶地望着他。他不语，又举起木锨给墓堆上堆了一锨沙土，还用锨背往瓷实里拍了拍。

我们都静静地站着，不知道该说些什么。戈壁滩的风的呜呜声在耳旁疯狂地吼叫着。我留意起了他手中的那锨,为什么是木锨呢?这家什在内地早就绝迹了!

藏族老人的警惕性令人折服，他显然注意到了我在注意他手中的那家什，便说：“这是特地寻来的一把木锨，怕伤着她！女娃家，细皮嫩肉的，容易伤着！”

我这才知道这里面埋的是个女孩。足见这个不知道是何人的死者在他心目中的分量非同一般。我期待着，相信他会有话对我说。

老人果然拔出嘴里的烟斗，讲了下面的故事。

他说："这是格尔木一个新传说，却有几十年了。"我问："几十年还算新传说吗？"他说："从几十年前传到现在，常传常新嘛！可不是新传说是啥！"我说："也是。那一定是一个很耐听的故事了！"

接着，他便讲了起来……

据说，埋在戈壁滩这个坟里的人是在一次与野狼搏斗时丧命的。当然，野狼也被锤死了。狼的遗骸早已被岁月风化，变成了戈壁滩上挤不出水滴的干云。这个人不是无缘无故地斗狼，为的是保护一具尸体，尸体倒是保护住了，他自己也变成了尸体。

那个年代，格尔木其实就是一片荒滩，狼很多。老格尔木人说，那野狼都是从昆仑山深处窜出来的，两条后腿可以立起来，个头像人一样高，龇牙咧嘴，很是凶残。人烟稀少的郊野，任何一种野兽都可能占山为王。那天夜里，当格尔木河畔猛乍乍地出现一具死尸时，一双绿电灯泡似的狼眼穿过沉沉的夜幕，从昆仑山的方向射了出来。狼是被尸体的腥味引诱出来的。据说狼的嗅觉可以嗅到一里路远的味道。但是，这只野狼做梦也没有料到，眼看到嘴的一顿美餐，因为遇到一个实在难以对付的敌手而告吹。这个敌手并不是它的同类，而是一位藏族老人。后来，人们相传，那位老人是个守尸人。至于他与死者是何关系，以及他从何处来，人们一概不知。另一种说法是，那晚老人夜行路过格尔木河畔时，碰巧遇上了吃尸的野狼。总之，老人在发现野狼要碎尸饱餐时，便勇敢地迎上去与野狼厮拼起来。当时，野狼已经叼起尸体拖拉了一段路，老人追赶上去从狼嘴里夺过了尸体。野狼自然是不会甘心，便反扑，再去夺抢。俗称狼是铜头铁背豆腐腰，外加四条麻秆腿。老者显然深谙此道，只见他一个狠拳砸在狼腰上，狼趔趄了一下，几乎倒地。老人乘胜又给了那狼一个野虎掏心，狼就蒙了，后退几步，蹲在地上，与老人对峙起来。狼在寻找或者说在等待机会。老人的机智聪慧就在于他总是先发制狼，绝不给狼喘息的空隙。他又主动扑上去与狼搏斗了起来。狼已经发现自己今天遇上了难缠的敌手，还不等老人再扑上来，它就退了。退至一两米外，狼又蹲卧在地，继续对峙。

野狼的喘息，给老人赢得宝贵的时间。这当口，藏族老人很麻利地背起地上的尸体，抛向格尔木河中，顺水漂流而下。藏家自古就有天葬、水葬，天葬为上。那夜老人只能为死者实行水葬了。令人生疑的是，当时格尔木河结着厚厚的冰，滴水不流，不知老人是怎么把尸体放入水中漂走的？

就在老人将尸体投入河中时，野狼怒冲冲地蹿上来与他争尸。那凶残的恶相分明是要用活人做替代，以报它损失一顿美餐之仇。那个夜晚的那个时刻，人与狼搏斗得异常激烈，狼虽然被人的铁拳击砸得遍体鳞伤，但是它并未被降服，始终顶着野劲与敌手撕斗。老人进一步，它死守不退。老人给它一拳，它还来一扑。僵持了好几个回合，难分胜负……

“那么，最后的结局怎么样？”我按捺不住急切的心情，问了一句拿木锨的藏族阿爸。

老人摇摇头，说：“不知道。”

过了片刻，他将木锨插进沙地，才讲了如下一番话：

“老人死了！但是，人们看到他时他身上没有伤痕，这起码说明这样一个事实：狼在他死亡前已经死掉了。据大家分析，他是挣死的。”

我忙问一句：“何为挣死？”

他说：“你不知道这地方空气稀薄，氧气很少，老人纯粹是用超人的意志斗恶狼。力气耗尽了，他的生命也就走到了头。如果有氧气，他是不会死的！”

这话，耳熟！我听过……

我望着老人的背影一直在琢磨他讲的事情。他好像明白什么，却不往深里讲。他是看透了吗……我在想，看透不点破的智慧在藏传佛教里是一种智慧，神的智慧……

数十年间，我多次闯踏青藏高原，见到过因为缺氧而丧命的人可以说是数以百计。然而，土生土长的藏家人因为缺氧而丢了生命的事，我确实是第一次听说。可见高原缺氧对人们生命的摧残是六亲不认的。藏族老人死了，野狼也死了。但缺氧的土地上孕育出来的故事却是鲜嫩的。高原人要生存，要有所爱或有所恨，就必须在这种缺氧环境中顽强地表现自己的大智大勇，同时还要不断创造智慧。

戈壁滩的胡杨才最像真正的树。藏族老人手中的木锨如果插在戈壁滩，定会长成一棵胡杨大树。我这么想。

格尔木的新传说引起我的极大兴趣，是因为我把它引申到早年间我看到的那具女兵的尸体和冰窟窿周围的现场。我莫名其妙地觉得他们之间应该有一个穿针引线的内在故事。可是，我一时却无法找到这个故事和那个故事之间有联系的证据……

缺氧的日子很荒涩。

缺氧的土地能长树。

我并不茫然。

气喘吁吁的我仍然要寻找不死的故事，编写我的格尔木新传说。因为我的战友包括我自己还要生生不息地在这里创造新的生活，繁衍子孙。

我从藏族阿爸手中接过木锨，给那墓堆上添了一锨土——没有新土，戈壁滩上所有的土都缺乏水分。

阿爸从我手中拿走木锨，插在墓堆上。他说："它会长出新芽，成为一棵伞树，为我们坟里的亲人遮风挡雨！"

愿这个坟包不老，不死！

我继续前行。

我回头望去，那个木锨把高过我的眉毛。那墓堆变成了一座山峰屹立于地平线上。

这时，一个赶着羊群的藏族少女经过我的面前。羊蹄很干枯，少女的脸蜡黄。我的心也干了。忽然，我听见了格尔木河的水波声。

一看见河，我心里就咕咕咚咚泛起了涛声。

我和牧羊女一路同行。

昆仑山还是看起来很近，其实很远。戈壁滩依然热气晃眼，但是被格尔木河的水滋润着。

比山远的是路，比水绵长的是我们的生活。

戈壁滩有了牧羊女，还愁这缺氧的土地不会长出新的传说？

高原的美丽在于缺氧。

缺氧的日子也能滋润美丽的故事。这样的故事也许不开花，但是它有果实。

墓堆比山高。

从昆仑山巅的白云处飞来一只鸟。

我看清了，它不是鹰。比鹰大。

26 名将军来自格尔木

半个世纪前，这里是一片放眼望不到边际的荒漠莽原，虽然也有蒙古族、哈萨克族牧民的毡房零零散散地像干涸的沙棘撑在小河两岸，但也没有能力改变它的贫瘠和寂寥。

直到有一天，1954 年夏日的一个阳光依然猛烈却显得少有温柔的午后，修筑青藏公路的总指挥慕生忠将军带领一队人马，在格尔木河畔撑起两顶军用帐篷，这里才有了活力，有了军营。随后，格尔木驻扎了四个汽车团，为西藏运送物资、战斗力。还有兵站、军队医院、工程部队……人们称它为兵城！

数十年间，格尔木像个挑夫，一头挑着昆仑山，一头担着当金山，双脚踏着阿尔顿曲克荒原，稳步急急向前，坐落在莽原的军营，生长出了 26 名共和国的将军，被人们誉为“将军城”。

不是有“将军县”吗？那是战争年代拼杀出来的将军。格尔木的将军则是和平年代成长起来的将军！

只有漠风每天并不愉快地在格尔木河上没完没了地吼叫着，它似乎对这个地方充满了敌意。当然，还有不知从哪条山谷里窜出来的野狼为漠风助威，有时是孤独的一只，有时是一群。野狼们大摇大摆地扑进河心喝水，喝到尽兴处还会嬉闹一阵子。唯有撑在河岸某个拐弯处的几排军用帐篷，证明这里有人居住。只是白天士兵们外出执勤去了，这些帐篷比没有帐篷的地方还寂静。据文献记载，那时这里的人口不足 2000 人，主要是士兵。

这是一个既无乡村味道又无城市气息的地方。20 世纪 50 年代中期，人们叫它格尔木，是三个繁体字——噶尔穆。兵城格尔木是跟着祖国前行的步伐长大的，从简陋到繁荣到成为青藏通道上一个越来越重要的西部新兴城市。现在从北京、上海、西安、广州、成都、兰州坐火车进西藏，这里是必经的咽喉。

兵城自有兵城的灵魂和气派。戍边军人开辟了格尔木，格尔木铸炼了军人的筋骨。一腔热血定格成一曲军歌《我是一个兵》，撞击昆仑岩石的声音，一声比一声深沉，一声比一声凝远。从 1955 年至今，沧桑数十年，从格尔木军营里走出了 26 位将军。他们最初的部队生活就是从格尔木莽原上起始的。

26 位将军，有 21 位是我同时代的战友，我们有相似的在世界屋脊上踏雪追风的经历。有的和我同年入伍，坐同一列闷罐车驶进高原；有的在我早期的作品里就留下了他们年轻的身影；有的和我一起在藏北草原含雪饮冰抗雪灾，在同一辆大篷车里共甘苦；有的本来就是文学青年，一腔热情写诗文，我们多次在昆仑山的夜灯下享受创作的快乐……尽管他们很早就走进了我的视野，但都是些零零散散一知半解的接触，谈不上深交。从士兵到将军，这是一个漫长的成长过程，甚至要有痛苦的冶炼。一位英年早逝的高原工程师说过：“高原时间的力量可以让石头变成脸。”我理解这话，它叫历练。

他们大都在青藏高原拼搏了二三十年，有的长达 35 年。雪山冰河滋养了他们，他们也守护了雪山冰河。

2008 年夏天，我又一次重返格尔木，任务是和几位在格尔木土生土长的部队业余作家，共同创作一部反映兵站部进藏 55 年生活的报告文学。当时兵站部组织干事王海亮给了我一份登记表，上面记载着从格尔木军营走出来的 24 名（当时只有 24 名）将军的简历。一个将军的方阵呀，威武，雄壮！我一下子吃惊了，应该说是惊喜，立马产生了一些联想。格尔木，一个遥远、封闭、缺氧、酷寒的边城，曾经被人戏称“天上无飞鸟，地上不长草，遍地是黄羊，风吹汽车跑”的地方，怎么一下子涌现出了一个将军方阵？它的必然性在哪里？面对这 26 位将军我不得不寻思这个问题的答案。岁月太长，我害怕忘了他们的模样，便翻阅了尽可能找得到的一些资料，又唤醒了沉睡于我脑海里他们的一些事情。我似乎找到了答案，又仿佛不十分满意。我想了想，尽管我和他们是曾经的战友，但毕竟在某一个春季或隆冬，我们之间有了距离。是平凡人与头上有了光环人之间的距离，这并不是我有意拉开的距离，而现实确实如此。

于是，我又采访了他们当中的一些人。即将展示的便是关于他们的一些故事，甚至可以说是一些很小的故事。他们每一个人都有着自己独特的成长经历，作为从共和国军营里跋涉、奋争中脱颖而出的战士，在这个充满着前进的动力、冲突和并存着希望的时代，毫无疑问他们是青藏高原精神的杰出代表。接下来，就让大家和我一起去探寻这一条将军之路……

将军楼是一座丰碑

格尔木西北角的那座将军楼，已经静静地屹立了近半个世纪。二层小楼，砖瓦土木结构，极为朴实。它是“青藏公路之父”慕生忠将军当年办公的地方。尽管将军的命运曾经有过让人痛惜又无可奈何的不公平遭遇，并且在1994年他就已经离开了人世。但是，慕生忠在人们心目中的形象依然光彩夺目。来格尔木旅游的人，不去瞻仰将军楼仿佛就没有到过格尔木。

将军楼是一座丰碑。几十年中，慕生忠在青藏线军人心目中的崇高地位像昆仑山一样不可撼动。来到将军楼前聆听慕生忠当年率领大军修路的故事，是许多战士入伍后的第一课。在这位青藏公路开路先锋面前打捞一页沉重的历史，虽疮痍斑斑，但士兵们的心灵受到了震撼，得到的是使命、奋进和力量。

那是“文革”期间将军楼最受冷落的日子。隆冬的一天，楼前静站着一位中年军官，久立无语。这时将军楼被当作了汽车队的值班室，里面堆满了轮胎、变速箱、轴承等汽车零件以及其他一些七零八落的杂物。此时的慕生忠因受到牵连已离开了格尔木。这个时候，中年军官来到将军楼肯定要冒很大的风险。

中年军官就是某汽车团连长王满洲，他对一向崇敬的慕生忠将军被打倒一事，一直心存疑惑。他真的想不通，一个耗尽心血和忠诚，把公路修到西藏的功臣，怎么成了反革命？成了罪人？

明天，王满洲要以先进代表的身份到北京去参加一个会议，北京是将军当年四处奔波请示修建青藏公路的地方。王满洲记得十分清楚，他们的汽车团在1956年来到格尔木不久就听过将军作的报告。

将军说，那时修路的事很艰难，他上北京几乎没有人相信能拿到修路的“尚方宝剑”，可他走到长安街头，总有一种胜利的信心涌在胸膛。后来他找到老领导彭德怀，彭总给周总理写报告，才批准了修路。将军兴奋地在长安街一个小酒店喝酒，喝得酩酊大醉。高兴呀！从此，本来就喜欢喝酒的慕生忠把酒当成助兴解愁的一种方式。王满洲不会忘记将军修青藏公路的功劳，不会忘记将军在长安街兴奋喝酒的场景。明天王满洲就要上北京了，今晚他特地来到将军楼前告别，默默地告诉将军，他到了北京要替将军痛痛快快地饮三杯酒。当然，王满洲的心里是很痛苦的，他不知道将军现在被发落到什么地方正受折磨呢！

王满洲在将军楼前足足站了有半个钟头。后来，在楼里值班室的一位老职工，大概观察出了这是一位有心事的军人，就悄悄出来问他夜里到这儿来为哪般？王满洲毫不隐瞒地实话实说。老职工听后也无奈地说道：“我像你一样心里也憋得慌，可胳膊拧不过大腿，有什么办法呢？”王满洲这才离去了。30年后，已经退休在长春市安度晚年的王满洲，在亲笔写的《我在青藏线上工作的回忆》里，追忆了他那夜瞻仰将军楼的往事，他写道：

> 打死我，我也不会相信他（指慕生忠）是反党分子！他修的青藏公路是举世无双的，为了修这条青藏两省区的生命线，他付出了多少辛劳，甚至几乎把命都搭上了。听老同志讲，青藏公路通车后将军返回到了格尔木，兴奋得几夜不能入睡，总是喝酒。有时一喝就是一斤。他老人家喝酒在格尔木是出了名的，一高兴起来就喝。修建

> 青藏公路给老人家带来的幸福和兴奋，好像全在酒中泡着。据说，老人家在晚年仍然嗜酒如命，他家院子里堆积的酒瓶像小山，他就喜欢看着这些堆积的酒瓶，幸福而酣畅地说，那是昆仑山，那是开心岭。家人劝他少喝点酒，他根本不听。家人把酒锁进柜子里，他砸开锁拿出来又喝。一喝就醉，就连连呼喊着青藏线、格尔木……喝酒是兴奋，是发泄。对他来说，兴奋和发泄都是幸福，也是一种解脱。作家王宗仁写了一篇散文《将军与酒》，就说的是慕生忠喝酒，酒壮了他的筋骨，酒给了他豪气。酒打通了座座雪山，酒融化了条条冰河。我很喜欢这篇散文，它真实地写出了老人家的性格……

说实在的，读王满洲写下的这段文字，我的心情是很沉重的。当然我也从这些文字里，看到了他对慕生忠将军的敬慕和崇拜，这对我多少也是一种安慰。了解王满洲的官兵，都知道在他的身上始终洋溢着那么一股敢冲敢拼敢攻下碉堡的刚毅劲头。这非常可贵。在青藏线这个一场雪就可以把人压死，一阵冷风就能把人吹死的残酷地方，少了这种气概行吗？我了解到的情况是，王满洲在兵站部历任的部长中，是深受官兵爱戴和敬佩的一位。很可能与他在唐古拉山那场暴风雪中的出色表现有关吧！那是他所在的汽车团奉命从石家庄移防到昆仑山下的第二年，他们营的100多台车被一场罕见的暴风雪围困在海拔5300米的唐古拉山。当时是副排长的王满洲已成为驾驶汽车的技术尖子，他的车上乘坐着带队的副团长张功，他们奔走在车队停驶的十多里雪山上，指挥大家挖雪开道，并给指战员们寻购充饥的食品。后来，张副团长又是坐着他的车，边行走边挖雪开路，经过千难万险，行驶三天三夜到了山下西藏的安多买马兵站，搬来援兵，救了山上的 100 多台车和 200 多名官兵。奋战唐古拉山 25 个昼夜的英雄事迹，在那一年好多新闻媒体都做了宣传报道，王满洲受到关注是情理之中的事。多年后，我采访过他，他讲的一番话让我永生难忘："我们从唐古拉山 25 个昼夜中走出来后，所有人都成了'野人'，脸又脏又黑。最惨的是有些同志冻掉了手指和脚趾，还有几个同志最后截了肢，成为残疾。我王满洲虽然吃了些苦受了点罪，但我是四肢完整的好人！万幸，我王满洲要不豁出命来为党工作，还算啥球人嘛！"

这就是王满洲。

我的报告文学《昆仑山的雪》，记录了他在青藏高原 30 多年的人生历程，刊登在 1989 年 11 月 12 日《人民日报》上，整整一版。报告文学见报的时候，他刚调到内地一所军事院校担任领导，荣升将军。我在报告文学末尾是这样写的：

> 王满洲赴职途经北京时我见了他，自然交谈了不少，但他留给我印象很深的话是："下高原时，据说西藏正落着一场大雪。真留恋这雪呀，圣洁，坚强，朴实。可今后也许再见不到高原上的雪了！"言谈中流露着无限的惜别之情。

有人说，王满洲的性格和作风可以与慕生忠将军媲美，先不说这种说法的准确度有多少，但完全可以相信，慕生忠对王满洲潜移默化的影响是显而易见的。

那是1986年夏天，时任总后勤部部长的赵南起来到青藏线检查工作，他看到王满洲总是没日没夜地在线上忙碌着，很是心疼。他也了解到王满洲身上已经落下好几处高原病。一天，他对王满洲说：

“老王，33年，够意思了！”

当时王满洲就任青藏兵站部部长已经4年，上高原33年。

赵南起部长的意思很明白，是给他打招呼，或者说征求他的意见，要调他下山呗！

你猜王满洲怎么想？怎么说？他对赵部长说：

“部长，我的身体没有问题，再干几年还可以。再说，我给大家许愿要办十件事，现在还没有完全办完，让我下山，于心不安呀！”

赵部长笑笑，没说什么。这样的干部还有什么好说的呢！他不是要求享受，要求升官，而是争着抢着要到艰苦的地方去挑重担，去创造美好的生活，难得呀！

把赵部长送走后，王满洲又忙着办他的十件大事。他立即乘车去了一趟拉萨，那里有几件事早就等着他办：部队的生产经营问题、车队回运问题，以及和西藏自治区共同开发森林资源的问题……

他的事情太多了，他要跑的路太长了！

王满洲说的他要办的十件事

一、提高干部队伍的文化素质，投资100万元，使大专水平的人员达到50%以上；

二、四千里公路沿线的部队实现暖气化；

三、解决随军干部孩子的入学入托难问题；

四、海拔4000米以上的人员吸氧问题要保证供应；

五、力争实现所有汽车团全年无责任亡人事故；

六、三年内所有停放在露天的车辆、机械全部入库；

七、凡是驻扎部队的地方，无论是沙漠还是雪山，全部绿化，变成“小绿洲”；

八、把敦煌教导大队办成培训人才的基地；

九、部队的生活水平任何时候都要保证做到不下降；

十、改善医疗条件。

王满洲把要在他任期内完成的这十件大事，工工整整地抄在一张纸上，贴在办公室。他在十件大事的后面，还写着这样一段文字：

慕生忠就是我的好榜样，干实事。十件事干完，使命就完成了。

光荣下台！

王满洲

1985年X月X日

这十件大事，写在纸上只是干巴巴的文字。可是王满洲把它变成现实，成了有血有肉的生命之物了。心血换来的生命。这是王满洲的生命，也是所有青藏线官兵的生命！

一个有理想、有作为的人，在他的人生征途上，总会有一两个光辉形象旗帜鲜明地伴随着他前行。这个形象也许只影响了他人生的一个阶段，也许终身都会影响着他。不可否认地是，这种影响是刻骨铭心的。毫无疑问，慕生忠这座丰碑会永生永世地屹立在青藏线军人的心里。

从放牧兵到将军

在 26 位将军中，唯有方吉祚我没有和他直接联系过。但是我们近在咫尺。我在高原当兵时他还没有入伍，他当兵到了高原，我已经调到了北京。最有意思的是，我离开高原调到总后勤部机关政治部，他后来也调到总后勤部机关财务部。在同一个大院踩着一样的军号声上下班，却不相识，更谈不上互相了解了。后来我从别人那里得知，其实他是知道我来自青藏高原，也读过我写的一些反映青藏线生活的作品，但是不知为什么他从来没有找过我。大机关的人际关系就是这样，鸡犬声相闻，老死不相往来。待久了，人和人都成了陌生人。我是在他知道我的存在之后才知道了他，但是他已经坐在甘肃省军区副司令的位置上了。说来更有意思，我们是有过一次见面的，只是没说一句话。因为我看到的只是他的背影……

那天，我在格尔木采访，有人递来消息说有一位将军要到纳赤台兵站看望指战员。我没太在意，这些年常有领导来往于青藏公路沿线的兵站，习以为常了。又有人说，这个将军是从纳赤台兵站走出来的兵。我一听马上本能地想到了方吉祚。一问，果然是。派车，出发。90 公里山路，一小时多点就到了。纳赤台兵站站长告诉我：

“方将军刚走。”我对司机说：“追到下一站五道梁见他。”站长忙说：“不，他没坐车，也不是前行，而是步行进山了。”站长说着抬起手臂指着，我看到草滩上有三个人的背影，摇摇晃晃走向远方。渐远，渐高。鹰一样飞翔的高度。

站长还告诉我，站上有两个同志陪他进山去了。深山是当年兵站的放牧场，将军当过放牧兵，在那里度过了他的一段青春岁月。

将军当放牧兵的事我早就听说过，那是必须要忍受的一段漫长而枯燥的时光！

让我们回到那个环境里吧。昆仑山中玉珠峰下的西大滩，枯草索索，溪水薄冰，数百头牦牛、山羊，几孔压着积雪的地窨……一个年轻的战士背着把被褥扎成四方四正的背包，手中还掂着一个装日用品的提包，负重 30 多斤，正心急腿慢地跋涉在没有路的荒滩上。他不时地抬头望望前方，前方是一片云雾笼罩着的白雪，白雪压着山梁的丘陵……

今天，当我们坐在宽敞明亮的大楼里，在回忆的视频上重现这个孤独行走在空旷寂寞的昆仑山中的士兵时，心中的感情肯定十分复杂。同情、怜悯、担心、祝愿……交织在一起的情感会不由自主地变成一句祈祷：战友呀，路远，荒无人烟，你快点走吧，前面不远就到家了！

不远？从下了汽车到放牧场要步行 30 里路，还不远！家？家是什么样，他还不知道呢！

这个兵就是方吉祚。他刚刚过了 21 岁，是纳赤台兵站电台的摇机员。前不久，党支部让他填了入党志愿书，组织在正式批准他为党员之前，让他到牧场去锻炼锻炼，经受考验。“党员”这两个神圣的字眼，对每个要求上进的年轻战士都会产生无法替代的诱惑力。

尤其是那个年代，他们太乐于接受这种既光彩又神圣的考验了！

当然，领导让方吉祚去牧场工作还有另外一个原因：牧场有羊300余只，牛170余头。1964年下半年，由于牧场的几名同志责任心不强，牛羊被狼吃掉了30多头（只），给兵站造成了很大的经济损失。兵站领导让方吉祚负责放牧工作，把失职的同志换下来，回站进行整顿。换句话说，方吉祚此次进山要有与狼斗争的充分思想准备。

他继续只身行走在昆仑山中。腿越走越重，路越走越长，好像永远没个头。前面出现了一座山包。噢！他想起来了，出发前老同志讲，过了这座山就走了一半路。他不由得加快了步伐。可是已经跋涉了两个半小时，他耗力不少，根本快不起来，何况又是爬山。他只能爬几步歇一次，共歇了十多次，才到达山顶。下山时双腿软绵绵的，又酸又痛，迈一步都很困难。在下山的路上，走了没有多远，他突然看到下坡地上有很长的一段沙地，脑瓜一激灵，他就把背包和提包放到沙地上使劲一推，让其出溜往下滑。推一下，滑一段距离，省劲多了。不知滑了多长时间，他心里挺得意的。但没想到背包在下滑的过程中散开了，装在里面的书呀、笔记本呀，还有好不容易让人从敦煌捎来的几个苹果，咕噜咕噜全滚下了山，他不得不连爬带滚地四处追寻散落的东西……生活就是这么无情，又是这么妙趣横生。

方吉祚总算到了家——牧场这个家。家是什么样儿呢？

首先，迎接他的是“大黑”——牧羊犬，牧场绝对少不了它，它保卫牛羊起到的作用绝对不亚于一个兵。方吉祚和“大黑”虽然是头一回见面，但因为他穿着军装，戴着领章帽徽，它便认定是自己的新主人了，友好地摇了摇尾巴，走上来嗅他的脚……

牧场在戈壁盆地，周围是举世闻名的昆仑山，方圆有数百公里，只能看到一块三角形天空，完全是另一个世界。给人的感觉，在这里睡觉，醒不醒来，天永远都不会亮。附近没有固定居住的牧民，偶尔会走过几个游牧的藏族人，大都是朝来暮去，给人感觉好像天外来客。小小牧场孤孤零零地抛在大山之中，没有任何通信和交通工具，全靠自己独立地工作、生活。四个战士挤在自搭自建的低矮潮湿的地窖里，体面的称谓是“地窝子”。吃粮标准是每人每月45斤，大米、白面均摊，永远都吃不上蔬菜。每个人都配有一支步枪，可以随心所欲地打些野味调调胃口，有野兔，还有野鸡。红烧、油炸、火烤，变着花样吃，开始觉得蛮新鲜，吃得满嘴流油。日子长了，腻烦了，一看见野兔蹦蹦跳跳地在眼前嬉闹，就反胃！也懒得去打。取暖、烧火的燃料是干牛粪，自己捡。

每天的放牧生活是一成不变的单调模式：四个人，白天两人外出放牧，两人留在家里值班；晚上两人值班，两人睡觉。每天吃过早饭，太阳还赖在高高的雪峰那边伸着懒腰不肯出山，牧场四周仍然罩在沉沉的淡暮中，他们就骑上马，背上枪，带上一只麻袋，赶着牛羊上山了。太阳快下山的时候，他们清点好牛羊，把白天跑来颠去捡来的一麻袋干牛粪放在马背上，赶着牛羊回到场里。晚上，为牛羊站岗，当听到“大黑”的叫声时，他们就知道狼要偷袭牛羊群了，便立即跑出地窝子，敲锣打鼓或对空鸣枪，直到把狼群赶走。

方吉祚至今仍然记着牧场老同志教他放好羊的“三招”。第一招——抛兜（用牦牛绳编织成的一种抛石块的放牧工具），要甩得响、远、准；第二招——要熟悉头羊，控制头羊，才能赶好羊群；第三招——练好爬山的功夫，才能追上羊群。这三招中，就数抛兜难度最大。方吉祚最初练得可以将石块甩出百来米远，就是不准。甩出去的石块落点必须落在头羊前面两尺许，远了羊无感觉，近了会砸伤羊。为了抛得准，方吉祚在草滩上用麻袋做了个靶子勤奋练习，放牧途中也是不放过任何一个练抛兜的机会。后来，当他把石块能抛到很准确的位置上时，老同志夸他："你过关了！"

人放牛羊，狼却要伤害牛羊。人狼之战使方吉祚感受到人类和自然界相处过程中的残酷与和谐。一天晚上，零点刚过，"大黑"就狂叫不止，他们知道有敌情，狼来了！方吉祚出去一看，果然有一头牦牛被狼赶走了，已经跑得无影无踪。他和战友曾桂成立即骑上马去追赶。"大黑"开道，他们摸黑搜索。多亏了"大黑"的机智和敏捷，他们很快就在一处山洼里看见了跑得气喘吁吁、浑身发抖的那头牦牛，正站在那里瞪着一双大眼睛愤怒地盯着爬卧在它对面的一只野狼。那野狼也不示弱，狰狞着龇牙咧嘴，目露寒光逼视着牦牛，分明是随时准备要扑咬上去。只是还没有等野狼要恶，"大黑"就扑上去赶跑了它。两个战士亲切地拍了拍"大黑"，表示对它的感谢，便赶着追回的牦牛回了牧场，这时已经是深夜三点钟。

没有料到返回的路上又遇险。当时他们已经快走到羊圈了，忽然听到一直跑在前面的"大黑"发出了急促而尖厉的叫声。长期以来，他们已经能从"大黑"的叫声中辨别出一般情况和紧急情况，这回"大黑"的叫声告诉他们敌情非同一般。他们上前一看，只隐约可见一个白色的东西从两米多高的羊圈里逃窜而出。曾桂成叫了一声："不好，是猞猁！""大黑"看到自己的人上来了，也有了胆量，便猛扑上去，死死地咬住了猞猁，猞猁痛苦地尖叫着。放牧经验丰富的曾桂成听出那是猞猁在作假，告诉方吉祚莫上当。方吉祚便将"大黑"唤回。就在这时，被"大黑"咬伤的猞猁猛地从地上起身，扑向曾桂成。曾桂成早有防备，对准它的胸膛开了一枪，猞猁在离他们一米处惨叫一声，重重地倒下去了。曾桂成怕它装死，又补了一枪。

人生的所有财富都是各自在经历实践中获得的。放牧兵方吉祚如此，勤务兵沈志凯、卫生兵胡梅汉、工程兵文德功又何尝不是这样呢！还有那个文义民，是个开汽车的驾驶员……

板着脸的文义民有另一面

我和文义民将军的关系似乎更近一些。这倒不是说我们接触频繁，绝不。主要是容易沟通，言谈投机。我想了想，原因可能有三。一是我较早就采访过他，大约在 2000 年夏天，当时他 39 岁，是汽车某团政委，兵站部最年轻的正团职军官。他和团长孙传章合力打造出了在全军也数得上的先进汽车团，总后勤部给他们记了集体二等功。二是他广泛地和文化人交朋友，一向尊重作家的劳动。有这样一个小例子，兵站部青年作家王鹏写过不少反映青藏线生活的作品，一些作品在社会上还有过较大的反响。但他因为常常夜里加班写作，次日就出不了早操。有些人看不入眼，给王鹏提意见。时为政治部主任的文义民断然给了王鹏“三不”优惠政策：可以不出早操，可以少出公差，平时可以不穿军装。有人对此不服，文义民就说：“那么你也写稿子，让兵站部的事上《解放军报》，上《人民日报》，我就让你也享受这‘三不’政策。”三是他的妹妹是作家，这大概也是他走近文化人了解文化人的一个桥梁。妹妹文清丽早先是第四军医大学一位业余作家，酷爱文学，成绩不断攀升，现在是《解放军文艺》的副主编。

有一件事让我终生难忘。具体时间不曾记得，反正是20世纪末的一个秋季，我取道西宁进藏深入生活。当时文义民调任广州第一军医大学副政委的事已经在青藏线沸沸扬扬传开了，据说他本人也接到了上级打招呼的电话，只等一纸正式公文。我进藏的前一天，文义民对我说："王老师，明天上线我在医院找个女娃陪你，一方面给你保健医疗，另一方面也和你说说话排解一路寂寞。"我当然听出他是七分玩笑话，还是一本正经地回答："还是派个强壮的小伙子陪我的好，这样我万一过不了唐古拉山，他可以背我过山！"文义民说:"你既然不要女娃娃陪,那么我陪你！"我一再推辞,他说到做到,总是说他也要上线了解情况，陪我只是顺便捎带的事。我那趟上线确实是文义民和副政委李海乾双双陪着。我们一路聊得既尽兴又开心，我得到了许许多多在办公室难以得到的高原军人的原始生活素材。出发第三日，我们到了唐古拉山兵站，这是青藏公路上最艰苦的一个兵站，我再不愿让他们陪送了，就说："二位留步吧，翻过这座山就是西藏了，后面的路好走多了，我会顺利上路的。"文义民握着我的手，深思着说出了他心中的话："王老师，我不知这话当说不当说，放在心里好久了，想了想今天还是说了为好。你已经是60多岁的老人了，还经常坚持上高原，这让我们很受感动。我们当然愿意年年在唐古拉山看到你的身影，但毕竟年纪不饶人，我劝你这是最后一次上线。今后写作时需要什么素材，我们上北京给你汇报！"我不认为这是一般的客套话，只有最亲近的人才会说得出。这样的话，家人和最亲密的同志都给我说过。今日在唐古拉山巅听文义民如此说，心头的感动、激动竟让我一句话也说不出来。我答应了他的劝阻，继续西行直奔拉萨。

此后，我至少又有五次闯荡世界屋脊的经历，最近的一次是

2009年，我刚好70岁。

回转笔，还是写文义民吧！

其实，文义民在汽车团开车时的事情已经很少有人提及了，甚至没有人知道他曾经还是一名汽车驾驶员。留在大家脑海里的文义民的形象，好像永远都板着个脸，不曾有过笑容。是的，他是一个很严肃的人，从当了团政委乃至当上兵站部政委后，都是这样。对部属要求很严，一言九鼎。这样到底好不好？众说纷纭。他呢，似乎不去考虑，依旧我行我素，一如既往地板着那张脸。

有这么一档事，已经过去了十多年，人们还不时地津津乐道，话语间溢满了对他的称颂。好像是时间越久才能够酿造出挥之不去的甘甜味道一样。

兵站部设在格尔木的指挥所院子里，其绿化美化工作在格尔木地区都是数得上的先进单位。尤其值得自豪的是，有些树是青藏公路通车后不久就长在那里。当然这样的祖先树只有两三棵，绝大多数的树是几代后来的青藏线人陆陆续续栽的。院子里的树到底有多少，好像很少有谁去清点过，但是有一点是不容置疑的，那就是看见这些长在不毛之地的树，大家扎根高原的思想就会牢固一分。

这天清晨，这是文义民从线上执勤下来的第一个早晨，他照例在指挥所的院子里边走边看边想。这已经是他的老习惯了，总是在走走转转看似闲步之中发现问题，思考事情。不对，路边的树怎么少了三棵？他仔细查看，没错，是少了三棵。他很快就搞清楚了是怎么回事。原来管理科的几个同志认为院子里有些地方树与树之间的行距过密，便私自决定，跑马射箭般这一棵那一棵地砍下了三棵。满院数十棵树，少了三棵，一般人很可能不会留意。文义民不仅发现了，而且还很在意。

文义民怒气难耐地找到管理科的负责人，批评说："你们真是胆大包天，砍树！在格尔木种活一棵树比养活一个娃娃还要难，你们不知道吗？长了十几年、几十年的树容易吗？格尔木的树是一种独特的风景线，更是一种精神，你们知道吗？慕生忠政委当年为了给格尔木种树，从湟源买来了一汽车树苗，栽在望柳庄前，只活了十几棵。现在这些树终于长大了，还长在望柳庄前。老树就应该砍掉？树的行距密就应该砍掉？扯淡！"

文义民骂人了，粗话。后来他说，他不敢说这就是自己最后一次骂人，但他说，他今后会尽量做到不说脏话。

事情到此并没有画上句号。文义民给管理科的负责人留下一句话：一定要严肃处理乱砍树这件事。有些人大概对有些事情敷衍惯了，政委让处理嘛，批评一下就算了，谁能说不是处理？没想到，文义民根本不通过。他和其他几个领导商量后，对凡是涉及砍树的当事人以及有关领导，包括兵站部分管这项工作的领导，罚款！有的还给予了处分。

这就是文义民。板着脸很严肃的文义民。当然这只是文义民的一个方面了。他还有另一方面。从士兵一路走来的文义民，他的心一直拴在基层。他对终年在风雪线上餐风啮雪的广大官兵，那真是爱得深切。从下面讲的两个故事里，你就可以透彻地看出他和兵的感情有多么深沉。

故事之一：营院有一棵酒树

文义民无论如何也没有想到，那一夜他被那伙老兵灌得酩酊大醉。当然很痛快了！不是吹牛，他的酒量是蛮可以称雄的。在青藏线上敢和他文义民碰杯的能有几个？可是他还是败在了几个老兵的手下。海量，服！打心眼里服这些快退伍的老兵。老兵对他，还有他对老兵，那是只能用酒才能浇灌出来的感情呀！

那天，八连的晚饭是专门为次日要离队退伍的十个老兵做的，少有的丰盛，也破例地备了酒。平时军营里是闻不到酒味的，特别是汽车部队，谁喝酒，那不是找死？现在这十个老兵要离开高原了，他们都在风雪线上铆着劲奋斗了八九年，哪个都有功劳簿。难舍难分的惜别之情笼罩着整个餐桌。备上一壶烫酒，于情于理都说得过去。有几个感情丰富的老兵述说着难舍之情，说着说着竟不由自主地哭了起来。大男人的眼泪不到伤心动情处，是不会轻易淌出来的。

有个老兵一把鼻涕一把泪地说："高原苦吗？是苦。可是哪个王八蛋不愿意在这干呢？再大的苦，我们把它咬碎咽了，它还能苦到哪里去呢！我是农村走出来的，苦孩子出身，我不怕苦。在高原再干十年也乐意，开汽车，端盘子，爬电杆，都愿意！今年领导猛不丁地让我复员，我舍不得走！"

说着他一仰脖子，半杯酒没了。

另一个老兵端着酒走过来，对这个哭诉衷肠的老兵说："老马，你他妈的算男子汉吗？男儿有泪不轻弹，有什么过不去的坎，眼泪能帮忙吗？你以为我愿意走吗，龟孙子才不想留在部队呢！咱都是受党教育多年的老兵，这点坎还迈不过去。我们回家抱着媳妇热炕头，干出点名堂来，同样是热爱高原、热爱格尔木的表现。来，干！"

另一个老兵站起来对这位"热爱格尔木"的战友说："我怎么听着你说的这话酸溜溜的，不舒服。少说这种不搭边界的废话，我倒是有一个正经的建议，咱们马上就要离开格尔木了，为什么不和文政委碰一碰杯，听说他是海量，谁上去他就把谁撂倒！"

文义民就是这个时候出现在大家面前的。其实他已经站在这里好一会儿了，本来是专程来送十个老兵的，没想到进门就听着大家七嘴八舌地谈笑着，他就驻足有意多听了几句。他上前和十个老兵一一握手，边握手边说："不用你们请，我就来了。咱们都是战友，我送你们是应该的。"说着，他走到刚才哭诉心迹的那个老兵面前，端起酒杯说："你的话我都听到了，说心里话，我很感动。就冲着你对青藏线这份深情,我文义民也要和你干杯。咱不打折扣,先干为敬，我干三杯，你量力而行！"

他把三杯酒夹在手指缝间，一仰脖子，一下子倒进嘴里。三个杯子干干净净，滴酒不留。

那老兵也不示弱，照样喝了三杯。只是他没有政委一次就能喝三杯的高超酒技，是分三次喝的。

文义民又端起酒杯，对十位老兵说道："这杯酒既是感谢，也是祝愿。各位在高原多年，为兵站部建设无私奉献，青藏线人会永远记住你们的。今日是好汉,明天也一定会成为英雄的,来,干杯！"

老兵们端起酒杯，其中一位悄悄喊了一声"一二"，他们便一起说："感谢各级领导的厚爱和关照！"

文义民端起第二杯酒，说:"这一杯是致歉酒，你们在部队期间，我们这些当领导的肯定会有不少粗疏不周的地方，有时出言不慎，说了伤你们感情的话，请各位包涵！"

十个老兵又是齐声说："我们永远是您的兵，希望继续得到首长的批评帮助！"

第三杯酒是文义民为十个老兵的夫人和未来的夫人敬的……

酒过三巡，他和兵们都有点醉了，话也越来越投机。

官和兵这时完全融为一体了,心心相换,无话不谈。一个老兵说：

“首长，你刚才喝酒，手指缝里夹着三个酒杯，一张嘴酒就全部倒进去了。这一招真绝，我还没有看够，你再表演一次，好不好？”

文义民一眼就识破了这个老兵的诡计，说：“你小子想灌我了，绕什么弯弯。好！我答应，给你表演。我三杯，你也三杯！”

说着他就把三杯酒夹在指缝间，一饮而尽。他望着那个老兵说：“别装怂包，喝！”

老兵无奈，只得连喝三杯，分三次喝的。

借助酒威，文义民大声感慨：“三杯？那算什么球本事，刚才那是雕虫小技，我四个指头可以夹六杯酒，一口喝完。”

“呀！六杯。”老兵们大惊大喜。

“不信，咱就试试！”他的高兴劲儿来了。

老兵们将巴掌拍得震山响，高兴极了。

他说：“你们派人到我宿舍里拿酒去，今晚咱们喝他个一醉方休，让你永远记住高原军人的豪爽！”

……

西凤酒，名牌。他说这是从家乡带来的，今晚为了欢送高原上的功臣回乡，贡献出来。大家都高兴，酒才喝得有滋味。

果真，他的指缝里夹了六个酒杯——中指两边的缝间各夹了两个杯子。倒满酒，仰头，张嘴，六个杯中的酒水像溪流一般淌了进去。

老兵们跟着他学，一个个满脸都是酒，谁也学不来他这一招。他很牛气地说：“再长几年见识吧，现在还嫩了点。”

月亮高高地挂在树梢，兵们送他出来回宿舍，送了一程又一程，也不肯分别。在经过一棵柳树时，不知是哪个兵带了个头，三蹦两跳地就上了树。接着其他九个兵也一个个地爬上了树。每个树杈上都爬着一个醉兵，满树喷着酒香。

老兵们在树梢上喊着："再见，首长！再见，格尔木！"

他站立树下，大声喊着："快下来，小心摔着！"

他的话语里也含满酒香。欢乐的格尔木之夜。官兵们都快乐疯了！

昆仑山也像醉了似的，慢慢抬起头，看着军营里这片真情。

忽然，树上的老兵唱起了歌，那歌便是《小白杨》……

故事二：他扶起三个下跪的兵

每到节假日，山上的兵站就显得寂寞难耐。特别像元旦、春节、国庆节这样的大节日，兵站的兵们更感到心里空空荡荡的，毫无着落。

这个时候，路上断了车辆和行人。站上的干部也都轮流安排下到格尔木，很幸福地进了家属院。那些老兵们也总愿意把回家探亲的日期选在这个时候。这个春节，五道梁兵站那几排房屋冷清地站在可可西里，像抛锚的小船停在港口。是等待起航吧，只是等待太漫长，熬人！

这是大年三十的晚上。兵站其他人都各忙各的事去了。会议室只留下三个兵在包饺子，清一色的三个新兵，全是连第一套军装也没有穿旧的兵。他们刚刚没精打采地捏完了饺子，谁也无心去整理那些零乱在案板上的饺子。擀面杖滚掉在了地上。

给人的感觉，那些饺子比三个兵还要孤独无助。

兵呆呆地望着饺子，饺子是不是也望着兵呢?

会议室里的空间似乎比平日增大了许多。

一个兵对另一个兵说："为什么没有一辆汽车来呢？我很想搭个便车到格尔木去，那里的汽车团有我的老乡，我们是一个村里的，今晚他算是离我最近的亲人了。"

另外一个兵自言自语地说："我还不懂事的时候，我爸就过世了，不久妈妈也跟着另外一个男人离开了我。我是由姥姥带大的，姥姥去世后，每年春节我都去姐姐家过。"

……

无语。

会议室的空间在继续扩大。

这里思乡思亲的愁绪是如此的浓烈、悲凉！

也许这时候有一只迷路的藏羚羊在屋外的滩上徘徊，它会不会误以为这是一间空房子，想进来躲过这迷途中的一夜……

三个兵静静地坐着，谁也不理谁，只有案板上的饺子呆呆地望着他们。

好漫长呀，这个夜，这个春节……

突然，外面一阵说话声，紧接着门开了。文义民带着三个军官出现在三个兵面前。三个军官——一个上校，一个中尉，一个少尉。兵们都认识文义民政委，他是大校。

三个兵好惊喜，都站了起来。

文义民说："你们辛苦了，我们给你们拜年啦！"

说着，他双手抱拳，给三个兵一一祝福。

文义民看见了案板上的饺子，似乎看出了点什么味道，便满脸喜色地说："饺子包好了，为什么不吃呀！在我们老家除夕夜就兴吃年夜饭，也叫团圆饭。来，咱们今夜能在可可西里会面，实在难得，也是缘分。团圆嘛，下饺子，吃团圆饭！"

这时，那位上校到伙房去了。中尉和少尉到兵站其他执勤点上拜年去了。

三个兵见状，不知是惊慌，还是欣喜，竟一起跪在文义民面前，一连三磕头。

在他们老家，小辈人给长者拜年就兴磕头。

文义民扶起兵说：“这可要不得、要不得！”

说着，他哭了，给三个兵还毕恭毕敬地还了个军礼……

文义民的故事还很多，都带着浓浓的官兵之情，还有点传奇色彩。不少记者都喜欢和他聊天，希望多挖掘些这样的故事。他呢，不太愿意讲自己。记者们问得狠了，他便会说：“我做的这点事，比起我们的老部长王根成，差得远了。”

于是，他就给记者讲起了王根成的故事……

王根成问兵：你喜欢什么样的官？

我和王根成是一个火车皮拉进军营的战友，我们都是那个全中国人都知道的法门寺所在地陕西扶风县人，入伍后又在一个汽车团开车。1991 年第 1 期《十月》杂志发表的我那篇题为《青藏高原之脊》的报告文学，有一段文字是这样描写我的这位乡党的：

> 这是一个八百里秦川的苞谷糁支撑起来的一米八个头儿的烈性汉子。不认识他的人，只要瞅瞅他这个头儿，看看他那古板中渗透着几分森严的脸，你就会得出结论：世界上的事情没有他干不成的！

他在青藏线上待了32年，和他一起上高原的人都早已下山了，他却还踏踏实实地干得很起劲。有人说，全兵站部翻越唐古拉山次数最多的人是王根成。他是从班、排、连，到营、团、师，一个台阶一个台阶地走上来的；光在师职的岗位上就已经蹲了八年。用一个战士的俏皮话说："八年暖块石头也孵出鸡娃了。"那么，他在青藏高原上这32年呢？我的这位老乡没有给"江东父老"丢面子，像高原的牦牛一样在雪山上超负荷行进。他是干出了名堂的。开汽车时，他是全团唯一的万里车驾驶员；当连长时，他们的连队被总后树立为标兵连队；当团长时，全团的出车率提高到百分之八十，这在青藏线上是少有的。最近中央军委还授予他们"青藏高原模范兵站部"的光荣称号。还要怎么样呢？确实"够意思"了！

1965年，我调到首都北京工作，这期间他作为青藏线上的先进个人和先进单位的代表来北京开过几次会，我们匆匆地见过面，但却未及深谈。这次，我一到西宁，他就赶到招待所来和我寒暄，当着众多的相识的和不相识的人的面将了我一军："还记得不？当时我在六连当排长，你是代理副指导员。一次检查内务，你提溜起我们一个驾驶员扎得松松垮垮的背包批评我说：'你这个排长是怎么当的，带的这兵能打仗吗？'"这事我确实记不得了。即使当时批评过他，那

也是有口无心。30年前的事他还记得这么清楚，
可见他没有把老战友忘掉。

还是那次我回到高原，看到原先黑脸大个的王根成，脸庞变得消瘦，已经不那么壮实了。时任兵站部宣传科副科长王志雷（现任解放军总医院政治部主任，少将）给我通了个“情报”：头年，兵站部在唐古拉山顶举行高原军人雕像落成典礼，王根成在会上讲话时喘得厉害。当晚他在沱沱河兵站住宿，半夜里断了氧气，差点出了麻烦。还有一次在拉萨，几个单位的负责同志给王根成汇报工作，他听着听着，忽然脑袋“轰”的一声，眼前一黑，晕了过去。只是过了几秒钟他又清醒了，他看到汇报的同志依旧讲着，他们什么也没发现。

我见这位乡党在高原身体损耗得厉害，便掏心窝地对他说：“根成，你都是50岁出头的人了，身体还能在高原撑下去吗？还是到医院好好检查检查为好！”

他淡然一笑，说：“就这个样子了，身体没什么大病，一下子还要不了命，但也不容乐观。总之，我不想那么多，干事要紧。兵站部这一摊子事头绪多，事情杂，没有人挑头是不行的！”

我无话可说了！

……

前面不是说文义民给记者讲了王根成的故事吗？下面我们就把这个故事展现给大家。那是王根成在用自己的行动教文义民如何做人、做官，一切尽在不言中。从这个故事里我们不仅看到了王根成对年轻干部寄予的厚望，还能感受到他粗中有细，刚里含柔的性格……

王根成就任兵站部部长时，有一次上青藏线，说要在政治部带一名“秀才”,便指名道姓点了年轻的文义民。出发前他对文义民说：“小文，你们政治部的干部都能说会写，你跟我跑一趟青藏线，我也能省一份心。”年轻的文义民当然不认为自己就能让部长省多少心，尽力帮首长干点具体的工作就是了。他万万没有想到的是，出发后部长一路上为基层官兵操的那份心，做的那些温暖的事情，让他真真切切地看到了一位爱兵疼兵的军队好官。从而他悟明白了，部长点名要带自己上线，并不是单单让“秀才”帮他干活，而是教他们这些羽翼未丰的年轻军官怎样做人。

按照王根成的吩咐，文义民准备好了出发后路上要用的东西，学习材料呀，笔墨纸张呀，防病治病的药品呀，防寒御冷的衣服呀，等等，尽量齐全。之后，他去帮王部长准备个人用品。这一去使他大吃一惊，部长要带着上路的都是些什么呀：高压锅、暖壶、喷灯、挂面、饼干，还有一些汽车常用的零件……大包小袋，把小车的后备厢塞得满满的。当时还没有兴起方便面，他带的挂面少说也有十多把。文义民从来没有见过机关干部或部领导出发上线带这些东西，他直发愣，又不得不帮着装车，便问了一句：“部长，你是不是要开杂货铺了？”王根成说：“就算是吧！到时候你自然就明白了。”

当时文义民真的不知道部长要干什么。他暗自琢磨了又琢磨，还是没有琢磨出个名堂来。他本想再追问几句，只见王部长一脸的严肃，便闭起了嘴巴。谜团只是紧紧地锁在心里。

车子上路后，部长的心情挺好，和文义民聊天开玩笑，气氛很轻松。文义民仍惦记那堆“杂货”，又问部长：“部长，咱们这次上线，你是不是打算搞一次野炊？”

王根成说：“野炊？那是闲人干的事，起码咱们青藏线的官兵没有那个雅兴。我们这些整天坐在机关大楼里的人要时刻想着在线上奔忙着的战士。”

文义民好像明白了一点儿，又似乎还很懵懂……

车子行驶到长江源头那天，文义民终于搞清楚了王部长的良苦用心。一辆抛锚车停在路边的野滩上，部长让司机停车，他走上前和抛锚车的驾驶员搭话，询问情况。驾驶员给部长汇报了情况，王根成便从小车上拿下几盒饼干，交给他，说：“既然车子快修好了，我们就不陪你了，你吃点东西，肚子饱了好干活，快点修好车，争取早点到站。”他又给驾驶员从暖壶里倒了一杯开水，便继续前进了。

文义民心中豁然开朗，原来王部长带的这些东西是为路上抛锚车的驾驶员准备的！

车子开动后，王根成拔掉含在嘴里的烟，感慨地说：“我是当驾驶员出身的，懂得在荒山野岭抛锚后的艰辛滋味，断粮、断水，又缺少汽车零件，干着急没办法。如果我们这些当领导的在这个时候出现在他们面前，想方设法给他们尽量地解决些实际问题，比你讲空洞的大道理要管用得多。领导就是为大家服务的嘛！”

说到这，王部长指着正在开车的司机说：“你问他，喜欢哪种领导？”

司机目不斜视，照样专心致志地开车，只是说：“那还用说吗，光说大话不干实事的官，老百姓不会给他投票的。”

文义民抬头望了望王根成，突然觉得他是那么的亲切和高大。同时也有一丝愧意袭上心头，在兵站部这个棋盘上，自己大小也是个“官”，怎么就没有部长想得周到呢？一把挂面、一壶开水、一个汽车零件……要说这些东西有多么珍贵，完全不是那么回事，但要真正能在战士们急需它的时候送到他们手中，就不是那么容易的事了。

在唐古拉山上，他们又遇到一台抛锚车，文义民帮着部长给驾驶员拿出了修车所需要的喷灯和一些汽车零件，当然还留下了给他们充饥的食品。抛锚车的驾驶员把食品又放回到小车上，说："部长，你一路也要吃呢！"王根成说："我吃饭不用你们操心，倒是你们一抛锚就要受苦受罪！"这话像寒冬腊月里捧上的火炉，驾驶员听着流下了眼泪，不说话。

在藏北草原的桃儿九山上，一位副连长陪着一台抛锚车的驾驶员和助手，已经两天没好好吃过一顿饭了。在部长和那位副连长交谈的当口儿，文义民和司机已经把车上所剩的挂面、饼干全部搬下来给了他们。文义民对三个战友说：

"每天必办五件事，吃喝拉撒睡，你们现在先解决肚子的问题。部长是最实际的人，他常说饿着肚子第一开不动车，第二上不了线。民以食为天，吃饭最当紧！"

王根成这时扭过头对文义民说："没有水，挂面、饼干能干吃吗？把暖壶给他们留下。"

"部长，壶里的水已经不多了，你有糖尿病，喝水多……"

王根成打断了文义民的话："留给他们吧，咱们是车轱辘一转就到兵站，还愁没水？"

文义民不敢违背部长的意思，将那只剩下半壶水的暖壶拿给了他们。

这天，他们到了黑河兵站后，王部长又让兵站的同志给抛锚在桃儿九山的三个同志送去饭菜，他对兵站的领导说：

"他们已经两天没有好好吃东西了，在山上挨冻受饿，看着实在叫人心疼。就是今天把车修好，他们晚上也下不了山，你们快快做些饭菜放在保温桶里送上山，让他们热热乎乎地吃一顿。抛锚了辛苦呀，你们换个位置想一想就明白了！”

听着这像爹娘关心儿女似的烫心话，文义民心中仿佛鼓起了一叶帆，巴不得立即到高原的天地间去飞翔，去搏击风雨。

第四天，王根成一行到了拉萨。他车上带的东西已经一点不剩地全部留在了路上。司机长长地吁了一口气，说：“总算完成任务了！”文义民在一旁问了一句：“完成什么任务了？”司机答：“救济了一路的抛锚车。”稍停，司机又说：“跟着部长出车真累！”文义民纠正他的话说：“你累，部长更累。在累中我们倒是学到了许多东西。”

离开拉萨返程的前一天，文义民主动忙起来，给小车上准备着东西：汽车零件、食品、暖水壶、挂面……

王根成站在一旁看着，脸上挂着笑容。他还特别提醒文义民：“到兵站伙房拿上几捆劈柴，抛锚车的驾驶员没柴生火多受罪呀！”

十多年以后，文义民回忆起当年老部长给他上的这一课，仍然十分激动，他说：“在后来的生活中，特别是我做了领导工作后，我常常想起那次跟着王部长出车的事。想起来就很激动，觉得自己应该做的事情还很多。如果说今天我还对战士们有很深的感情的话，这粒爱兵的种子就是当年老部长点播在我心中的！”

这是前两年的事，王根成调离高原后已经从第四军医大学副校长的位置上退了下来。文义民也在青藏兵站部政委的岗位上踏踏实实地干了六年后，内调到广州新的单位。他们在西安相聚了，还有好些高原上下来的战友。王根成满头白发，文义民的脸庞也刻满了岁月的沧桑。王根成端起酒杯用颇似“老一辈无产阶级革命家”的口气对在座的高原战友说：

“这些年，我常常会想起在兵站部时，我在大家面前喊得最响最亮的那四句话：不怕损身子，不怕苦妻子，不怕误孩子，不怕亏父母。我们当然不怕了，有什么可怕的？要是怕，兵站部还能有今天吗？现在，青藏线的条件好多了，吃穿住行娱乐发生的巨变，是当初的人做梦都想不到的！我不知道他们还讲不讲这四句话，丢不得呀，这四句话永远都不能丢掉！”

这时，一个年轻的军官，他是不久前刚从青藏兵站部调到西安的干部，掏出笔记本走到王根成面前，说：“老部长，仰慕你好多年了，请你给我留言，写下这四句话，我要珍藏！”

王根成推辞：“我的字太丑，让文义民写吧！”

年轻军官：“不，我要你们两个都给我写！”

于是，王根成、文义民轮流在那个笔记本上写着……

此刻，2008年的盛夏。

青藏高原上正悄悄地降落着一场“六月雪”，雪片飞旋、滚跳，白了天地，白了青藏公路。格尔木的“将军楼”却滴雪未沾，赤露着经过岁月的淘洗而显得厚重的红砖、蓝瓦……

一个有过作家梦的政治委员

现任解放军后勤学院副政委贾新华将军，在他35年的青藏人生经历中，值得自豪的事肯定不少。但是有两部反映青藏兵站部生活的文学作品先后获得鲁迅文学奖，而他作为这两部作品诞生过程中的参与者和见证人，这恐怕也是他老贾很值得铭记的事了。这两部作品就是南京军区作家徐志耕的长篇报告文学《莽昆仑》，还有本人的散文集《藏地兵书》。贾新华是兵站部的业余作家，徐志耕在高原深入生活的近一个月时间里，他一直陪同，担负后勤保障和向作家学习的双重任务。《藏地兵书》中的好些作品我在动笔前，都和贾新华有过较多的交流。我们相识30多年了，于文于人都无话不谈。记得我获得鲁迅文学奖后，正在线上执勤的他从唐古拉山发短信给我，代表兵站部万名官兵向我表示祝贺。我回复：这些天祝贺的人不少，我最看重的是来自高原战友的祝贺。

贾新华常对人说："我曾经有过当作家的梦，由于才华不济只好作罢！"这当然是他的谦虚了。从文学步入仕途，这样的官一般做得都不错，因为有文学给他垫底。不信，我讲些事情给大家听。

那些把生命献给高原的战友的英灵，引诱着我数十次跑青藏线。贾新华曾三次陪我上线，其中两次是在他担任了兵站部政委以后。不是我要求他陪同，而是他坚持要与我一路同行。我诚恳地对他说，需要你忙的地方太多，免了吧，派个人给我引路当向导就行了。他说，难道我还不够格当向导吗？再说，我一边跟你上线，一边还可以做我要做的事情。别忘了，一个曾经想当作家的人不会放过一个可以学习的机会。话说到这个份上，我再推辞就真的见外了。

贾新华和我坐在越野车的后排座上，天南海北无话不谈。车速时快时慢，车窗玻璃上变幻着高原的雪山戈壁、浅水枯草。车越走越快，离出发的地方越来越远，我们话也越说越多。每在我俩停下交流的空档，就可以清晰地听到风儿吹过引擎盖时急促而有节奏的声音。我很爱听这种声音，那是带着冰雨消融冬雪的风，带着种子拥抱泥土的风，也是带着牧羊女凄婉而忧伤歌声的风。此刻，世界上仿佛只有这风吹过引擎盖的声音了，我觉得这是我这次上线听到的最悦耳的声音。我确实爱这风，也感谢这风，在高原上听到这风声，让我成熟了许多。

我和贾新华继续交谈着。他给我讲了许多高原军营的故事，使我那次的采访变得格外丰盈和愉快。

车子走得不快，也许驾驶员懂得我们的心情，有意放慢了速度，好让我们谈得更尽兴些。我很乐于给贾新华讲我打算写的高原生活的一些构想或半成品的作品。说心里话，我是向他讨教，这样的交谈我每次都有意外的收获。

“汽车轮子把日子碾成了撬不开的冰川，楚玛尔河变得消瘦，唐古拉山开始发胖。汽车兵把所有的祝愿装进大厢，执行一年一度的最后一趟进藏运输任务。”这是我一篇散文的开头，我念给他听。够雅了吧？没关系，跟爱好文学的领导谈创作，完全可以用这样的方式开始，他懂。我告诉他，下文还没有写出来，但基本框架已经在脑子里形成。正是在这执行最后一趟运输任务中，我曾经采访过的一个汽车兵倒在了雪山上。在被可恶的高山反应折磨得无力扭动方向盘时，他还在纸上写下了“母亲”两个字。这不是遗嘱，是深藏着太阳的一部大书，是足够想象的秋天的果实。

贾新华听了一直不语，我能感觉得出，他沉思得很深，很艰难。许久他才抬起头望着我，仍然不语。我等待着他对我即将写的作品的评论，或者叫建议吧。他一定会的，我已经有过好几次这样的收获了。

“你能不能不要写这个兵死去，让他活着。活着多好呀！干吗非让他死！”他说话声音很低，感伤很重。“不要把他写死去！我们还有好多事情等着他去做呢！你让他活着吧！”他这样重复着，近乎哀求了。好像我掌握着他的兵们的生死大权。

我马上有一种做错了事的感觉。好像回家时不留心错按了邻居的门铃，想收已经来不及了。我只能对他说，那个兵真的死了，我是如实地写。

他说："我看过你许多写青藏线的作品，都写了死亡。作家写青藏线，死亡是绕不过去的坎。你也多次说过，你写死亡是为了求生。这，我都同意，确确实实我们青藏线官兵从你的作品中得到的激励和力量是很大的。但是，我还是建议你在这篇作品里不要写死亡，让这个兵活着。活着真的很好！"

我当然可以做到他说的那样了，让这个兵活着。但是，让我生疑的是，他为什么要这样固执地坚持呢？

他说出了隐痛的心语："今天我想起了我的一个把 21 岁年轻生命献在青藏线上的战友，他是和我坐一个车皮上高原的，他叫宋兆元。他的生命是被一次车祸带走的，同时带走的还有我的爱和悲伤！"

往事从头顶飘然而下，贾新华的眼睛眺望岁月的风口，寻找着照亮尘世的那条小路……

宋兆元是贾新华同乡战友中，第一个当上驾驶员并在世界屋脊上驰骋的汽车兵，足见他的聪明才智多么过人。这孩子是一根苦苗，父母早亡，在爷爷奶奶含辛茹苦的养育下长大。19 岁那年，他强烈要求当兵，决心走出贫穷的家乡，闯出一条新的人生之路。如果春光不负热爱生活的人，如果高原晴空下那些梦幻似的冰河泥沼能变成田园风光，宋兆元定会在风雪世界里走出属于自己的灿烂前程。可悲可叹的是，在他穿上军装第二年的那个飘着六月雪的夏天，他驾驶着收尾车从藏北的申格里贡山向安多行驶时，在山下的最后一个拐弯处汽车翻到了桥下的河里，当战友们用吊车把汽车从冰河里吊上来时，宋兆元及同车的另外两个新兵都活活地被闷死在了驾驶室里。原本眉清目秀的战士被大家打捞出来后变得惨不忍睹。对于事故的原因，至今是个谜。宋兆元的哥哥千里迢迢到高原奔丧，带回去的仅仅是弟弟节衣缩食留下的几十元钱和一个旧背包！宋兆元短暂的军龄就这样融化在藏北的冰河里！

宋兆元的死给贾新华留下了撕心裂肺的痛。命运为什么要如此捉弄一个年轻的生命呢？诞生与死亡的距离为什么会如此邻近？他此生也无法忘记在掩埋宋兆元时那位从遥远家乡赶来为弟弟送葬的哥哥的凄惶无助，哥哥抱着弟弟留下的那个旧背包瘫跪在地，拍打着简陋的棺材啼天哭地，重复呼唤着死者的名字。贾新华的心如芒针猛刺，剧疼难耐。昨天还像他一样铁了心要在高原干出一番事业的战友，转眼之间怎么就永久地闭上双眼离开了人世！世界屋脊上的雪山和冰川无边无际，哪一棵雪莲在乎生或者死，被纪念或者遗忘？宋兆元一样的兵们的谦卑和默默无闻，使世界变得宽广！贾新华陡然觉得自己应该为宋兆元做点什么，活着的战友有一百条理由一千条责任去慰藉死去的战友的灵魂。他在遥远的天国和早就躺在那里的父母守在了一起，抚慰他也是抚慰父母那空落痛凄的心！贾新华收藏起受伤的心，暗下决心：兆元，你不会孤独，我在高原一天就陪伴你一天。此后，每年清明节他都会去给宋兆元和其他烈士扫墓，每次乘车路过藏北宋兆元出事的桥，他都要让驾驶员停车鸣几声喇叭，寄托他对战友的哀思，唤醒战友那不甘心远行的灵魂。只有这样做了，他才觉得似乎了却了一桩难舍的心事。每次听着哀婉的车笛声，他就感到自己摘下的经历过寒雪残阳的乡愁正渐渐密布在心头。那是一份幽怨，也是一份珍重，更是一份动力。贾新华在一篇题为《不应记忆他们》的散文里这样坦陈自己的心迹：

每每站在烈士墓前，心里总会感到一丝愧疚和不安，常常扪心自问：我做得真的已经够好吗？想想宋兆元，想想那些长眠在贫土杂草中的战友，我们还有什么不满足，还有什么思想包袱甩不掉，还有什么个人利益不能丢弃的呢？看看昆仑山尖的白雪，冰清玉洁。再看看山峰旁兵站的战士，我就觉得自己很渺小。因为我知道，能把我们引领得更为崇高的只能是昆仑峰巅上那比雪更纯洁的守望者的历程。他们能净化我们的灵魂！

贾新华从宋兆元的安葬地，想到了一批烈士的墓地，格尔木北部的那个烈士陵园。严格地说，那实在算不上陵园，只是昆仑山下一片长满芨芨草、骆驼刺的莽原，无遮无拦，荒冷无边。自 1964 年青藏兵站部的部队陆续奔赴青藏线以来，已经有近 800 名官兵为了执行边疆运输任务献出了宝贵的生命。安葬一个烈士，墓地就向外延伸一片，没有规划，无人管理，荒野无边，枯草漫坟。许多坟墓横七竖八地躺在荒郊野外，大的、小的、土垒的、水泥砌的，什么样的都有。墓碑也不统一、不规范，有的索性用木板简单写几个字往坟头一插，不久就被寒风刮倒或被什么人拔走了。久而久之，甚至连墓的主人是谁都分不清楚了。野草掩了烈士坟，荒了活人的心。多少祭奠的香火被野草野风野狼吃掉！贾新华每次站在这里，想着那一具具躺在冰冷地下的战友的忠骨，他的心就无法安宁。烈士无语，他无语。他们不语不是不能语，而是从更远处刮来的风雪吹冷了他们的心。愧疚、责任交替地撕咬着贾新华的心。1997 年冬，他上任兵站部政治部主任的第一件事就是与青海省民政厅协商搬迁烈士墓，告慰烈士们的在天之灵。要建数百座墓，工程不算小。民政厅答应给40万元，贾新华竭力办这件事，又从兵站部争取到80万元，终于把“昆仑烈士陵园”建成。纪念碑的碑文是他亲自把关最后审定的。碑文如下：

公元一千九百五十四年冬，一群共和国戎装子民奉命开进青藏高原，破亘古冰天，战生命禁区，嚼千重苦难，伟岸之躯化金桥，浩然正气贯通途。四十五载排闼风霜，四千里路扪星抚月，创建空前伟业；驭铁马纵横地球之巅，舞油龙送暖雪域圣地，引电波勾纳八荒信息，抗灾险誉满华夏神州，固边陲铸就高原精神，舍六亲而惠亿万民众。

生作人杰，死亦壮烈，六百八十将士赍志而殁，奉献殊高洁，牺牲尤义远！

为昭其功，永其志，继其业，兴其德，我部将现存二百八十先烈遗骨迁葬于此，修葺陵园，四时享祭，魂依昆仑托体高崖，慰藉英灵功垂国史，特立碑铭志。

总后勤部青藏兵站部立

1998年8月1日

纪念碑挺立在昆仑山下，同时挺立的还有活着的人对死者的深沉之爱。坟前的青草一年一度复活，哪一棵是你，宋兆元？其实这已经不重要了，每一棵青草都代表着所有的烈士。兵站部的官兵一代一代地轮换，还会有谁在乎是贾新华为逝去的战友建起了这座家园，只要纪念碑不倒，他们的谦卑和默默无闻就使世界变得高大！

贾新华说：“从列兵到烈士的距离并不遥远，每个人都有变成一堆土丘的那一天。所以，我们要珍惜人生，要好好地生活。生活，就是生下来活着，好好活着。作为一个领导干部，自己要想活得好，首先要让所管辖的每个兵生活得心绪敞亮，衣食无愁。只有把自己的每一滴血都渗到所热爱的事业和所爱戴的官兵身上，你才活得有意义有价值。在你挥手和这个世界告别时，你的最后一滴血也许已经消耗得不再鲜红了，但是至少它在失去温暖之前，给你们的人生增添了一点亮丽的颜色。”

也许应该把上面这段话，看作从想当作家梦中醒过来的贾新华的为人之道、为官之道。以此为引子，下面我要讲的是他在担任汽车团政委期间“使用”干部的一个故事，不，应该是一正一反，两个故事。

兵熊熊一个，将熊熊一窝。贾新华从穿上军装那天起就听到了这句在军营里流传很广的话，那时候可以说似懂非懂。数十年军旅生涯的历练，在穿越时间的隧道里不断地磨砺着它的真理光芒。他当然会以较为宽容的眼光和气度来对待自己手下的“将”，但是对于那些总是扶不起来的实在忍无可忍的“熊将”，他如果手软，就是对肩负的神圣使命的姑息。汽车团屡见不鲜地出现这样那样一些不尽人意的事情，不就是因为这样的“熊将”太多了吗？

有个营职干部，任职快三年了，政绩不多，恶习倒不少。没精打采干工作，舞场、赌场却很活跃。用群众的话说，他是吃喝赌样样俱全。长期以来，他占着位子，无人敢动他。因为他有来头。贾新华在全面地了解了他的情况后，又和常委们慎重研究，决定让他转业。果然，党委刚议完这事，就有人为他说情了。贾新华的回答果断、明了：让这样占着茅坑不拉屎的干部逍遥在我们的队伍中，汽车团打翻身仗是没有希望的。谁为他说情,我们就把他输送给谁！最后，团党委没受任何干扰，就让这个干部转了业。

在团党委这个集体里，身为班长的贾新华是他们全体的一部分，但又不像他们中的任何一员。贾新华就是贾新华。个性，才是他的真本事。不管遇到多么棘手的事情，他都有把前行的风帆埋进永远向既定目标扑去的胸襟。这从他敢于为优秀干部曹仁政说话就可见一斑。

营长曹仁政是个用汗水清洗灵魂、用忠诚燃烧激情的尽职尽责的好干部。他最突出的特点是个“严”字，严己严兵严事业。军委总部一位领导随曹仁政带领的车队跑了一趟拉萨，便这样赞许他：“这是一位生活在今天，战斗在明天的好营长！”意思是说他在工作中有前瞻性，平时能想到战时，高标准要求部队。遇到硬仗时曹仁政照例会喊出“看我的！”“跟我来！”这是一种裸露的自我，真实的自我。用这种作风带出的部队必然是过硬的。我做到了，你就必须做到。所有的石头因为有他那条河而生动。曹仁政所领导的营有两个连队被兵站部评为先进单位，他本人也荣立了三等功。就是对曹仁政这样一个把心都掏出来贴在他所热爱的事业上的营长，却有人说三道四，成为有争议的人物。其中，有这样一件事大概是争论的焦点：曹仁政给上级打小报告讲了团里某领导的问题。在一般人的心目中，凡打小报告的人都是些刺儿头，是要被大家远离的“危险人物”。更何况人家说曹仁政的小报告是谎报了事实。贾新华对这件事的基本态度是：首先，要弄清楚曹仁政是不是打过这份小报告，然后才有可能评价他的报告是否反映的是真实情况。最终调查的结论是：曹仁政从来就没有给任何人打过这样一份小报告，完全是一种讹传。还曹仁政一个清白当然是贾新华的一个目的，但是还不是最主要的。从这件莫须有的传闻中，让他看到了当下团队的风气、作风。在党委会上他语重心长且忧心重重地讲了这样一番话：

“摸摸我们的下巴，都是长出胡茬的人了，为什么就那么容易轻信别人的谣传？小小迈出几步，走到群众中间看一看，问一问，真相就大白了。为什么做不到？身子骨懒也许不是主要原因，还是对肩负的责任缺乏感情。没有了感情的人往往是非不分。我们推动着历史的进步，而我们身上的劣根性似乎没有同时蜕尽。我们忘了革自己的命。我算明白了，如何超越亘古以来对于如何做官与做人的那铁一般的悖论，仍然对包括我在内的大家是一场新的挑战！”

2005年初，贾新华就是带着这样一种迎接挑战的思想准备就任青藏兵站部政委的。这是他人生的又一个出发点而不是归宿。青藏高原的冻土地养育了他，但他并不是要自己厮守在它身旁，而是要与时代的发展一道舒张和延伸对这片土地的感恩奉献，在风雪线上把灵魂一节节拔高。

我从北京来到西宁的那天，兵站部好几个同志都告诉我，头天下午贾新华政委给排以上干部作了一场报告，报告的题目是《怎样做人怎样做事怎样做官》，反应强烈，受到普遍好评。我没有听到报告，无法具体评说。不说别的，单就一个率领着万余人的头头，敢在大家面前讲这样一个敏感题目，就已经了不得了。这不仅仅需要胆量，更多的是需要一腔坦率的忠诚和一副洁净的胸怀。当天晚上，我要来这篇报告从头至尾细细拜读，心灵受到震撼。不少的领导干部在批评或指示别人时，总会高喉咙大嗓门地讲出一番很有高度的空话，因为那是做别人；可当轮到触及自己时，就变得言辞羞涩了，因为那是在做自己。据说，贾新华在报告结束之前，撇开讲稿，讲了这么一段话："一年一度的春节马上就到了，我在这里当着大家的面，还有在座的各位领导，很郑重地宣布：我不接受任何人的请客送礼，要拜年打个电话就行了。"

会场上先是静了一阵子，随后爆发出雷鸣般的掌声。

不能让一群贪吃的羊啃秃了草尖上的阳光，这是每一个肩负使命的人最起码的责任。贾新华相信有一种光芒。谁能说这不是他痴心追求的灿烂阳光！我敬仰这样干干净净的人，于是在这篇讲话稿后面的空页上，我把深藏的感情倾泻出来，写下了一段读后感，不长，我原文抄录：

> 这确是一篇很有营养的好文章，它让我看到了一个将知识与实践相得益彰交融后的新型领导者的智慧。他讲的做人做官做事既是他自己不脱离内心的人生切肤之悟，更是一位开明领导人站在兵站部这个高处仰望后俯视现实，将激情沉入到实际之中的深刻总结。
>
> 我尤其欣赏他在文中讲的那句话："人，往往忘却自我，舍弃自我之时，获得了自我。"讲得多么好，忘却自我不是不要我，而是把我升华成一种大我；舍弃自我也不是轻蔑我，而是把我融进我们之中。升华了的我，我们之中的我，才是本质的我，真正的我，才是可以充分展示个性的我。当"我"闪射出的是群体的智慧光芒，这

个"我"便是一种很高的境界了。

贾政委这篇文章自始至终都是在辩证地讲个性与群体，即每个官兵与兵站部的关系，如何正确处理这二者的关系，最终要大家将自我升华到兵站部这个"大我"之中。这样的"我"就是一滴水中的大海，一粒沙里的戈壁。

巴顿将军像这位团长

下面我写到的这位将军叫姬成录。他在青藏高原跋涉的 30 多年中，一步一台阶，每个台阶上他都踩出了抹不掉的脚印：汽车驾驶员、班长、排长、连长、营长、团长，直至兵站部部长。1995 年他担任汽车团团长时我采访过他。这是一个外貌和个性都是让你看上一眼或听他说一句话永远不会忘掉的人。陕西澄城人，关中愣娃，是个典型的高原汉子，微胖而瓷实的身躯像扎地挺立的一棵松。他走路不算快，留下的每个脚印好像都是一个沉思的问号。不用说他开上汽车，就是步行在世界屋脊上，你也会觉得昆仑山和雪山都在随着他的脚步移动。尤其让人记忆深刻的是他那一脸既黑又密的络腮胡子，每根胡须都像扎人的尖针。完全可以这样说，他除了一双可以望透雪山的眼睛以外，面部的所有器官都被这浓而黑的胡须遮掩了。这样就显得他的眼睛更加有神。老姬不知从什么时候开始有了一个习惯动作，遇着不顺心的事而要发怒时总要先摸摸胡子。于是，团里就流传起了这样一句顺口溜："天不怕，地不怕，就怕团长摸下巴。”其实，老姬是不会轻易摸胡子的，发怒？和为贵才好，这老姬还不清楚？所以，更多的时候部属们看到他的每一根胡须上都挂着亲切的笑容。会笑的胡子！

老姬有个雅号叫“巴顿将军”。那年代官兵们大都看过《巴顿将军》这部外国电影，看着看着就不由自主地把巴顿将军看成了他们的团长。只是他们认为，巴顿将军的故事不见得比他们的上校团长生动。所以他们作了“微调”：不是姬团长像巴顿将军，而是巴顿将军像姬团长！

好！微调得好。还是老姬的兵有水平！

好一个有个性的人物，文学作品的坯子！那次采访后我写了一篇报告文学《雪山酒香》，发表在 1998 年 2 月 16 日《文汇报》上。专写他和酒的故事。一个军人，又是团长，喝酒了得！不。你看下去就明白了。

在青藏线上，只要提起姬成录，大家总会有意无意地提到他喝酒。

酒“害”了他

似乎不把酒与他连在一起就不足以说明他是个够格的团长。人们戏称“他的酒瓶像他当团长的水平一样高”。可是，我问他时，他却只字不提酒，只说：“在青藏高原所有汽车部队的团长中，我这个人毛病比较多，抗上，考虑问题有时欠周全，磕磕碰碰的事时有发生。假如还有点长处的话，那就是关中愣娃的秉性改不了，在工作上操的心多，猛干，干好。”

我仍然逮住酒的话题不放，问他，你的酒量有多少？他说：“这很难说,收敛一点,一杯就将就了。真要放开干,一瓶说不定还欠些。”

酒注入了他的血液，也注入高原的山脉冰河。没有酒，哪有青藏山水间这条刚烈的汉子？他和兵们的故事无一例外地是那么凝重，那么悲壮。

这当然都是因了酒……

1988年春天，姬成录还在当营长，他带领两个连队运载着一支友邻部队进藏。漫天的飞雪把他的车队迎进了可可西里，麻烦事也出在这儿。正在翻修的一段公路，在渐渐变暖的风雪里只剩下路面的一层冰了，稍靠下面的路基已经变成虚软的砂土。汽车走上去无疑是要打滑的，折腾得久了，路基陷落，车轮还会歪进坑里去。这实在是一段走快也不行、走慢也不行，狠走也不行、轻走也不行的无奈的让人伤脑筋的里程。

这点难题如果难住了姬成录，那他还算什么“巴顿将军”！他一摸下巴招法就有了：空车通过，选准路线，拉大车距，中速行驶。

他把棉皮帽的护耳卷起，大步流星地走到停驶的车队中间，脚一跨，站到一个土坎上，冲着乘车的友邻部队可着嗓门吼起了口令：

“战友们，委屈各位了。现在，你们听我这个编外营长的一次指挥，各人准备好行李，下车！”

指战员们“呼啦”一下全下了车，霎时，一条龙似的车厢里变得空空落落。空车轻轮好赶路。

姬成录站在险路口，指挥着车辆通过。风头很硬，结了冰的雪团砸在他的衣帽上，发出“嘭嘭”的脆响。他的胡须上很快就凝结了冰雪，活生生的一个雪人。有个战士心疼他，喊道：“姬营长，多冷的天呀，还不快放下帽耳！”

逆风而立的他，大声回话：“只有耳聪目明才能当一个清醒的带队人，放下帽耳我既成了聋子又成了瞎子！”

两个连队的汽车顺利地通过冰雪路，老姬的络腮胡子每一根都被雪染得倔倔地立起来，像一小片落了雪的松树林。这时，在场的兵们包括乘车的友邻部队的指战员，都把目光投向老姬，那目光除钦佩外还有一种惊诧：伍子胥一夜白了头，姬营长不到半天就霜染了圈脸胡！

中午，车队行至唐古拉山兵站，海拔 5400 米，小憩，吃午饭。友邻部队的一位副连长端起饭碗就想起了姬成录，举起饭碗说：“营长，一路上数你最辛苦，既是汽车部队的营长，又是我们步兵的营长，操的双份心。今日我们在唐古拉山上慰劳慰劳你。”

站在副连长身边的另一位连队的干部，大概是个排长吧，对副连长说：“你也太抠了吧，端一碗米饭慰劳营长，不至于穷到这份上！”

对方说着就拿出了酒。部队平时不许喝酒，这天喝的是啤酒，用大碗喝的。喝了多少？不知道。反正姬成录是喝足了，他拍拍腹部：可以管三天，一直到拉萨滴酒不沾都行。

车队昼夜赶路。巍峨的唐古拉山从飞轮下一闪而过，攀上了藏北草原的桃儿九山，这时，一辆拉着通信器材的车开进路边的沟里，翻了。幸好，没有伤着人。姬营长十分恼火，说道：“同志！这是拉着部队进藏，你偏要翻车，虽没死人，但影响多坏！”他没有发作，只是把这些话语憋在心里罢了。他知道这时发火，只能添乱。他只让翻车的驾驶员留下，他和他们一起把翻了的车鼓捣起来，就又赶路了。驾驶员看得清楚，姬营长的一脸胡须一直不安分似的翘着，满面阴云。他心里填着火气啊！

当晚 12 时，车队投宿西藏拉曲城。姬成录的身体开始有了不良反应。他觉得整个肚子里装的全是啤酒，不想吃饭，也睡不着，觉得浑身没有一块舒服的地方。他只能坐着，不住地打嗝，让肚子里的酒气往外吐，身上才觉得舒服些。整夜里坐着也不是个办法呀，后来他在身下垫了一件大衣，半躺半坐到天亮。

次日，他仍然未吃一口饭。友邻部队的同志看着实在心疼，就悄悄给他塞了一瓶白酒。也怪，他不想吃饭，却不厌酒。这瓶酒伴着他度过了三天时光，这三天他过得很充实，干重活、熬大夜都不带累。卤水点豆腐,一物降一物。看来酒对老姬有奇效。习惯了吧！

酒转换成了一种刚劲的支撑力，使他这个七尺汉子没有倒在缺氧的世界屋脊上。这就不可避免地带来了另一个问题：身上的元气恢复以后，他便有了发泄窝在心里那口闷气的不可遏止的力气。执行完任务返回昆仑山的格尔木驻地，他终于忍耐不住了，把两个连队的连长找来，还有翻车的那个驾驶员也不放过，叫他站立在两个连长的后面。老姬冲着两个连长一边摸着胡子一边臭骂：

"乌龟王八蛋，你们知道你们犯了什么罪吗？车上拉的是战士和装备呀，是战斗力，你们偏偏翻了车，幸亏没有死人；别说死人，就是弄成残疾人，你们都成了历史的罪人，我这个营长也担当不起。今天我严正地告诉你们，一定要吸取教训，下不为例。以后如果再发生这样的事情，看我怎么收拾你们！"

两个连长愧疚离去。老姬又去教训驾驶员，口气自然缓和了许多：

"我剋连长并不能代替你的错误，因为车毕竟是从你手里翻的。翻车的原因是什么，技术上或思想上？现在我不让你回答我。回去后找准并制订出今后的防范措施。写成书面检讨交到这里，由党支部研究处理你的意见。"

驾驶员走后，老姬开始考虑自己应吸取的教训。他说过：我是车队的最高指挥员，我不会逃避责任……

就是从这趟任务之后，姬成录的胃落下了毛病，腹部发胀、发痛，吃饭不香。有意思的是，只要他端起酒杯抿几口，胃就不疼了，饭量也有了。还是那句老话，酒对他，他对酒，奇效！

偏偏有些老乡、战友不能替他着想，他们完全出于友谊和义气，经常请他赴宴，主要是喝酒。如果他稍有推辞，话头马上就递上来了："烂团长，摆架子，有什么了不起！"你说，能不喝吗？他赌气，一口气灌下了八杯。

妻子为他喝酒的事不知费了多少口舌，每见他喝酒就说："你不要命了？"他一笑回敬道："命就那么容易失去吗？我翻越了上百次唐古拉山，不是照样还活得好好的吗？"

妻子拿他毫无办法！他拿酒也没办法！

酒也"救"了他

在一次胃疼得实在难以忍受的时候，他不得不进了医院，医生一检查，说他患的是"胃寒"。难怪他胃疼时喝口酒就好受多了。他明白，就是那次没计数地大碗喝啤酒和后来的那瓶白酒害了他，使他得上了这讨厌的胃病。现在，天气稍一变冷，他就犯胃疼。胃一疼他便喝酒。其结果必然是越喝胃病越加重，胃病越加重还得用酒止痛。就这么恶性循环着。为了保护胃不受凉，在夏天里他也穿着一件红肚兜，这样也可少喝几两酒了。一次，六月天他带车队到西藏执勤，衣服穿得薄了点，挨了冻，胃疼了 20 多天。他天天喝酒，当然，每次就喝一两。总之，他是离不开酒的。就这样，酒，他不喝不行，喝多了也不行。

平时，他只要一说胃疼，马上就有人递上话：你是想喝酒了吧？他哭笑不得。唉，他恨酒，又离不开酒。酒是他在高原上工作少不了的动力，如果有一天这个世界上真没有了酒这个东西，他姬成录真不知道还能不能把这七尺身板撑在高原上，带领一个汽车团奔驰！容易吗？他们团是个有着光荣传统的团队，至今团荣誉室还挂着参加淮海战役和抗美援朝战争时获得的一面面奖旗。他也记不清自己是第几任团长了，反正，一句话，这个团不能栽在他手中……

一次，他在线上跑，团里的参谋给他反映，九连的一些驾驶员早晨发动车时图省事，不是手摇发动车，而是请其他车的驾驶员帮忙拖车发动。他听了，问这个反映情况的参谋：“你们都是吃干饭的，为什么不管？”对方答：“人家说，连里领导都不管，你们隔山打炮，是不是管得多了？”老姬一拍大腿：“好家伙，反啦！我就抓他们这个反面典型。”

原来，团里有规定，早晨连队出车时，必须手摇发动。这样，人虽吃些苦，却对车辆有好处，也节约油。九连违反规定，且不听招呼，老姬决心逮住他们，让他们曝光在铁证面前。

这天，他打听到九连晚上在安多兵站食宿，就改变了原来在沱沱河兵站住下的打算，对驾驶员说：“赶站，今晚安多见！”说罢，他抿了一口酒，用指头尖在胃部戳戳，便上路了。

傍晚，夕阳在雪山顶旺旺地燃烧着。他们赶到了安多兵站。

九连连长站在老姬面前。老姬问：“听说你们连早晨出车时有拖车发动的？”连长：“不可能吧！噢，对啦，是有这种情况，那是个别几台车手摇发动不起来，只好拖。”老姬：“什么叫手摇发动不起来，是你们干部管理不严，驾驶员懒。你这个连长就这样强调客观原因，还能管好下面？”连长见团长来了火气，忙说：“好好好，从明天起，我们就手摇发动。”老姬：“一言为定。如果再让我发现你们拖车发动，咱算总账。”

姬团长记住了这个连长的承诺，但是他必须亲眼看到他宣言后的行动。

第二天，姬成录早早起床，准备去九连车场看他们如何发动车。不想，刚一爬出热乎乎的被窝，胃就疼了起来，他抿了一口酒，才来到车场。老姬在车场转了一圈，没见到连长和连里其他干部，他便找了一台所谓不好发动的车，登上了驾驶室，让驾驶员摇车……

摇了好几圈，发动机不起火。

姬团长说：“再摇。用劲摇！”

驾驶员又摇了好一阵子，满脸的汗珠乱飞，还是发动不着。

姬团长说：“加油，再摇！”

驾驶员拔出手摇柄：“受不了啦，真没劲！”

姬团长大吼一声：“别歇气，马上就发动起来了！”

……

车子终于发动着了，突突突地吼叫着，好像在唱着一支赞美的歌儿。姬团长满脸溢笑地对驾驶员说：“你辛苦了，喝口水去吧！”

这会儿，连长和指导员还睡在被窝里做梦呢！车队出发前，连长才匆匆忙忙来到车场。姬成录对他说：“连长大人，你迟到了。像你们这样懒懒散散的领导，在工作中根本就没有发言权。什么手摇不好发动车，谁骗你们还不容易？”

连长没有勇气抬头看团长一眼。

这时，姬成录手一挥，对头车的驾驶员说 ：“出发！”

他的胃病又犯了，痛得针穿一般。但是，他没有喝酒。今天的征途上要翻几座雪山，行程艰难，要保持清醒的头脑。胃疼，忍一忍，咬咬牙就过去了。

车子开动后，坐在驾驶员旁边的姬团长，一直用右手的拇指狠劲地摁着胃部……

没有酒的宴席

青藏线部队有个传统习惯，团职干部到兵站后可以进大食堂一侧的小屋里就餐，即吃小灶。所谓小灶就是单炒菜，稍有些油水，烹调上也讲究一点。但是，肯定没有高档的菜，高原这地方山穷水尽，到哪儿弄那些山珍海味？每个车队的报饭车总是先一步到站，给兵站通知就餐人数，要特别说明有没有团领导就餐，兵站好给小灶的餐桌上准备饭菜。当上团长的最初，姬成录没有留意，每次吃饭就被请进了小屋里，他硬着头皮吃了几次后，觉得特别扭，便对报饭的司务长说 ：“报饭就报饭嘛，你给大家报饭，给我报什么饭！这是给兵站出难题，也是给我丢人嘛！大家都吃一样的饭多好！”报饭人渐渐地都摸透了团长的脾气，再也不给他单另报饭了。

姬成录和大家同桌吃同样的饭，觉得可口，吃得也香。可是，战士们开始有点拘束，筷头戳在碗里都不知道该怎么扒拉饭。时间一长，习惯了，饭桌上无大小，平时不敢当着团长面说的话，这时一边往嘴里填饭菜一边也可以说了。

“团长，你吃小灶是理所当然的事，不会有人说你搞特殊化，何必放过这一桌饭菜呢！你不吃我们去美餐一顿行吗？”

“做梦娶媳妇尽想好事。等你们当上团长那一天再说吧，现在没门！”

“我们都干到团座的时候，团长，你可真的就是巴顿将军了，还不当他个司令、总长什么的！”

“你们可别抬我，我绝对没有那么大的野心，能当上今天这个团长已经是我祖宗八辈都没有的大官了。不扯那么远了，当上团长，上不愧党，下不愧兵！知足了！”

“咳，哥们，据我们所闻，你的酒量可海了，今天我们大家陪你行不行？”

“去！什么哥们，我是团长，谁跟你们讲什么哥们。”

“不是喝酒嘛，酒桌上咱们都是老兄小弟。”

“嗬，真要我出血了！这样吧，等咱们完成任务，或者等春节放假的时候，你们选出代表来，选九位，一对九，刚满一桌，我把家里存放了十年的好酒全贡献出来，咱一醉方休，喝它个痛痛快快！”

“一言为定！”

……

老姬就是在这种和下属说说笑笑中吃了一顿又一顿饭。也怪，大家平时见了团长挺怕的，这会儿觉得他那么和蔼可亲，没有丁点儿官架官腔，就连他那倔倔的圈脸胡也变得可爱了。陌生人根本看不出餐桌上还有一个团长在座。

大家把老姬和战士们坐在兵站大饭堂里吃饭称作“没有酒的宴席”。

老姬带领车队在拉萨过八一建军节。拉萨兵站款待劳苦功高的汽车兵，加菜，摆酒。老姬有言在先：“酒，可以喝好。但不能醉。”

当夜。兵站满院飘散着鼾声、酒香。醇香与响鼾凝在一起，院里盛不下，顺着拉萨河流向远方。

月如银盘，极大，极亮。

姬团长未睡，他静静地站在院里，望月，听鼾，闻香，心中填满惬意、舒畅。脚下的这个世界屋脊是地球上最美的土地。他这么想。

他向拉萨河边走去。河里的那个月亮一定泡得很香很香了，他要捞起来……

几个将军的故事讲完了。不是全部，只是 26 位将军中的 6 位，肯定地说，将军们的热爱和痛苦都很多，只是都已经融入他们脚下的百年千年冻土层了。终年不化未必见得，发掘很难倒是真的。当然我会写下去，那将是一部不算小的书。后话了。如果大家能从这 6 位将军这些片段且不连贯的故事中，找寻到可以回答滞留在自己脑海中有关将军成长的一些疑点的答案，我已经很满足了。

怀念让往事更加清晰。

在我写完这部作品的这个夜晚，身居北京的我瞬间有了一种莫名其妙的感觉，昆仑山落雪了。远山的落雪湿润了数千里外的我的身躯和手中的笔尖。我仿佛看到先是一粒粒的雪，随后是一片一片，接着是漫天弥漫的雪波。我最看重的还是最初飘落下来的那片雪花，别看只是一片，且只有瞬间，正是它覆盖了整个昆仑山巅。这片雪花最终站在了哨所战士的眉尖上。山中的哨所是这个世界的另一种建筑，里面装载着比蓝天更辽阔的兵的灵魂。兵屋窗口的灯光和兵们的心跳，打捞着这些漫天飞旋的雪花。宇宙的精灵和大地的第一片雪花，复归于兵的骨肉。山如剑。

那山巅那哨所那兵们，融织成一幅磅礴而朴素的自然美景。

我想起了一句名诗，它出自伟人笔下：江山如此多娇！

我借题发挥，改两个字：昆仑如此多娇！

壮哉，格尔木

壮哉，格尔木

一

每次到昆仑山，我必须要去一个地方：格尔木北郊旷野上的烈士陵园。

这里埋葬着青藏兵站部近 700 名官兵的遗骸。他们在四千里青藏运输线上，走完了人生旅程，归宿于此。

这片覆盖着一层白色盐霜的茫茫戈壁滩，南接昆仑山，北邻祁连山。我敢肯定地说，这是世界上海拔最高也是面积最大的陵园了。没有围墙，远处的昆仑雪峰就是它的围墙。也很少有墓碑，那一簇簇红柳就是墓碑。没有人管理墓地，只有风沙日夜不停地吼叫着。我的许多相识的和不相识的战友为了征服这块高地把遗骸永久地留在了昆仑山。我们曾经共同分享过戈壁明月给予的欢乐，也一起分担过大雪封山带来的忧伤。他们一生中吞咽了那么多的冰雪，直到最后闭上眼睛时，身上还盖着厚厚的雪被。今天我如果轻而易举地抛弃他们去寻找自己的乐园，良心会受到深深的谴责。

当初是谁把陵园的地址选在了这片旷野上？

留在我回忆屏幕上的最早埋葬在这里的仿佛是一位军人的遗体，也许这就是戈壁滩上的第一位“永住户”。记得好像是20世纪50年代末，一个刮着干烈沙尘的周日的午后，我邀了几个战友在格尔木街头散步，街上行人很少，偶尔有一峰骆驼站在路边，慢慢吞吞地咀嚼着食物，风沙也像疲惫了似的懒洋洋地从路上吹过。给人的感觉这个白天世界的一半还在沉睡着。我们边走边聊，快走到万丈盐桥时，猛然间我发现路旁的荒滩上凸起了一堆新土，插在上面的一个花圈告诉我们这是一座坟墓，花圈上有数的几朵白花在干风里抖抖索索，显出几分悲凉、凄然。

这儿埋葬的是谁？

我和战友们围着墓包转了几圈，没有发现任何痕迹可以告诉我们这儿埋的是一个什么人。就在我抬起头向四周搜寻的一瞬间，忽然发现百米外的塄坎上站着一个小战士，他正打量着我们，显然对我们的行迹感到可疑。我看见他的衣袖上戴着黑纱，他很可能是刚离开墓地。我由此联想到，这里埋葬的大概是个兵。

好些日子，我的心一直无法平静下来，眼前总是浮动着荒原上那座孤零零的墓包，心里涌动着一种难言的酸楚。格尔木是个刚刚诞生的新城，执勤的部队和驻地群众加在一起也就是两三千人，为什么城市和墓地几乎是同时诞生？

他是青藏公路通车后我看到的第一个献出生命的战士，是昆仑山的第一位先人啊！

现在回想起来，似乎只是过了几天，也许一场雪落地还没有化完，当我再次来到那片荒滩时，就有了第二座、第三座坟墓，几年不见，墓包就是一片。又是几年不见，成了一大片……现在这里已经是近 700 名官兵的归宿地了！

后来，渐渐地人们便把这片墓地称作“格尔木烈士陵园”了。

二

相当长一段时间，我对格尔木烈士陵园的一个现象百思不得其解，那就是：这里的坟头没有墓碑。我曾和一些高原人就这个问题探讨过，他们的答复是：这些亡人都是他乡外地人，他们没有亲人在身边，有的甚至连个朋友都没有，谁去立碑！我又问：单位呢，难道领导不应该给他们立碑？答复是：单位的人就是有这片心，也只能是个愿望而已。因为那个年代格尔木是个帐篷小镇，后来虽然从帐篷镇脱胎成一个戈壁小城，远天远地的，一切供应都从内地运来，买根火柴都不容易，到哪儿去买制作碑的材料，即使弄到石料，匠人呢？所以绝大部分亡人的坟头插个木牌就不错了。那些木牌经不住风吹日晒，不出一个月就没有了！

时光似乎被镀上了沉重的铅块，慢悠悠地流泻在每一天我们走过的岁月里。格尔木烈士陵园没有墓碑的荒凉日子，一直继续到“文革”后期。大概从 20 世纪 80 年代初开始，好像是一夜之间的事，许多墓前忽然竖起了青石做的墓碑。原来是驻格尔木部队对烈士陵园进行了一次整理。凡是可以确认的墓堆都逐一地进行了修建，立了碑。另外，这时也有一些死者的亲属从内地赶来高原，寻找亲人的归宿地。他们在千方百计确认了亲人的墓包后，便在坟头立起了碑。也是从这个时候开始，格尔木烈士陵园发生了另外一种出乎人们意料的变化。这个变化发端于一位从陕北来昆仑山探望儿子遗体的老乡身上——

那是一个朝霞染红戈壁的早晨，当这个头上扎着白羊肚毛巾的陕北老人扯着粗壮而悲凄的腔调在格尔木大街上边走边哭的时候，整个一条街的人都跟着他哭起来了。他自始至终哭诉着一句话："娃呀，你怎么不让大（dá，陕西话"爹"的意思）看上你一眼，你就不吭声地走了呢！"这句揪人心的话是随着哭声颤出来的，久久地回荡在大街的上空，每一个听到这哭诉的人，都掩面而不敢望老人一眼。

白发人哭黑发人，好叫人伤心！

大约一周前，正在田里收割麦子的老人接到了部队的电报，说儿子病重，望他速来高原探望。老人似乎已经从这份电报上预感到了什么不幸，便卖掉老犍牛和一头母猪当作盘缠，匆匆地上了路。60多岁的人了，他不顾年老体弱，几乎是一路跑着上了高原。

可是，晚了！他到格尔木的当天，患高山病的儿子已经病故，且安葬完毕。他打听到埋葬儿子的墓地后，连肩上的褡裢都没顾得上放下，就直奔陵园而去。

他一路长哭，一路诉说，还是那个哭腔，还是那句话。那佝偻的身子拖扯着扯不断的哀忧和怨恨。

来到墓地，当他站在儿子的墓前时，突然中止了哭诉，只见他抓起坟上一把土，放在手心里碾着，反复用指头碾着……

霎时间，墓地寂静得如午后的谷底。

老人在儿子的坟头站了一个上午，无语无泪无声。

老人回到了儿子生前的连队。

连里的领导和儿子的战友们围着老人，他们不知道该用什么话来安慰他，大家知道老人心里一定很难过。

没想到，老人的话一出口，倒安慰起了大家。他说：

“人已经死了，就是把眼泪哭干也没有用了。他是我的儿子，是你们的战友，我们为失去他都很难过，这一点我们互相都理解。现在大家该擦干眼泪，往前看。活着的人还有许多事情要做。”

大家都睁大眼睛望着老人，总觉得他还应该说说儿子的事。果然，他掏出一块粗布手绢，擦了擦眼角，提了个要求：

“我看到坟地里有一个死去的战士是我的老乡，我想把我儿子的坟和他的坟移到一起，请领导答应我的要求吧！”

连长听罢，深思良久，问道：“你为什么要这样做？”

老人回答：“孩子离开人世时没有一个亲人在身边，我紧赶慢赶地来了，也没有看上他最后一眼，他太可怜了。现在走了，也是一个人孤孤单单地躺在荒滩上，想说句话、商量个事也没有人做伴，想想吧，哪一个人的心里能没有想说的话呢？”

连里领导答应了老人的要求。

次日，老人就和几个战士一起来到烈士陵园，把儿子的坟与那个老乡的坟挪到了一起。

早出晚落的太阳，今天与昨天都不一样。当又一次朝霞四射的早晨降临格尔木时，烈士陵园里那座战友合葬的坟墓显得格外美丽、壮观。

三

在这里，我要特别提起一座群葬的坟墓。安葬在里边的人为了修建格尔木至拉萨地下输油管线而献出了年轻的生命。

这几簇红柳，年年都是这样富有顽强生命力地生长在戈壁滩上。它不衰不败，春来发芽，夏到开花，即使在严冬里那枝条仍像硬骨铮铮的铁汉一样裸露在寒风中。就在这几簇红柳中间，耸立着一座两米高的水泥墓碑——当时它是格尔木烈士陵园里唯一的墓碑。疯长的红柳，已经遮掩了墓碑的顶端，但是扒开红柳可以看到墓碑上30位烈士的名字。描着红色底漆的饱经雪霜侵蚀的英烈的名字，永不褪色，彪炳日月。

墓碑的后面，是一座比这里任何墓堆都大的坟包。不能说30位烈士都合葬于此，只能说这个坟包是30位烈士归宿的象征。因为有这样的情况：他们当中有一些人在献身后没有来得及运到格尔木烈士陵园里来，就地安葬了。比如，用冻雪掩埋在唐古拉山，用锈着草根的黑黏土掩埋在藏北草原，用肥沃的土质掩埋在拉萨河畔。另外，有一些英烈献身后根本没有留下尸体，比如，被滔滔洪水卷走了，被炸山的沙石深埋了，在雪山探路或寻找水源时迷失了方向……所以说，这座合葬墓是30位烈士的“家”，家里却不一定有30个人，有的人出征远去还未归来。但是，人们相信，他们一定会寻到这个家的。

我反反复复地看了墓碑上烈士的英名，发现漏掉了一个不该漏掉的名字。谁？

章恩佑。

章恩佑是总后勤部营房设计院的工程师，应该说在单位他所从事的工作是令人羡慕的。可是，忽然有一天他对自己总是待在北京不满意了——那是他听到部队要在青藏高原修建地下输油管线的消息以后，他决心要在这广袤的高原大地上用自己的心血去铸造这项举世闻名的工程。于是，他主动要求来到高原，担任了该工程的总工程师。

章总上高原那年已经 53 岁了。他是一个在沸腾的工地上寻找自己生命归宿的创业者。

身先士卒的章恩佑总是出现在艰险的地方，组织技术攻关，解决施工难题。这是个很奇怪的现象：他的高山反应比一般人都要严重，有时头疼得整夜难以入睡。但是他工作起来那股火辣辣的干劲就是年轻人也望尘莫及。有一次，他拿着仪器，攀着晃晃悠悠的梯子，登上十多米高的油罐鉴定安装质量。年老体弱，再加上高山反应的袭击，使他脚下一滑，摔了下来。要知道，这是在海拔 4700 米的昆仑山上，这是氧气缺乏的高原，他怎能经得住这样的摔打？当下他的右小腿骨跌伤，同志们要送他到格尔木 22 医院去治疗，他指着工地上的帐篷很幽默地说：“人为什么要那么娇气呢，有点小毛病就住医院，还不把医院都挤破了？我就在这帐篷里躺几天，一切都会好的！”

半个月过去了，他的腿痛倒是减轻了许多，不料身上又添了新的疾病——他突然感到肝区在隐隐作痛，先是轻微的，很快就急转直下，疼得他有点支撑不住了。随着工程不断进展，他的肝疼也在不断加重，犯病的周期在缩短。章总心里明白，肝区有了病绝对不是轻而易举就能治好的。他已经预感到自己的生命也许要和这项举世无双的工程同时完成。但是，他只是在心里这么想，没有对任何人讲，包括给家里人写信也只字不提。

当他把一切都交给输油管线工程的时候，同时也把生命交给了死亡。

章总继续在高原工地上奔忙着。所不同的是，从此他总是拄着一根拐杖，迈步艰难地行走在每一个他认为需要去的地方。

一年过去了，拐杖戳戳点点地迎送了 365 次日出日落；

两年过去了，拐杖着地的一端日日磨短，在手心的一头天天变光；

三年过去了，拐杖在格尔木至拉萨河谷的地段上走出了一条闪光的小路。

……

他的肝病已经十分严重了。

同志们和领导都劝他下山休息，他的回答总是这么一句话："等到输油管线建成之后，我要给自己立一座纪念碑，那时候我就躺在这座碑下长期休息！"

大家的眼睛湿了，因为谁都明白，他所说的纪念碑就是墓碑。

三年间，除去坐车，他步行的路加起来超过了 2000 公里。

1978 年一个夏日的午后，昆仑山被低低的阴云遮住了面目。飘飘扬扬的雪花在天空中旋转。章总要离开高原回内地了——医生说，他在高原连一分钟也不能再待了。他的肝病已经发展到最后阶段。

大家还清楚地记得他恋恋不舍地把那根陪伴了他三年的拐杖留在高原上的情景：上飞机前，他拿起拐杖，掂了掂，摸一摸；摸一摸，又掂了掂……

他含泪下了高原。

从此，拐杖就孤孤单单地留在了高原上，靠着墙角寂寞地站着，仿佛向人们诉说章总的故事。

他住进了医院。从住院那天起，就是他生命的最后时刻的开始。他每天靠输液维系着生命。

此刻，在青藏高原上，地下输油管线正在进行着收尾工程，体力已经消耗得差不多的指战员们忍受着极大的疲劳和高山反应的痛苦，做最后的奋力一搏。

躺在病床上已经失去生活自理能力的章总依然在苦思冥想着自己没有来得及做的有关输油管线的一些技术上的问题，提出了一个又一个方案，画出了一张又一张图纸……别人告诉他，管线的所有事情都有了圆满的结局，让他放心。

突然有一天，他提出他要再上一次高原，说是管道某个地方焊接上还有点疏漏，他要去看看。同志们告诉他，所有的问题都得到了妥善解决，他也不相信，仍然固执地提出要上高原。

部队领导理解他，特地派人拿着管线工程正常运行的照片来看望他，让他亲眼看看，他所挂心的一切都已经如愿实现。

可他呢，这时视力严重衰退，什么也看不见了。他只能让同志们给他指点着，他用手摸着照片……

他很放心地走了。

临终前，他说了一句话：

“我很遗憾，我没有在昆仑山下给自己立个纪念碑，我应该躺在那里休息……”

他仍然记着当初打算为自己立墓碑的事。

据说，后来有人特地在格尔木烈士陵园里为章总堆起了一个墓堆，里面埋的便是那根拐杖……

四

并不是每一个死者都无亲人在身边陪伴，也不是每一个活着的人都有为故去的人立碑的愿望。也许是悲凄到了极处，也许是情感到了顶点，有那么一些人在送亲爱的人远去时，让其离开喧闹，在偏僻、荒凉的地方“落户”。

有一对夫妻临终前留下遗言：绝不埋葬在陵园里，而要独葬一处。

他俩刚举行完婚礼就走了，死得好惨……

男的叫李育田，和我一起在汽车团政治处当助理员。他长得英俊、帅气，一副金丝眼镜给他增添了几分文雅。他是属于很有文化的那一类军人。李育田的女朋友在他家乡冀中平原上的一所小学当教师，我从李育田那里见过她的照片，长得少有的漂亮，那双会说话的大眼睛格外抓人。李育田是那种不可貌相的人，外表看着文文弱弱，满是书生气，却特别能吃苦。当时，跑青藏线的汽车部运输任务相当重，我们这些机关工作人员，下基层的机会特多。李育田几乎终年都随车队在线上跑。不论冬夏他总是穿一件皮大衣，蹬一双毡靴子，典型的高原汽车兵的形象。李助理出发后什么脏活累活都下得了手，和战士们相处得很融洽。正因为部队运输任务繁重，出发频繁，李育田几次推迟婚期，直到快 30 岁那年才从格尔木回到老家完婚。

那是他假期将满的一天，我们收到了他从家乡拍来的电报，说是要和新婚妻子一起来格尔木。我们都理解他的心情，休假的时间一共 30 天，他回家半个月才办的婚事，小两口的新婚被窝还没暖热，就该归队了，难舍难分呀！带着新娘返队，不仅使他们可以相亲相爱，延长新婚蜜月的日子，而且还可以给这女性罕见的男子汉世界里增添一片诱人的色彩，带来些许欢乐。

我们政治处的全体人员一齐动手，在那排泥土坯垒成的干打垒式的机关干部宿舍里，布置了一间舒适的新房，等候李育田夫妻的到来。每个人的心情都毫不例外地既激动又亢奋，好像期待的不是别人的喜事，而是自个的幸福生活。

日子在渴盼中总是很熬人心的。

就在我们估摸着李育田两口子该到格尔木的那天早上，突然有人捎来口信（当时青藏线没有电话、电报之类的通信设备），说他们乘坐的汽车在祁连山下翻车，四轮朝天，女的当场死亡，男的被压成重伤。

我们政治处立即派人去了祁连山。事故现场仍然保留着，李育田已经被送到附近的花海子兵站抢救。女的翻车时被摔出汽车大厢，她的面部正好挤在一块巨石上，半边脸被挤掉了，剩下的半边脸也完全变了形，血肉模糊，惨不忍睹。

李育田的生命只延长了几个小时便停止了呼吸。他临死前，用尽浑身力气，断断续续地讲了下面一段话，也算是他的遗嘱吧！

“我有罪！不该带她来格尔木，我对不起她，她本来希望我继续在家里度完蜜月再归队，是我一再说服她上了高原。你们不要把翻车出事的消息告诉家里人，老人们承受不了这样的打击。也不要把我们埋在陵园里，随便在昆仑山找块地方，偏僻一点的地方，埋了就行。也不必立碑，让大家很快忘掉我们。”

我们没有理由不尊重李育田的遗愿，便在离陵园较远的地方找了一座小山包，把他们夫妻俩安葬了。但是，我们也没有完全按照他的遗愿去办，最后还是把他俩翻车遇难的事通知了他们的家人。使我们没有料到的是，始终没有人来高原料理他们的后事。细细想来，也是，那年月整个青海都没有一条铁路，更无航线可言，对人们来说，上一趟高原就像去一次国外一样遥远、艰辛。

后来，据说李育田的父亲到了格尔木。然而，时过境迁，他儿子和儿媳的墓堆已经与陵园里的墓堆连成了一片，且早已被岁月荡平，他根本无法辨认，无法找到了。

奇怪的是，次年，李育田夫妻的坟头猛乍乍地长出了一棵胡杨树。那棵树孤零零的，枝条很细，也不壮实，随着戈壁的风摇来摆去。但是，它给这座荒坟乃至戈壁滩带来了令人振奋的生机。

昆仑山未增高。

那棵胡杨树很快就干死了，但光秃秃的树干依然挺立在坟头……

我沉思着走在格尔木烈士陵园里。

我看见格尔木河在夕阳下踱着方步，在阿尔顿曲克草原上留下鹰翅膀一般的影子……

格尔木河的故事

说起格尔木这三个字，我总会不由自主地想到另外三个字：噶尔穆。

1958年我来到青藏高原时，格尔木就是“噶尔穆”，所有的文字记载都是这样。后来为什么要改为“格尔木”，我至今也不明白。自然格尔木河在当时也叫“噶尔穆河”。相比而言，我还是对“噶尔穆河”的感情深，因为人对事物的第一印象很重要，它留下的烙印有时甚至要贯穿你的一生。更何况“噶尔穆”这三个字从形体到内涵要比“格尔木”更为丰富，更有嚼头。

以上算是几句闲笔。

初到格尔木后的很长一段时间，我对蒙古语中把格尔木称之为“河流密集的地方”很不理解。当时给我的感觉整个格尔木都被黄沙紧紧地裹着，你到外面走一趟，哪怕是打个转身，眼睛、耳朵甚至嘴里都会灌进不少沙土。要不那首“地上不长草，天上无飞鸟，风吹石头跑”的顺口溜怎么能流传到今天！这个顺口溜现在被人们用滥了，任何一个比较荒凉的地方都用它来比喻。据我认真考证，它真正的起源地是格尔木。想想，那会儿就是这样一个现状，能是“河流密集的地方”吗？我实在难以相信，那条从昆仑山中流出来的只有细细的一股水的格尔木河，到底能使这块干渴的土地得到多少滋润？

世间的所有偏执和浮浅，皆源于无知。我之所以把干渴的格尔木与“河流密集”连不到一起，是因为我的视野太狭窄，步子迈得太拘谨。当然也有客观上的原因。

实话讲，那个年代我们那伙 20 来岁的汽车兵，太缺乏现在的小青年拥有的浪漫和贪玩了。再加上运输任务十分繁重，难得有个消闲的时候，所以部队进驻格尔木都大半年了，我竟然一次也没有亲临过格尔木河。在老远的地方倒是没有少见它。每次出车行驶在青藏公路上，只能远远地瞅见一条银灰色的水带，晃晃悠悠地飘在昆仑山下的荒原上，那就是格尔木河。我想捧起它痛饮一番，我想撩起它冲洗车上的沙尘，我想扑进它的怀里淋漓尽致地泡一回澡。可是我却无暇亲近它。一年中我要数十趟跑车到拉萨到亚东到日喀则，我哪有时间？

格尔木河就在我身边，可是它却显得那么遥远。

终于有一天，我走近了格尔木河，也算是走出了格尔木市区。这下子我的眼界开阔了，理解了“河流密集的地方”这句话的真正含义。那个夏天，我们助民劳动来到了乌图美仁公社和郭勒木德公社，我没有想到那儿竟然是一眼望不到边的草原，即阿尔顿曲克草原。碧绿的草丛中流淌着一条条小河，水清见底，倒映着蓝天，使人简直难以分清是草长在水里还是水流在草中，是蓝天掉进了水面还是水面挂在了天幕上！那次连续一周的收麦割青稞的劳动，对我们可以说是一种舒心的放松，观赏良辰美景的享受。都是因为有了那些“密集的河流”。

也怪，正是从那时候起，我对格尔木河的感情发生了变化，我爱格尔木河。虽然它流经的地域多是沙漠戈壁，虽然它的水总是那么混沌不清，虽然它在干旱的季节水浅得露出了肚皮。但是我爱听它日夜吟唱的那单调却很粗犷的歌，看着它水波上倒映着的那终年不化的昆仑六月雪，爱挽起裤腿走在它那铺着鹅卵石的河床上。

渐渐地，我对格尔木河的情况了解得多了。在柴达木，除那棱格勒河外，格尔木河就是最大的河了。它是由发源于昆仑山的昆仑河和雪水河（舒尔干河）汇合而形成的。它位于盆地南部，流向自西朝东折向北，经过草原、沙漠、盐滩，注入达布逊湖。它像乳汁一样滋润着格尔木大地，哺育了一片片绿色的草地。格尔木人还在它的上游建起了发电厂。

我在格尔木居住的那些年，格尔木河上没有公路桥，只有供行人通过的一座简易木桥。现在回想起那简易木桥的桥柱、桥栏、桥板都极不规则，且多处塌陷，我推想很可能是住在河边的人们随意用石块和木料搭垒成的。汽车都是涉水过河，遇到河里涨水，木桥被水埋了，行人只好挽起裤腿蹚水过河。在我的印象中，那些年格尔木河涨水的时候并不多见，那座木桥总可以将将就就地把两岸的人连在一起。大约到了 20 世纪 60 年代末，一座比较像样的水泥桥就横跨在格尔木河上了。

不过，我还是愿意讲一些在最初那些年月，发生在格尔木河上的一些事情，因为这些事对今天生活在优裕环境里的人们来说是很难遇到的，甚至是憋破脑袋也想象不出来的。可我总觉得我们任何时候都不应该把这些事情遗忘掉。事情都是人做出来的，那时候的格尔木人做每一件事都是那么艰难。今天我们如果记住了他们和他们所做的事情，我们也就有了一份宝贵的精神财富。

这件事发生在格尔木河上游的雪水河上，每每回忆起来我心里就涌动着对我们的“篓子班长”以及所有在那个年代为高原建设事业献出宝贵生命的格尔木人的深切怀念和崇敬。“篓子班长”是在洗车时死去的，想想吧，今天的司机洗车时只需拿起水管拧开水龙头，三两下车就被冲得干干净净。可那时因为要洗车竟然夺去了班长的生命，你相信吗?

说起来，那天也该“篓子班长”出事，因为完全是他“多管闲事”引发的后果。他本来就是个班长，兵头将尾，管好他手下的12个光头兵，这样什么麻烦也不会有的。可是那趟任务即将出发的前一天，我们黑子排长因为爱人突然临时来队，他便留在了格尔木陪爱人度过有限的10天甜蜜假期。马上就要上路的车队少了个头儿，只剩下副排长忙乎了。按说以副顶正也是说得过去的，这种事过去又不是没有过。可是我们这个副排长有点具体情况，以他顶正恐怕有些吃力。他一直是个机关兵，给首长当通信员，刚在汽车教导营学会了驾驶技术，就提起来当了副排长。这副担子压在他的嫩肩膀上，他显然有些力不从心。作为连队的技术骨干，又是一个很有领导经验的老班长，“篓子班长”想到自己有能力也有责任帮副排长一把。因为当时执行的是边境自卫反击战的战勤运输任务，大多数情况下车队要昼夜兼程，人困马乏，最容易发生车辆事故。这个情况，又迫使“篓子班长”要站出来挑重担，于是他主动向连里请缨，愿意在排长暂时离位时协助副排长完成运输任务。这对连里和副排长本人无疑都是求之不得的事了。

我顺便介绍一下“篓子班长”的概况。他是1953年从四川入朝作战的志愿军，当年 28 岁。在朝鲜战场的硝烟战火中，他运弹药拉部队，勇敢机智，光荣地立了二等功。转战来到青藏高原后，他继续当一名汽车兵，奔驰在穷山恶水间，每趟任务都完成得十分出色。因为他的驾驶和修理技术以及领导艺术都很高超，大家便称他“篓子班长”，意思是说他脑瓜子聪明，里面装着应有尽有的宝贝疙瘩。你要什么随时都能给你拿出来，就像从篓子里取你需要的任何东西一样便利。

我们排的那趟任务完成得很顺利，当返回到昆仑山下在进格尔木前照例要到格尔木河（确切地讲应为格尔木河的上游雪水河，可那时我们所有的指战员毫不例外地都称之“格尔木河”）里洗车，以保证每台车都干干净净地回营房。正值春夏相交之际，昆仑山上的积雪已经开始融化，河水猛涨了不少。河水仍然渗凉渗凉，手放进水里刺骨咬肉。全排的 15 台车要一台一台地开进河里，停放在一个适当的地方，驾驶员站在浅水处，用脸盆舀起水，泼向汽车的各个部位，黄汤似的泥水顺着大厢、翼子板流到河里，汽车那油光锃亮的原色便渐渐地显露出来。

“篓子班长”始终站在没膝深的水里，指挥着每台车下河，洗车，又开出河道。由于河水比平时上涨了许多，不时有浪头汹涌着扑向班长。按说凭他的体质和经验，对付这条不大的河水完全是小菜一碟。在朝鲜战场上，他在寒冬腊月跳进冰河里抢救被美国鬼子打落在水里的弹药，连续奋战四个小时，身体都没出什么麻达。可是，这些日子“篓子班长”腿部的关节炎正犯病呢，在冰凉的水中站久了，腿疼得便有点支撑不住了。他一直咬牙坚持着，没有向任何人透露，别人当然也不会知道他腿关节犯病的事。就在他指挥着清洗完第 10 台车时，他实在难以忍受钻心的病痛，一个趔趄倒在了水中。因为大家都忙着自己车上的事，在那一瞬间，谁也没有发现发生在身边的事情。等有人看到班长在河水里扑腾、挣扎时，他已经被激流冲出去好几米远了。不少同志立马放下手中的活儿，扑进了河浪中。可哪里能追得上，班长在百米远的河面上正声嘶力竭地喊着。也许他是在呼喊战友们快来救他，也许他是在警告战友们河水太急，不要管他！

越往下游，水流越急，河浪越高。“篓子班长”一会儿被激流吞没，一会儿又漂出河面。他离洗车的地方越来越远了。

副排长赶忙组织了几个会耍水的“水溜子”跑进河里去救班长……

寻找班长的几个战友，散布在激流汹涌的河面上，每个浪窝、每个险滩都不放过。但是最终还是没有见到“篓子班长”的人影。天已经完全黑了，再寻找下去困难更大，副排长便让大家上了岸。同志们并不甘心，站在岸上齐声呼唤着班长的名字。班长啊，你在哪里？

第二天，连里组织人继续搜救“篓子班长”，仍然没有找到。最后在河下游一个拐弯处的河滩上，捡到了他的皮大衣，皮大衣被水浸得很沉，已经结了不少冰块。班长站在河里指挥大家洗车时穿着皮大衣，被浪头打入激流中后，估计他极力挣扎着要上岸，便挣脱了皮大衣。人和皮大衣分离了，后来皮大衣漂出了水面，落在浅水处，晾在了河滩上，班长却不知去向。

大家又怀着一线希望，在搁浅皮大衣附近的河里仔细地搜寻，几乎脚挨脚地把河床踩踏了一遍，还是没有找到人影儿。

“篓子班长”牺牲了！

他出事后，好几天全连上上下下都沉浸在极度悲伤的气氛中。

好端端的一个受大家爱戴的好班长，眨眼之间就从这个世界上永远地消失了，难道这是真的吗？黑子排长心里的悔恨和悲痛比别人更多，他不停地举起拳头砸自己的脑袋：我为什么偏偏要在这时候请假？都怪我，要不“篓子班长”能死吗？是的，“篓子班长”是不该死，可是这能责怪黑子排长吗？爱人大老远地从河北白洋淀上高原来看他，他理所当然地应该留在格尔木陪爱人。其实，就怪那无情的格尔木河，是它张开罪恶的大口吞噬了我们的好班长。从这时候起，我对格尔木河的感情又起了变化，我恨这条河。

班长死后，我们在清理他的遗物时从他的那件皮大衣口袋里翻出了一封信，信是他写给妻子的，但是不知为什么没有发出去。可以看出班长心里塞满矛盾、犹豫，而且痛苦着。原来，“篓子班长”和妻子闹离婚由来已久了。他的妻子在家乡是个小学教员，他入朝作战后不久，两人的感情就有了裂缝。班长从朝鲜回国后先驻扎在石家庄，这期间他两次回老家探亲，妻子对他不热不冷，有时甚至躲在娘家不露面。她能拿在桌面上的意见是，结婚都这么多年了，连个娃儿都没抱上。其实，真实情况是，班长入伍后他妻子所在学校的校长乘机占有了他妻子。女人没有丈夫在身边守着，生活就空虚，感情也脆弱，倒在了偷情者的怀里。为此，“篓子班长”十分痛苦，他坦率地和妻子交流过，妻子对自己和校长的事死不认账，但她也不愿意重新和班长和好。班长不得不下决心离婚，这封信就是他写给女方的最后一封信，同意办离婚手续。

我们拿着被河水浸泡得残缺不全的信，心中酸楚万分。“篓子班长”呀，这次出车你原来是带着沉重的负担上路的呀！你为什么不给大家透露一点儿，让战友们与你一起分担痛苦，要知道让痛苦窝在心里会把人憋死的！班长，你有委屈，你有眼泪，你有悲愤！

可是你为什么不讲出来呢？如果我们知道了这些情况，说什么也不会让你带车队上路的！

“篓子班长”就是这样倒在了格尔木河里。他永永远远地将28岁的生命留在了青藏高原。如今30多年过去了，我们都变老了，他比我们都年轻，他永远年轻！

据说，“篓子班长”牺牲后不久，那个负心的女人就搬进那个校长的家里。女人呀女人！

后来，我们在格尔木河畔为“篓子班长”修了坟墓。因为无法找到班长的尸体，坟里埋的是那件皮大衣，当时有人建议，把那封信作为随葬品也埋进去。我们没有同意，这种女人太轻狂、太浅薄，她根本不配和我们的班长在一起。

“篓子班长”的那封信，在我们的窗台上放了好久，谁也不愿去翻它。一直那么原封不动地摆放着。大家不肯把它扔掉的原因是，总觉得班长的死与那个女人有关，而这封信则是她变心背叛班长的活证据。半年过去了，我们的班副老于再也憋不住窝在心头的闷气了，便拿起那封信气急败坏地说：“走，告这个臭娘们去！是她害死了班长。”说告她这是班副发泄怨恨的气话，那个年代人们的法治意识太淡薄了，连法院的门朝哪开都不知道，再说什么证据也没有，就凭一封信，怎么去告？还有，我们的运输任务那么繁重，也没时间去打官司呀！最后班副无可奈何地将那信撕了个粉碎。今天回想起来，我真悔恨自己的无知，我当时应该拦住班副，不让他撕信。那封信如能保存到今天，就成了珍贵的文物了。它可以放进青藏兵站部的历史展览室了。它是高原军人无私奉献精神的见证呀！

“篓子班长”在格尔木河出事后的相当长一段时间里，我都不敢正眼看这条河，更别说走近它了。既有怨恨，也有恐惧。但是，后来我换了个角度看格尔木河，它毕竟滋润了柴达木大地，哺育了一片片绿色的草地，改变了沿河地域的气候。于是，我将抱怨变成善良的祈祷和美好的祝愿。我相信有柴达木人的改造、建设，格尔木河会一天比一天变得温柔、多情起来，进而造福于高原。于是我怀着对美好明天的憧憬，写了一篇题为《小河在默默流淌》的散文诗——

> 你日夜默默无闻地在阿尔顿曲克草原上走过，没有黄河雄浑的歌喉，也没有长江豪迈的气魄。太阳在你身上泛着粼粼波光，月亮的青辉在你怀里流淌。
>
> 你是高原人生活里的一条彩带，酿造着醉人的美酒。你呀，总是把生活中的忧郁沉浸，给人们送去无尽的欢乐。
>
> 小河呵，你是那么的清澈，那么小。虽然你躲在青藏高原的一角，但你也是我们时代的一条小小的、跳动的脉搏……

这首散文诗后来发表在1983年4月3日的《西藏日报》。

1989年我的散文诗集《青藏写意》出版时，我也把它收进去了。

格尔木河，你是一个杯子，里面盛满你的爱和光芒，当然还有我们酿造的乳汁和美酒。我们应当共同以生命作证：你活着就是我们活着，我们活着你也不会死去。

格尔木的路没有终点

青藏公路，即 109 国道。我们汽车兵通常习惯称它“青藏线”。青藏线指的是从西宁到拉萨的漫长距离。但在 20 世纪 50 年代至 60 年代初有相当长的一段时间里，青藏线却是指从甘肃峡东火车站到拉萨的距离。因为当时青海不通火车，进藏物资必须从峡东起运。

1954 年世界屋脊上有了这条长达四千里的举世无双的青藏公路，它由东向西穿过格尔木市区，成为这个城市的主干道路。够牛气了吧，茫茫青藏公路是它的街路，这样的城市还能不气派！

是的，一条公路把一座城市劈成两半。这条公路太残忍了吧！不，不。它不是利剑，它是一条多情的琴弦，遍地都留下了美好的音符，崭新的生活。如果你走上这个城市的某个制高点，索性就站在昆仑山巅鸟瞰。首先映入眼帘的就是这条青藏公路，当然还有这条路派生出的一条又一条把格尔木变得四通八达的市区公路网。这些路将整个城市很规整地切割成许多块状的图形，每隔一段距离出现在路旁的那些伞状的亭子，就是公交车站。伞状候车亭，格尔木的特别建筑。它是车流的码头，行人的港湾。正是这些路把城市分离开，又是这些路把它连成一体。所有的建筑，包括树丛、溪水、草坪、花园、庭院、广场，都各司其职地坚守在属于自己的位置上。如果是夜晚，又下着雪，这时你鸟瞰格尔木就更有诗意了。满城都是雪，梅花似的雪片在夜空中开放，静静地开放，落地。整个城市不动声色地躺在雪里，似睡非睡，任柔情的雪片浇灌，装扮。那些从窗口射出的灯光也无声地亮着，闪烁着柔美的光波。道旁的树最会打扮自己了，树冠戴上了雪帽，清晨推窗一瞧，谁见过树的白发？满城都是白得无边的雪！下雪，也只有下雪，才能让格尔木的冬天更像冬天。

雪域的冬天，唯有穿城而过的青藏公路滴雪不沾，总是袒露着黑黝黝、湿漉漉的路面。这个季节，路上的车流依然日夜不息地向南、向西，飞轮带净了路上的积雪。军车，大都是整齐划一的军车。向南，奔向西藏；向北向东，驰往敦煌或者西宁、兰州。

我要了解格尔木的路。这路不管有雪还是无雪，都刻着两个显赫的字：军民。这两个字是格尔木的连接线——血脉。

我乘坐的汽车来到了中山路北段，拐进了格尔木电视台。我找到了新闻部的强建设，他也算得上是一个老格尔木人，路变迁的见证者。我读过他写的一篇纪实作品《格尔木市的三条过境路》，这三条路都是青藏公路。我要他给我讲讲格尔木的路。

强建设这个人的心像一块擦拭得锃亮的窗玻璃，亮还在其次，更多的是纯洁。他把一家人都迁至格尔木，变成开发西部的先行者。女儿去年考上了兰州大学，瞧把他美的，那是西北地区最好的高等学府。知足！他知道知足的人才活得有意义。建设在自己选择的岗位上使出狠劲为格尔木的宣传事业尽职尽责。在他的眼里，没有比格尔木更充满着活力和潜力的城市了。我读过他写的一些文章，也许谈不上是精彩的文学作品，但绝对是用一腔热忱颂扬格尔木的好文章,我能透过纸背听见他踏着格尔木大地前进的脚步声。那篇《格尔木市的三条过境路》就是这样吸引了我。

和强建设谈论格尔木故事实在是件开心愉快且获益匪浅的事。已经过去五年了，依然历历在目。那天格尔木的那场爽雨足够灌溉我所有的高原记忆。铜钱般大小的雨点，争先恐后地落到我身上，至今仍然觉得有几分壮丽的美，让那些至死也认为无雨的昆仑山太干旱的人，彻底见识了一回格尔木雨的魅力。我当然还指的是强建设给我讲的格尔木的事情，它对渴求得到格尔木往事的我也是一场及时雨呀。情和雨融为一体了。

强建设说："格尔木的城市建设发展一共发生过三次大的变化，因而也就出现了青藏公路三次改变过境的路线：一条是最早的金峰路；一条是改革开放后诞生的柴达木路；一条是眼下正穿市而过的黄河路。青藏公路的这三条过境路，记载着格尔木的历史，交响着时代前进的足音。"

"不断改变的过市公路，非但没有损害格尔木的美丽形象，反而使她变得更富态更美丽！"强建设这样感叹之后，就给我讲起了格尔木的路的生生死死。是的，新路的每次出现就宣告了旧路的死亡，但这死亡是新生事物的催生婆。

金峰路是格尔木最初的路。1954 年青藏公路一通车它迫不及待地从荒原上钻了出来，成为格尔木县委所在地的街道。尽管它是一切从简，坑坑洼洼，有点微风就卷土扬沙，见点雪花就泥泞打滑，但格尔木人还是对它很亲热，恨不得抱起亲儿口，美滋滋地称它是"金色的哈达"。从来没有公路的地方现在陡然地修起了路，人们的任何过头的赞语都可以理解。路边的建筑群落都是土坯平房。我所在的汽车团那一片犹如村落似的营房就坐落在离公路不远的地方，我们每次上线执勤回到军营后时时都可以看到公路上奔驰不息的汽车，夜里睡觉耳朵里也灌满了车辆欢叫和车轮砸地的吱吱声。开车搬弄方向盘的人，也怪，一点儿也不觉得吵闹。如果有时听不见汽车的声音反倒无法入睡了。其实，起初这条路根本就没有名字，当时整个格尔木南北交叉就两条路，一条比一条土，要什么名字？大概到了20世纪70年代吧，格尔木的街巷、道路才逐渐多了起来，人们才把这条最早的路起名为金峰路。好个金峰路！站在这条路向南眺望，昆仑山的金色山峰一览无余。莽昆仑连着这条街路，气派！

我想起了一位高原军旅诗人：柳静。时任青藏办事处政治部主任，他第一个用诗歌把格尔木这座高原新城介绍给了全国人民，许多人就是从他的诗里认识了昆仑山，认识了青藏线。他在1959年3月创作的短诗《高原新城》里是这样描写格尔木的：

不要看这个城还小，
它汇集了全国各地的人；
在千万种不同的岗位上，
同一颗红心从春战斗到冬。
昨天，这边还插着标杆，
今天，新路又向前延伸；
明天，那边搭起帐篷，
后天，又会增加一座新城……

在我的印象中，柳静好像总是走在路上。在青藏公路上，他写了那么多火热的诗。每次读他的诗，总觉得那是雪野中的一点异色，被残冬的寒风愈吹愈红。

说句心里话，只因为我从柳静的诗里汲取了许多营养，才会那么深沉地爱着格尔木,爱着昆仑山。我多次下了决心,要做一个作家，像柳静那样抒写青藏高原的军人。

“文革”前夕，我调离格尔木，到了北京。我始终觉得这只是暂时的。我在北京总能梦见格尔木正迈过旧日的门槛，朝我走来。步履简洁、轻盈。她告诉我她要走向明天，明天是什么样子她还说不清楚。话语里带着纯洁的记忆和恋恋不舍。明天是她求之不得的向往，但昨天播下的微小种子等待发芽，那是她留下的不灭的痕迹。你瞧，斑斑驳驳街墙上雕刻出来的那个“保障供给”的模糊不清的标语，也好像很不情愿退出历史舞台，它在依恋那个格尔木已经逝去的苦涩岁月呢!

格尔木就是这样一步三回头地告别了金峰路，迈进了柴达木路。这是一条比金峰路宽阔得多也平直得多的柏油沥青路，它代替了青藏公路过境路的使命。

柴达木路诞生的那年，正是党的十一届三中全会召开的第三年，格尔木撤县建市，火车即将进入柴达木。新的城市建设正搭框架，出现了好几条新路，有南北走向的昆仑路，东西走向的柴达木路，柴达木路向南接通火车站的路成为江源路。还有盐桥路、察尔汗路、迎宾路……这些路的诞生标志着格尔木的“新”。路旁随之而起的是新的商厦、新的饭店、新的工矿企业、新的街心公园……生活多么美好！阳光和空气是美好的，昆仑山巅的积雪是美好的，望柳庄前在风中摇曳的杨柳是美好的，格尔木人踏着落叶沙沙作响的脚步声是美好的，就连沿着墙根相依而行的那对恋人亲吻过的额头也是美好的！是的，格尔木穿过了漫长时光的隧道走到改革开放中诞生的这条柴达木路上，他像一个中年汉子，虽然寒霜打湿了衣襟，赤脚上沾着新鲜泥巴，但却抑制不住满脸的幸福。他忍不住要喊一声：昆仑山真的好美！

格尔木的路既不是终点，也不会永恒，它总是回到地面上，还要前行。它是层岩封不住的热流，是酷寒冻不死的花瓣，即使最具未卜先知的高人，恐怕也很难预测它的最终落脚点。

你瞧，青藏公路又改变了穿市而过的路线，这是第三次过境：黄河路。

这条成为城市东西主轴的路在新旧世纪交替之际以最现代化的高等级过境路展现在世人面前。它基本上为封闭式道路，涵洞、管道等设施更加完善，使过境的车速更快。它是格尔木资源更大规模开发的产物，承载着青海省新的经济增长点。从东向西：昆仑经济开发区、格尔木炼油厂、花海子至格尔木原油管道输油处、天然气开发公司、格尔木至拉萨地下输油工程、格尔木自来水公司、青藏铁路研究院、察尔汗盐湖工业集团大厦、格尔木铁路职工生活区、格尔木供电公司、格尔木建材市场……

格尔木像是一个披着高速公路飘带和戴着摩天大厦皇冠的新时代巨人，她总是对现状不满足，犹如鲜花憧憬着甘甜的果实，不断地向高处攀登，再攀登！她不会有终点，她还要走向新的目标！

我不能不提，在修筑这些路时，市里动员驻格尔木所有的部队参加。市里的动员令里总是少不了这样的话：有钱的出钱，有力的出力，格尔木修路怎么能离开军队？这路是指战员们给市民修的，也是给你们自己修的，因为自打有了格尔木你们就是穿军装的市民。指战员们听说格尔木要修像北京长安街、上海南京路一样漂亮的马路时就憋足了劲儿，张开翅膀奔向每个正在施工的公路工地。他们快乐地挖土，敏捷地抬石，欢畅地提夯。歌声不断，这路是歌声托起来的；笑声爽朗，这路是笑声垫起来的；汗水飞溅，这路是汗水浇出来的。知足了，真的知足了！用劳动换来通往昆仑山的路，通往西藏的路，还能不知足！

然而，并不是永远那么兴奋，也不可能人人都那么开心。

某汽车团的营地一连几天都寂静得没有一点声音，墙上的钟表也好像停了下来在倾听什么，就连营院树上的小鸟都竖起耳朵在等待什么。团长们的脸上改变了颜色，凝固着因为路带来的一丝阴云。士兵们的饭量明显少了，做的梦总是与路有关……是的，一条直直的路从格尔木河那边延伸而来，在兵们的眼前翘起，落到了军营内。

正是这条路把汽车团的院子一劈两半，穿院而过。这是兵们驻扎了几十年的家呀！为了经营这个家，几代官兵昼夜兼程，翻越高山、大河、城镇与乡村；为了楼房上的一块砖，为了图书馆里的一本书，为了连队餐桌上的一盘菜……没有人觉得自己的工作做到了头。军营是温暖的家，把家建好的台阶是高的，又有几个人能走到更高的地方去！可是，现在这个家被劈开了！那条路呀，你难道是在割官兵们的心头肉吗？

不，不能这么说，万万不能这么说。在格尔木的发展规划蓝图上，这条路是必须要修的。城市要在公路上飞奔，整个世界屋脊必须让公路驮着才能走向明天——当然铁路最好，只是当时火车还没通。路是由贫穷变富裕的命脉，也是从愚昧通往文明的长廊。汽车欢奔，轮子开道，骡马扬蹄，正是路把青藏高原闹腾得天生辉、地生银。天梯倒下来就成了公路，也就成了历史。营房被泥土掩埋了，那也是历史。其实，真正的历史是不会被历史淹没的。

慢慢地，汽车团的官兵也接受了这条穿过营院的公路。不是人们普遍认为的军人坚决服从命令的接受，而是心甘情愿且愉快地接受。他们明白，规划格尔木经济建设的蓝图是伟大的战略决策，是新长征路上扬起的战斗风帆。军队要义无反顾地融入建设这个城市美好明天的洪流中去！

汽车团的官兵们在自己的营院里给格尔木修路。他们说，刨挖土石方、推土跑运输这些活儿他们包了，当兵的有的是力气。锹、镐、机械，当然还有汗水，组成的修路交响曲，音色丰满，节奏高昂。他们终于把弯曲的路修直了，把狭窄的路拓宽了。

后来，这条路就起名为“八一路”。今天的格尔木人谁都知道这条路，很多人走在这条路上都会望着路旁的营房对还不曾了解这路来历的孩子说：“看见了吗，就是这些解放军叔叔让出了他们的家，我们才有了这条八一路。”孩子们望着那排整齐的营房，又低头看看脚下的路，好半天才问了一句：“家和路哪个重要？”得到的回答是：“对我们来说，当然是家重要了，没有家，你就会到处流浪。可是在那些解放军叔叔的眼里，这条路要比他们的家的分量重得多得多了！”

这个初秋的夜晚，我踏着微弱灯光映照中的月色，独自漫步在八一路上。此刻，喧闹了一天的格尔木，把除路上不时滚过的车轮声之外的所有声音都深藏进了皎洁的月色里。城市安静下来了，宁静的月光搬动着我的影子，却无法撼动我心中巨大的隐痛，尖锐的痛，缓慢的痛。在这样的静夜，我选择八一路，是因为在这样的静夜里，我好让白天那些千头万绪忙不完的事情暂时消失在夜色里，我好用比较充足的时间回忆、咀嚼人生的经历。当然，不仅仅是我自己的经历了，而是一群人，男男女女，老老少少，他们永久地安睡在离格尔木不远的昆仑陵园里！

那里是此刻这个城市静谧的中心。他们无话可说了，因为他们已经把一腔忠勇的热血献给格尔木了。军人的忠骨就有近千具！有的离开人世时仅仅十多岁，风华正茂，那也是一生！他们是从高处而逝的，是以飞翔的姿势升华了死亡。许多坟包早就坍陷，唯离离茎草在晚风里摇曳，那干枯的枝叶留下曾经葱茏的温馨，现在一度作为这个成长中城市的最后见证了。我认识长眠着的不少人，他们有的甚至和我在同一个锅里搅过马勺，我的乡党，我的战友。我每次站在他们的坟前，总忍不住这样想，他们埋在下面的骨殖，哪一块曾经擦挨过我的身体或者与我相握？我得不到回声，值此我方知他们真的永远地去了。得以慰藉的是，如今坟包前那些苔痕上的斑斓色泽，是从土壤里长出的新的不朽灵魂！

格尔木的昨天、今天乃至明天，都会为这些先驱们写下这样的话：能证明历史的不是历史，而是这个人自己！

昆仑山离长江源头有多远

1996年金秋，刘翠办理了家属随军手续，从八百里秦川来到昆仑山脚下的格尔木。他们在格尔木家属院里的被窝刚刚暖热，陈二位就接到了要去江源兵站任副站长的命令。二位对格尔木大站的一位领导说："我已经143次翻越唐古拉山到西藏了。"领导听了笑笑说："我知道在咱们青藏线上，像你这样的闯山人不会太少。那你就把这143次当作新的起点，继续攀登吧！"

当晚，二位把自己要去江源兵站工作的事告诉了刘翠。刘翠听后许久不说话，只是低着头连看都不看丈夫一眼。

原来刘翠哭了，她抹着眼泪说："别的我都不担心，就是这高山病折磨着你，不知你身体能不能吃得消。"

二位安慰她，说道："高原不比内地，来这个地方工作的人谁能没个头疼脑热的！不要紧，我多加小心就是。"

"江源兵站的海拔多高？"

"接近5000米！"

“我跟你一同上山，有我在你身边，一切会好一点儿的。”

“你尽说傻话，那儿海拔太高，上级有规定，不许家属小孩长期居住。去了有危险的！”

刘翠不吭声了。

格尔木是青藏线上各兵站的大本营。因为线上海拔高，缺氧、严寒、荒凉，家属们难以安家，所以部队特地在海拔 2800 米的格尔木修建了家属院，军人的妻子带着孩子住在那里，一年中绝大部分时间守空房。她们把这叫作“随军不随夫”。

陈二位上山后的初期，山上山下不通电话，也不通邮，他常常把对妻子的思念口授给下山的战友传递给刘翠。可想而知，这种原始的“通信”方式，能传达多少真爱？

刘翠最终难以遏制对丈夫的思念，决定上山一趟。按照与二位约定的上山日期，刘翠一早就站在格尔木路口拦车。一辆又一辆上山的车从她眼前疾驰而过，却无一辆停下。好不容易有一位老师傅刹住了车，他吊着脸不热不冷地问刘翠：“姑娘，你上山是看老爸吧？”刘翠彬彬有礼地回答：“师傅，我早就成家了，老公在江源兵站工作，我找他去。”老司机反问道：“你知道江源兵站有多远吗？”刘翠摇摇头。老司机说：“你总该知道孟姜女千里寻夫哭倒长城的故事吧，就那么远！”

按陈二位估摸的 1000 多里路来算，刘翠在当日傍晚的六点来钟就能到兵站。五点钟还不到，陈二位就站在兵站的大门口等候了。

已是七点钟，天已经麻麻黑，还不见刘翠的影子。进进出出的陈二位有些心急了。他回到站上，点着一支蜡烛放在窗台上，心想细心的刘翠即使没有在大门口碰见他，进站来一看见这烛光烁烁的窗口就会知道这儿便是自己的家。焦急万分的陈二位点好蜡烛又回到大门口，这时刚好从格尔木方向驶来一辆汽车，停在营房门旁，他赶忙上前一看，却没有见到妻子，空喜欢了一场！但是从司机口里得到了一个令他坐卧不安的消息：离兵站30公里处的地方，有一辆汽车翻了车，一帮人正在忙忙活活地鼓捣车呢！这消息犹如五雷轰顶，二位立即让站上的司机发动好车子，向山下飞驰而去，半个小时后，果然看到那辆翻了的汽车，妻子并没有坐那辆车，他才放心了！

就在陈二位乘车下山找妻子的当儿，刘翠来到了兵站。此时已经是十一点钟了，整个源头小镇被一片刺刀也戳不透的夜色和寂静笼罩着。刘翠黑灯瞎火地找了半天也没有找到兵站，她是第一次来长江源头，根本不知道兵站在哪个方位，好在热心的司机帮助下住进了一家小旅舍，躺在床上睁着眼睛盼天亮。她回忆起司机师傅说的那个孟姜女哭倒长城的故事，心想天下的女人为什么都这么多情而命苦？

陈二位不知道妻子已经到了长江源头，仍然心神不宁地进进出出等候着刘翠。他点在窗台上的蜡烛早已燃尽，只留下一堆蜡泪，他又续上一支，窗口继续闪烁出多情的烛光。

夜色渐渐退去，东方吐出了曙光……长江源头的晨曦中，这对夫妻终于紧紧地搂抱在一起……

高山反应对二位身体的袭击和二位对高山反应的抵御，从他上山之始就一直拉锯似的进行着。那是他上山后的第二年春天，病情明显加重。当时他正在车场迎接一个到站的汽车连队，突然眼前一黑，天旋地转。随之而来的便是呕吐、头痛、四肢无力。卫生员和车队的同志合伙将他搀扶到营房，正为他焦急、犯愁时，他马上就清醒过来了，好像什么事情也没发生过。高原的军人们都是这样，成年累月跟高山反应拼斗，有些人退下来了，甚至永远地倒下了；有些人照样站立着，面不改色。

涌满刘翠心间更多的则是酸楚。她问："你每次犯病时都吃些啥？有多大饭量？"

二位答："什么都不想吃，吃不下去。半碗稀饭和几根咸菜都是硬塞进肚里去的。"

就是从这一刻起，刘翠萌发了要上山为丈夫送饭的想法。

她做的是二位百吃不厌的陕西风味"嫂子面"。二位是吃着这种饭长大的，参军后一度吃不到了，馋得他在梦里都吃了好多回。后来刘翠随军来到了格尔木，只要有机会她总不会忘记给二位做"嫂子面"。二位说："端起'嫂子面'，我就闻到了八百里秦川的麦香，就听见了亲切的乡音。"邪乎的是，他说吃了"嫂子面"，他身上的每根神经都特别地舒坦，百病不沾身。这天，刘翠按照做"嫂子面"讲究的"薄、筋、光、煎、稀、汪、酸、辣、香"九字要领，精心做好，然后装进特地买来的保温桶里登车上路，直奔长江源头。

二位吸溜吸溜地吃了妻子做的"嫂子面"，浑身舒舒服服地出了一身热汗，他抹抹嘴，少有的动情地说："翠，你猜猜，我现在最想说一句什么话？"刘翠白了他一眼，说："什么话？还不是想说吃饱了，喝足了，有精神了，再好好地在江源兵站干几年！"二位忙说："不，我现在最想说的一句话就是，谢谢你，嫂子！"刘翠羞得脸都红了，上前用小拳头捶着二位说："你这个死鬼，昨日黑里还要我叫你大哥，现在又将我叫嫂子，你这家伙，真没个人样！"

从此，刘翠真的变得很忙乎了，做家务，照管孩子，差不多每周还要上山给二位送"嫂子面"。昆仑山离长江源头依旧千里迢迢，可她却觉得并不遥远，早别昆仑，晚到源头，仿佛只是一瞬间的事。

当她风尘仆仆地出现在二位面前时，一路上的疲劳和牵挂顿时云消雾散。这时的她和他，都会觉得自己是世界上生活得最充实的人，最幸福的人！

世上的许多事情说起来总是那么的奇特而又奇怪。也许你永远都弄不明白其中的奥妙，但是它确确实实存在着。自从有了刘翠的“嫂子面”垫肚后，陈二位的高山反应大为减轻，头不晕也不疼了，食欲大大增加了……

2001 年夏天，陈二位经上级批准要转业了。他当了二十年兵，其中有十九年是在海拔 4000 米以上的高原部队基层单位摸爬滚打的。用他的话说,沾在他衣褶里的高原雪,下山后一个夏天也化不完。我相信他讲这话时心情是很不平静的。

寻柳望柳庄

消失了的望柳庄

文物、古迹以及千年废墟，无一不是从时间的隧道里长出来的宝贵遗产。

人类居住的家园，总是在不断扬弃后进，简陋中变得日新月异。人们一方面享受着这种变化赐予的诸多实惠，一方面对它带来的损坏也深感忧虑：胡同的消失、民居的塌陷、古墙名楼的绝迹……

历史性的思考与追寻。

我要说的是格尔木市，这座蕴藏着丰盈文化的新兴城市。它坐落在昆仑山下，是 1954 年修建青藏公路的筑路工人向世界屋脊大进军中诞生的。它地处甘、青、新、藏四省区的中心地带，是内地进入西藏必经的咽喉。2001 年开始修建的青藏铁路也是从这里启程的。

格尔木市河西转盘路口西北角的望柳庄，已经从人们的视线里消失几十年了，可它至今仍然清晰如初地留在我的脑海里。这些年，只要有机会从京城上高原，我都要在那片遗址上流连忘返，寻找已经失去了却难以忘怀的往事。失望总是吞噬着我的心。扑入我眼中的是一幢幢拔地而起的楼房和平房，还有一片片沙棘和蓬勃的树林，以及一张张乐得不知人间还有愁苦的笑脸。

望柳庄消失了，寻找格尔木历史的人陷入惆怅地等待。透过眼前这明媚阳光中的街景，我本能地感到这城市还需要另起一行。从灰烬中追寻往日的那堆篝火，从枯井里踏访从前的那汪清泉。于是，我义无反顾地走进了格尔木的源头，站在了转盘路口一座小院的门前。它就是望柳庄，这个高原小城最早出现的窑洞房后来变成楼房……

1955 年 6 月，柴达木盆地还被一片厚厚的冰雪覆盖着，青藏公路管理局招待所成立，取名望柳庄。这是横跨世界屋脊的青藏公路沿线出现的第一个招待所。所谓的招待所只是几顶帐篷，工作人员和接待的客人全部住帐篷。一年后，帐篷换成了 20 多间窑洞房。1958 年建成了二层楼。无论窑洞房还是楼房，在格尔木的历史上都是第一次。从此，它成为柴达木地区当时最高档次的服务接待单位，负责接待进出西藏的客人。

望柳庄从诞生之日起，就陆续接待了不少党和国家的领导人。1955 年 6 月，它还是帐篷房时，班禅额尔德尼·确吉坚赞一行，从拉萨到北京，路过格尔木就住在这里；1956 年 4 月 7 日，以陈毅副总理为团长的中央代表团赴藏祝贺西藏自治区筹备委员会成立，途经格尔木在此落脚；1958 年 10 月 17 日，国务院副总理兼国防部部长彭德怀元帅，在兰州军区司令员张达志的陪同下，来格尔木视察工作，望柳庄迎接了他。一个不足万人的边远小城，在不长的时间里有这么多领导人光临，其地位的重要性足以可见。

陈毅同志创作的那首洋溢着激情的《乘车过雪峰》的诗，与格尔木有关。据说他下榻望柳庄时，常常伫立在屋内窗前，眺望终年积雪不化的昆仑山雪峰，感叹不已。他离开格尔木，前往拉萨途中写下了这首诗：

昆仑雪峰送我行，唐古雪峰笑相迎。
唐古雪峰再相送，旭角雪峰又来迎。
七日七夜雪峰伴，不苦风砂乐晶莹。
同人举酒喜相贺，轻车已过最高层。
明日拉萨会亲友，汉藏一家叙别情。

望柳庄孕育过元帅的诗。

望柳庄在青藏公路通车半年后，出现在还是一片“帐篷城”的格尔木街上，又是在繁华（自然是相对而言，当时格尔木才几千人，何谈繁华！）的转盘路口，那是很惹人注目的。首先是那座四合院的建筑形式就别出心裁，独具匠心。可以肯定地说，这是亮相在格尔木的第一座四合院。据说直到20世纪80年代初它从格尔木的大地上消失时仍然保持着原样，只是墙体已经斑驳，屋瓦也都破旧。其次是它那个富有诗意的名字望柳庄，太让人回味无穷了。它像是在冰天雪地里用一点一点的阳光堆积起来的，又像是在戈壁滩上拿一簇一簇的翠绿绣出来的。望柳庄是个默诵一次就能使人提起精神的名字。

对于望柳庄的由来有两种说法。第一种说法是建招待所之初，开拓者在帐篷前栽了几棵杨柳树，便取名“望柳庄”；第二种说法是当年慕生忠将军率领修筑青藏公路的人马来到格尔木，而格尔木只是地图上的一个地名，只有几户蒙古族牧民依河而居，遍野荒芜，寒风呼啸。将军找了半天也不见格尔木在哪里，便把手中当作拐杖的柳棍往沙滩一插，说：“这里就是格尔木，我们安营扎寨吧！”帐篷撑起来了，炊烟飘起来了，从此这里就有了人烟。这就是后来的格尔木城的雏形。将军随手插下的那根柳棍竟然生根发芽了。此地便被人们称作“望柳庄”。后来建成格尔木招待所时沿用了这个名字。传说望柳庄三个字就出自慕生忠将军之手。不久，格尔木修建起了第一个澡堂，起名“望柳池”。

独特的建筑风格，再配上一个诗意盎然的名字——望柳庄，便成了当时格尔木这个边远小城一道亮丽的景点。每一个从它面前走过的人只要望上一眼，都会得到一种灿烂的希望，如果再读读门楣上“望柳庄”这三个字，心里肯定会涌满太阳的芳香。望柳庄，你使人们对荒凉酷寒的青藏高原产生恋恋难舍的感情。

我至今无法忘记我在望柳庄吃的那顿饭。那时我是个汽车兵，因为我国边境发生了一场战争，我正昼夜不息地执行繁重的战备运输任务。一次，车子在昆仑山中抛锚我整整守候了两天两夜，后来被战友的汽车拖回军营。没想到，拖车行驶到格尔木转盘路口时战友的车也坏了。此地离军营虽然只有几里路了，可我还得留下来守车。几天来，饥饿、酷寒已经把我折腾得不堪一击，几乎连挪步的力气都没有了。这是个照着太阳飘着大雪的中午，汽车和公路被白雪覆盖得严严实实，天地成了一色。就在这时候我看到了路边门楣上那三个字：望柳庄。前来接济我的战友告诉我，那儿就是招待所，有温暖的客房，有可口的饭菜，连队已经在那里给我安排好了午饭。

生活在今天优裕环境中的人们是很难想象得出我当时那无比激动的心情。我迎着扑面而来的风雪，走进望柳庄食堂，把浑身的饥寒全部卸在了那里。我始终认为望柳庄的那顿午饭，是我有生以来吃得最舒心、最可口的一顿饭。那是饱肚又暖心的饭，是军民情深意长的饭。那一刻，我突然觉得“望柳庄”那三个字像盛开在雪线上的三朵红牡丹，经久不衰地贮存在了我的心里。

正是从这时候起，我格外留意起了望柳庄。我不是把它当成观光的风景。那个年代，像我那个年龄，还没有欣赏风光的闲情，也缺少这种意识。在我心里，望柳庄是修筑青藏公路那位将军的丰碑，是劳动者的家园。每次出车路过这里时，我从这三个字上采摘一份攀登的动力，踏上征途；完成任务收车回营路过这里时，我会偶尔小憩于转盘路口，把汽车擦拭得油光铿亮。冬去春来，来来往往，我不知从望柳庄门前走了多少次，可总是走不够，看不厌。

曾经创作过反映西藏生活的长篇小说《崩溃的雪山》的军旅作家窦孝鹏，是我的同乡战友。1960 年，他在望柳庄前为一位国家领导人站过岗。40 年后的今天，每每回忆起此事，他仍然抑制不住心中的自豪之情。

那时候，我们都很年轻，不大懂得自己为什么对望柳庄会有这样剪不断的情愫。直到我服役 7 年后调离高原到京城工作时，我情不自禁地把望柳庄作为我的书房名字移至首都，这才慢慢地咂摸、品味出了我对望柳庄这份浓浓情缘的一些根由。我终于明白了，除了格尔木这个特殊地域给我们当时的行为烙上了独特的印记，使我即使离开高原千里远也难以忘怀，还有一点我们不能不承认，望柳庄这个名字起得太诱惑人了。它既实际又带有传奇色彩，高原味道很浓烈，营造了一种向往、一种精神。当初默诵这个名字，能品出它反映了格尔木人最真实的生存状态；今天吟诵它，它就作为一种文化的基因，记载着高原小城的昨天和今天。望柳庄遗址已经成林的高原杨柳自然是应该珍惜的，但更重要的是它的人文价值。曾经与望柳庄相关的风云人物,有的已烟消云散，有的还活在人们心中。我们去发掘他们的故事，就会连接即将殒没的望柳庄文化的断层。

望柳庄，这个名字具有亘古常新的生命意义。

十分遗憾的是，我跑遍了格尔木所有我认为该去的单位，也没有找到当年望柳庄的一张照片。当然,我更不可能在望柳庄前留影了。只是到了 1990 年以后，我每次上高原都带着照相机，几乎每次都要在已经没有望柳庄的望柳庄遗址上留影。每次留影时,心中涌满惆怅。算起来这样的留影也有六七张了，闲暇无事时，随手翻看着，感慨万千。

大约是 1992 年夏天，我重返格尔木。在这之前的七八年吧，望柳庄虽然已经荡然无存了，但还剩下一栋破旧楼房的骨架撑在风雨里，起码它可以明确无误地告诉人们，当年望柳庄的具体地址。可是这一回连那个起码的标志也被铲除了，我寻找望柳庄，空空荡荡，凄凉满目。只有一排工棚似的小房子孤独地坐落在那里。我上前打听望柳庄，一位老妈妈热情地迎上来，她说："我根本不知道什么是望柳庄，你如果要吃面条，我这压面机可以压出各种面条卖给你。"噢，望柳庄的旧址上盖起了生活服务小店。老妈妈是头几年才跟着跑生意的儿子来到格尔木的，在这块不用掏钱买就可以建小房的地皮上，搭了个简易房，做起了小买卖。

此后不久，小店也没有了，昔日的望柳庄真正地成了一片荒地……

历史，虽然总是以庄严的面孔出现，但是它却多情地给人类留下了数不清的宝贵遗产。这些遗产有的有文字记载流传了下来，有的并无记载，随着地壳的运动变迁，埋入地下成为秘密。

现在谁也不敢断言，已经消失了的望柳庄就必然会随着地壳运动埋入地下。但是,我认为抢救望柳庄仍然是非常必要的,刻不容缓,用文字,用实物,用图片,要让后来人知道,格尔木曾经有个望柳庄,它是修筑青藏公路的大军在格尔木的第一个落脚点,也是青藏公路通车后出现在高原的第一个招待进藏出藏人员的家园,有相当长一段时间它甚至是格尔木的主要标志。

寻柳望柳庄

1953年初，西藏军民吃粮告急，北京把给西藏运粮的紧急任务交给西北局。西北局立即成立运粮总队，调任西北军区进藏部队政治委员慕生忠为运粮总队政治委员。慕生忠临危受命，从青海、甘肃、陕西、宁夏等地征集了1200多名驼工和26000多峰骆驼，在短短的时间里修复了从香日德到格尔木的300多公里公路。1954年5月，筑路队继续往西藏修路。

当时，筑路大军的指挥部就设在格尔木转盘路口一侧。那个时候，格尔木还是荒野中的甚至称不上是一个像样村庄的地方。跟随将军修路的人问："格尔木在哪里？"将军用浓重的陕北口音告诉大家："我们的帐篷扎在哪里，哪里就是格尔木！"可以看出将军对眼前的格尔木既不挽留，也不远送。在若干年后让它慢慢旧貌换新颜吧！

说罢，将军让随同人员从一台车上取下两捆树苗，一捆柳树，一捆杨树。分别栽在相距200多米的地方，柳树落根处叫"望柳庄"，杨树蹲坑的地方叫“陈荫村”。诗情画意的一村一庄。有人问将军:“叫这样的村庄名有啥讲究？”他回答：“望柳成荫嘛！”

这话像一粒种子落入土中，该发芽时发芽，该枯萎时枯萎，绝不会违背时序。

九层之台，起于累土，望柳庄和陈荫村就这样成为西部现代化城市格尔木最初的奠基石！

有这样一个插曲，我想在此呈现。

不少史料都记载格尔木是从六顶帐篷起家的一座城市。经过口口相传，这种说法传到了内地许多地方。我在采访一些老格尔木人时，他们都不约而同地说，不是六顶帐篷，只有两顶。这两顶帐篷是筑路指挥部办公地，随同人员在很长一段时间住的是半地上半地下的地窝子。为此，我专门写过一篇短文《两顶帐篷旧话》，刊登在1963年3月10日《青海日报》：

> 格尔木现在是一座略具规模的高原城市了，这座城市是由两顶帐篷开始的。开始修筑青藏公路的同志们在这个荒无人烟的沙滩上架起了两顶帐篷，以后的开拓者们，慢慢地在附近建起了工厂，盖起了房屋，直到变成现在这样。
>
> 如今在好多座楼房的旁边，还保留着原先那两顶帐篷的旧址。我们常常看到格尔木的开拓者，领着刚从内地到来的客人，指着帐房旧址豪放地叙述当年的情景，看着荒草滩上的帐篷印，和周围一幢幢整齐的楼房，人们脸上挂着兴奋的笑容。

跟随将军修路的民工和战士，永远不会忘记慕生忠在格尔木动员大家拼下劲流大汗修路时，讲过的这样一段话：

“我们要做的事情，是历史上从来没有人敢干过的事情。我相信我们能干成，而且会干得很漂亮！我们每个人都应该有这样的信心。你看吧，咱们给西藏运粮时赶的是骆驼队，骆驼死了不少，可是我们的人绝大多数好好地活着。我们就是要使出骆驼的蛮劲猛劲修路！我们是经过九死一生考验的人，还愁把路修不到拉萨去！”

说到这里，他举起手中的铁镐领着大家喊口号，几乎所有的人都看到他的镐把上用烙铁烙着五个字——慕生忠之墓。还用说吗？谁都明白他的意思：如果他在修路中死了，这把铁镐就是他的墓碑。

慕生忠是赌上生命修青藏公路的。我清楚地记得这样一个细节：他从北京领受到了修路重任后，特地到王府井大北照相馆照了一张相片，送给在京和家乡的几位要好的战友。他对他们说：“这次上高原如果我回不来，这照片就作永久的留念！”

悲壮多于忧伤！

我们再说慕生忠在望柳庄和陈荫村栽下的树苗。

高原上铺天盖地的风沙、干旱绝对不会轻易饶过这些幼苗儿的。幼苗也绝对不会轻易屈服。那是因为将军的性格揉进了树苗的枝叶之中。有时候突然卷来的沙尘暴把它们浸染得与荒漠成为一色，人站在稍远处难以瞅见其真面目。有时它们有一股不服输的倔劲，抖落沙尘，又挺起了腰杆。

毕竟会有柔弱苗。有几棵柳树只绿了短暂的生命，就消失在了戈壁滩。这似乎是预料中的事。但是人们还是难以接受。它们走时留下了遗言：有几片尖刀似的叶子一直插在沙里，漠风吹来也不走！

有个不谙世事的小伙子，从死去的柳枝上拧下柳笛，吹起了《真是乐死人》的曲调。慕生忠发现了，狠批那小子一顿，骂道："你他娘的就知道乐，都死人了，你还高兴得屁眼都颠出来了。"

他说的死人，指的是死去的柳树。在戈壁滩，人和树的生命同等宝贵！

之后，将军捡起躺在地上的三棵柳树，掂在手里看了好久，无限痛惜地说："它们为咱们格尔木人绿了一回，让我们这些干涩的眼仁和心都得到安慰，有了扎根的一份动力。它们是有功之臣，不能把它们随便扔在什么地方，应该埋在沙滩上，还要举行个送别仪式。"

于是，沙滩上就出现了一个土丘，埋葬着三棵柳树。

给柳树苗举行葬礼，没有人组织，完全是大家的自发行为。有十来个人围着土丘默默站立，一个个低着头，空气像凝固了一样。将军没有来，有人看见他站在窗口悄然地望着外面……

戈壁滩上第一个醒来的人是寂寞的人，第一棵死去的树呢，高原人却没有遗忘它。

人们分明不觉得这三棵柳树已经离开格尔木，到了另一个世界。它们还活着，生机蓬勃地给高原新城增添着春色。总有人不断地给那土丘上浇水。这些树也像人一样，躺在沙滩上会口干舌燥，浇点儿水让它们滋润滋润。树枝湿润了，地气中储存的养分精气也会浸润到它们身上。更有一些有心人，还把上好的肥料递给它们。

谁也没有预料到的事竟然发生了。人们有心无意浇的水施的肥，唤醒了死去的柳树。这年夏天，土丘上翠生生地冒出了一瓣嫩芽。那芽儿一天一个样儿，小变大，少变多，低变高。终于有一天，噌噌长成了小柳树！

啊，小柳树！活生生地望柳庄那些柳树生出的儿子啊！

啊，望柳庄的第二代柳树，这是从埋葬着三棵树的坟墓上长出来的树，是三棵死而复生的柳，是慕生忠用怜悯的心唤醒的将军柳！

后来，大家就把这棵柳称为“墓柳”。

经过一场死亡磨炼的墓柳，活得更坚韧也更潇洒了。铁青的叶子凝聚着锐气，粗野的枝干储存着坚韧。风沙卷来它不弯腰，冰雪压顶它依然挺立。死里重生的战士珍惜生命，也最洋溢本色。

这棵柳树孤独地站在树林摸不到的地方，好像风的喧闹和树的议论都与它无关。谁能说墓柳不像战士！

岁月一年一年又一年地消失着，格尔木的树越来越多，成行，成片，成林。最终它们和墓柳还是连在了一起，融为一体。现在人们都已经分不清哪棵是墓柳了。但是，许多老格尔木人都记得这里曾经有一个土丘，土丘上挺立着一棵柳树。柳树是一位将军用爱心唤醒的……

我算一个老格尔木人，1959 年走进格尔木，还不算老资格！我一直惦记着那棵墓柳。自从我调到北京工作后，每次返回格尔木，必去望柳庄追寻墓柳。最初还能找到，后来就一次比一次难找寻到了。望柳庄的树成百上千棵，要找到一棵树有多难呀！越是难以找到，我越要找到它……这是一种什么心态，对将军的思念？对格尔木昨天的舍不去？当然还有要写作的冲动……是这些，又仿佛不全是！

苍老事物的光芒，为什么一直把我的注意力拉回净透的昨天……

不知不觉 40 年光阴从攥紧的指缝间还是滑过去了！1990 年 5 月的某日，我参加总后勤部举办的“青藏线文学创作笔会”，在高原奔来走去地颠了一圈后，落脚格尔木写作。那天早晨，我清醒地踏着这个城市早早响起的车笛声在望柳庄散步。我很喜爱沉睡初醒的格尔木早晨，长一声短一声的车笛只会加深这个边城的幽静。夏风把天空打扫得清清亮亮，远处的昆仑山纹丝不动地卧在蓝天下，草原和戈壁相间着颜色铺展在山前。早起的几只鹰在苍穹下慢条斯理地抖动着双翅。牧羊女赶着一群羊边走边漫着青海花儿，引诱得我身边的一块石头仿佛也要跳起来吃草。对于这些引诱我此刻并没多大兴趣，而只是在望柳庄寻找。是的，我要寻找。我不相信我找不到那棵柳树。找到它，我要从一棵树走进一个人，再从这个人走进一座城市。我清醒地知道，我虽然有上百次跋涉高原的里程，但是这些我走过的路加起来，也不及将军一米八的个头高。当然我也十分清楚，在将军离开格尔木的这几十年，这棵柳树一直吮吸着昆仑山的雪水年年月月地成长着！像阳光一样洁净。我怀念这棵柳树，要找到它，哪怕它只给我一片叶子，那也足以给我在世界屋脊上跋涉的动力！

我问过路的蹬着三轮车的小伙子："望柳庄有棵将军柳，你知道是哪一棵吗？"他连车子都没停就递过一句话："这里不都是将军柳吗，你看不见？"不容我细说，他就蹬车飞了。我又问背着书包上学的小姑娘，她抬起眉眼望了我好久，好像在看一个外星人，然后摇摇头，说："没听说过有什么墓柳！"还有一个战士从望柳庄前走过，我问他："你知道慕生忠将军吗？"他回答："在格尔木谁能不知道他呢！可是你说的墓柳，我真不知道是哪棵。你问他吧，兴许他会告诉你！"他抬起手臂指着左侧的路边。

那里有一位正在清扫地上落叶的老人，他显然已经听到了我在打问墓柳，便停下手中的活儿，主动和我搭话："同志，你是找那棵墓柳吗？这就是！"他指着不远处说。

我站在了老人面前。他霜染须眉，刀刻前额，好个从岁月深处踱来的老而不衰的格尔木人。

“为什么要找这棵柳树呢？”

“老人家，你这问话里不就藏着答案嘛！还不就是想看看它，看见它就想起了慕将军！”

“我就知道你是想念将军嘛！”

说话间，我们已经走到了一棵半躺半站立的柳树前。半躺半站？我仔细打量了一下，它的根须有一部分拔出地层露在外面，另一半根仍然紧紧扒着地层。由于树杈支撑着，就没完全躺倒。

“它是累了，该躺下歇歇劲！”老人说，“当年它死里逃生活了过来，是捡了一条命！身子骨受损了，我给它做了几个土墩，助它一臂之力！”停了停，他又说，“它像人一样，睡在大地上，就怎么也不会跌落下来。躺下后侧着身子摸摸泥土，就能安心睡去！”

这时，我才看见在柳树的树干下面，确实有几个土墩，那就是老人给它做的支架！老人说：“这棵柳树在望柳庄落根有小 30 年了吧，你瞧它已经枝枯叶瘦就剩下坚硬的树干树枝了，它是它的骨头，它睡着了也不愿散架！”

我怎能不赞佩老人对墓柳的评价：“它睡着了也不愿散架。”只是我再追加一句：它只是小憩，还会再睁开眼睛看看日新月异变化着的高原新城！

我告别老人走出好远后，再回头时看见他正提着喷壶给墓柳浇水，均匀的水珠落在柳叶上，满树的晶莹浪花。我的身心也随之湿润了！

纳赤台的树

在我的脑海里抹不掉的记忆是在纳赤台兵站最先长起的那棵树。土黄色的枝叶出现于这冰雪覆盖的世界里显得格外的苍劲而色彩浪漫。让我们这些常年跑青藏公路的汽车兵大饱眼福，满身心地滋润起来。

土黄色的枝叶？确切地说，不是我们所谓的正常意义上的树，是被一堆一堆沙土簇拥着的伞状或倒伞状枝条，沙堆很像捧着它的底座。它们的学名叫“红柳”。红柳算不算树，姑且先不管它。那个年代，寸草不生的昆仑山中能猛乍乍地出现长枝挂叶的苗苗，谁的心能不绿不滋润呢！当然，没有多久我才知道那是红柳。

红柳又名柽柳，是生长在戈壁滩上的一种乔木，枝条纤纤下挂，硬中有柔。叶子很小，开白花，花儿像细小的鳞片附裹在枝条上。它耐旱抗盐碱，抗击风沙的能力特别强。沙暴中它的枝弯而不折，叶子也不落，那一抹淡淡的绿条随风摇摆，犹如起伏的绿波。沙暴过后，它抖落身上的沙尘，依然顽强地静静站立在沙包上，准备迎击沙暴的再袭击。

我写过一篇散文叫《三春柳的风格》，是赞扬红柳的，刊登在2000年8月1日《新民晚报》上，文中写道："红柳与其他开花植物的不同之处是，它每年开三次花，春天一次，盛夏一次，深秋还有一次。所以它被人们称为'三春柳'。我最看重的是它在深秋的那次开花，戈壁滩的深秋早已是冰天雪地了，寒风呼啸，雪花狂舞。遍地的积雪被风卷着在地上打转转飞旋着，像腾起的雪浪花，一直消失在远方。就在这银白色的世界里，红柳送给人们的是一片红茸茸的米粒碎花，寒风在它面前显得无力，白雪也被它映衬成粉红色。你会觉得每一片花瓣都在给从它身边经过的人诉说一个美好的故事。人们在遥远而荒寂的戈壁滩一年中能享受三次'春天'，这确实是人生中难得的幸福。"

攀越昆仑山的人能在纳赤台兵站享受到红柳美景带来的愉悦，一年中仿佛度过了三个春天，这要感谢兵站教导员赵国瑞和他的妻子蓝伟华。他们为移栽红柳，为护苗、育苗付出的智慧和汗水都融进了红柳枝上的每朵花瓣里！大家都称赞这些成活下来的红柳为"夫妻树"。

栽活一棵红柳容易吗？

迟来的春风刚吹到纳赤台，赵国瑞就领着三个战士乘敞篷卡车到200公里外的诺木洪挑选红柳苗。诺木洪的红柳滩在柴达木盆地是享有盛名的，方圆十多公里的戈壁滩生长着一眼望不到边际的红柳。他们轻轻地掘开沙包，取出根须带着原土的红柳，然后用帆布包裹结实，运回兵站，移栽到兵站两侧的青藏公路边。苗儿有了，能不能成活呢？赵国瑞说："不指望天也不依靠地，就靠我们像抱养娃娃一样给它施肥浇水。施肥好说，除去家肥和化肥，剩菜残羹也可用作肥料。浇水就不那么省事了，很有门道。夏日炎炎浇纯净的雪水，冬天冰川遍野灌暖暖的泉水。秋季浇水最有说道，红柳到了这个季节，生命变得很脆弱，娇气的不行，浇的水太凉了会冻坏它，太热了又会浇伤它。怎么办呢？战士们只能把积雪化成水，放在屋里待水温升到七八度，喂红柳喝最适宜。据说，这个温度的雪水中含有一种营养成分，解渴又解饥，还可以杀死病虫害。这些土里土气的方法窍门都是兵站官兵在移栽红柳的过程中，摸索出来行之有效的养树办法。教科书上很难查到。还有呢，部队给官兵发的维生素片，他们也都要匀出一部分喂养红柳。”

这些养红柳的办法，未必是淅淅沥沥的雨声，却如百花吐蕊，细致入微，依附在枝叶上，乖巧而不声张。

就这样，官兵们像侍护自己的娃儿一样，让移栽的红柳度过了客居纳赤台兵站的第一年，又度过了第二年。红柳终于由客人变成主人，同士兵们站在一个行列，成为兵阵的一部分，守卫在昆仑山上。

兵站因有了这些红柳的生根吐叶，空气变得清新了，生活也有了滋味。至今那些红柳繁衍的后代，一代比一代旺盛，蓬勃生长在兵站的门前以及山上、河边和路边。每年三次开花，把昆仑山惹闹得红红火火，生机蓬勃！原先高傲的雪峰也羞得似乎矮了三分！

我们怎能不提到蓝伟华呢？

兵站刚移栽来红柳的那两年，她每年从陕西关中老家来兵站探亲。到了站上她放下行李，二话不说挽起袖子就和大家侍弄红柳，浇水、施肥，冬天给红柳穿棉衣——用麦秸包扎红柳，都少不了她。士兵们见她整天忙着干活儿，就开玩笑说：“嫂子，你来部队探亲，是来亲指导员还是亲红柳的呢？”她哈哈一笑，说道：“第一是看你们的站领导，第二是和大家一起照顾我们好不容易养活的红柳娃儿！”陕西人把孩子叫娃儿，红柳也成了嫂子的娃娃了！

蓝伟华和赵国瑞在家乡同年入党，他们的一言一行都闪耀着先进分子的光芒。乡里乡亲称他们是“模范党员夫妻”。那年她从家乡来兵站探亲之前，国瑞在信上说兵站移栽了一批红柳，由于不服水土，再加上肥料不合适，长势很不乐观。她便特地从家乡买了些化肥、杀虫剂什么的，以主人翁的姿态投入到养育红柳的工作中。第二年，伟华够了随军的条件，她索性卖掉家里的房子，来昆仑山安了家。她征得国瑞的同意，还义务担负起了照管红柳的任务。松土、浇水、施肥、护苗，每一项工作都干得有条不紊。尤其是红柳开花的季节，嫂子走在官兵中间大家都能闻到她身上携带的花香！纳赤台的大树小草，各美其美。

纳赤台兵站的树在增加，绿化的面积也在扩大。当时我大概有五年没上高原了，20 世纪末的一年“七一”前夕，我专程来到纳赤台兵站采访他们的“夜间灶”。所谓“夜间灶”就是夜里专门给抛锚来兵站的汽车兵做晚饭。不管是十二点钟还是深夜一两点钟，汽车兵来到兵站都能吃上热乎乎的饭菜。那写着“夜间灶”的三个字闪烁在玻璃罩里，老远瞅着心里就发烫，安逸。那天夜里大约在十点钟吧，我们的汽车还没驶进停车场，就看见兵站大门外的公路边，一排傲然挺立的小白杨闯进我的视线。一人多高的树干举着伞一样的树冠，整齐有序地站成了像士兵一样的队列。后面就是我早几年看到的一片红柳林。

小白杨在纳赤台兵站扎根落户，与蓝伟华有关，与那支《小白杨》的歌曲有关。

那年八一建军节，兵站举办文艺晚会。有一个大合唱节目，全体官兵和军嫂们都登台了，歌声嘹亮、雄壮，震荡着昆仑山：

一棵呀小白杨，
长在哨所旁，
根儿深，干儿壮，
守望着北疆。
微风吹，
吹得绿叶沙沙响啰喂，
太阳照得绿叶闪银光。
来来来，来来来，来来来来来，
小白杨，小白杨，
它长我也长，
同我一起守边防。

当初呀离家乡，
告别杨树庄，
妈妈送树苗，
对我轻轻讲：
带着它，亲人嘱托记心上啰喂，
栽下它，就当故乡在身旁。
来来来，来来来，来来来来来，
小白杨，小白杨，
也穿绿军装，
同我一起守边防。
……

开始是全体官兵大合唱，唱了一遍又一遍。后来，渐渐地就成了蓝伟华一个人唱了，独唱。她也唱了一遍又一遍，竟然唱得泪流满面……

她想起了什么呢？

想起了家乡的小白杨，田间、地头、路旁，到处可见的白杨树，风儿吹得绿叶沙沙响，太阳照得叶儿闪金光。为什么家乡的白杨树那么像歌中唱的小白杨！难怪战士们唱道：我当初参军离家乡，妈妈送上树苗对我讲，带上小白杨，让它同我一起守边防！

蓝伟华的心动了，我为何不把家乡的小白杨带到纳赤台，让它在昆仑山扎根，同战士们一起守边防。尤其感到格外亲切的是，这些守卫边防的战士里面，有她最亲爱的心上人！她应让家乡的小白杨在纳赤台落户，在昆仑山扎根！把家乡的根延续到丈夫的身边！昆仑山也是她的家呀！一棵白杨串起两个家，多有意义，多么幸福！

不久，蓝伟华回家乡办理自己的随军手续，返回昆仑山时，她怀里紧紧地抱着用麦秸席包裹着的一捆杨树幼苗。她事先并没有告诉丈夫自己的这个想法。她要给他一个惊喜！给兵站的官兵们一个惊喜！红柳在兵站一年开三次花，不久小白杨又会一年吊一串一串茸絮，花衬絮，絮托花，这兵站还不变成人见人爱的小花园嘛！

蓝伟华返回纳赤台之前，特地跑了一趟家乡县林场，让技术员给她吃小灶，详细讲了移栽的白杨树如何蹲坑，怎样浇水、施肥，特别讲了怎样度过移栽后的第一个冬天。她是名副其实的满载而归。

难以抑制幸福加满足的心情，她临返回兵站的前一天，还是不由得打长途电话把移栽小白杨的事透露给了丈夫。没想到，还没把话说完，丈夫就接过话茬说：“你以为你潜伏得很深，但是事实证明你是一个埋起头却露出了尾巴的人，做不了地下工作是肯定无疑的了。你让家乡林场寄的关于栽培小白杨的资料，一周前就到了站上。

大家都争相传阅开了。”她抱怨丈夫不该把资料打开让大家看。丈夫说:“一拃厚的资料袋子鬼才相信是你给我写的情书呢！”蓝伟华说：“也好，早一天公开好消息，好让战士们早一天享受幸福光景！”

就在小白杨在纳赤台兵站扎根的第二年，我来到纳赤台兵站采访姚万清站长的事迹。当时赵国瑞已经转业回内地了，妻子蓝伟华随同。姚站长对我说 :“马上就是‘七一’了，我们党支部提出每个党员栽 5 棵白杨树，向党的生日献礼。全站 20 名党员，正好可以栽 100 棵白杨树。”

白杨树比红柳更娇气，防冻是树苗成活的关键环节。还没等卷着雪粒的北风降临，士兵们就给白杨树“穿靴戴帽”全副武装起来。穿靴戴帽？就是用棉纱或草秸把树根、树干、树冠保护起来。没想到这些杨树苗在纳赤台过了第一个冬天后，还是死了近一半。

他们逐个细细看了成活下来的树苗，寒风把它们的枝干打磨得很壮实，叶脉也变得厚墩墩的，很结实。都是同样的树苗，为什么有的就过不了冬天呢？

他们到格尔木请教了一位园林专家，专家指点说，树木过冬当然需要防寒的棉衣，但是也需要阳光，需要透风呀。再有，即使在夏天浇水时也不能都用雪水，那样渗凉的水有些幼苗承受不了。这一点不能和红柳比，红柳的生命力极强，用雪水浇它不仅能承受得了，而且还可以强化它的抗寒耐力。母体不一样，表现出来的耐寒抗旱能力就有差异。

随后补栽杨树时，他们隔上三天或两天，便把树的“棉衣”脱掉，让它们吸收阳光，入夜再给它们穿上。给树喝的水也是经过太阳蒸晒后的雪水。

白杨树注入了高原军人的毅力和坚韧，终于压住凛冽的酷寒风雪。你说它神奇不神奇，怎么知道春天来了就醒了过来！

士兵们都把20棵小白杨称为“党员树”。

后来，我又多次到过纳赤台兵站，每每看到一排排白杨树摇曳着哗啦哗啦的叶子，总觉得那是对每一位来昆仑山的人诉说它们成长的喜悦。同时，也仿佛听到那是兵们在唱《小白杨》那支歌，领唱的女高音正是蓝伟华。

当年领着大家植树的站长和教导员早就离开了兵站。随后来的一茬又一茬官兵，又栽植了一批又一批的杨树和红柳，把兵站屹立山巅的雄姿注入了树的年轮。

说句心里话，我对纳赤台这个地方有一种特殊的感情。为什么？还不是因为那眼泉吗？我们叫昆仑泉，相传这泉和文成公主有关。当年，她告别长安踏上进藏的漫漫长途，在此地小憩，梳妆打扮。后人感念长安送女入藏的唐皇，也感念勇敢西行的皇室千金，便留下了纳赤台这个神话传说。

我每次去西藏途经纳赤台，或不去西藏只到格尔木都会在纳赤台留宿一夜。我写纳赤台兵站的官兵，总会有一个不变的想法，写普通人在命运的浪涛里艰难而有尊严地生存和选择。看似写树，实则写的是树背后的人啊！

昆仑山裂缝里的天空长满飞翔的翅膀……

祖先村促生的巨变

格尔木河有多长，格尔木军人的故事就有多长。河水流经昆仑山时有一个很浑的水潭，只有用这个相等的深度，才能抚摸到我的故友们隐藏在这个世界里鲜为人知的故事。我的战友，他们有的先我一步来到格尔木，有的是随我之后来的，涉世有深浅，经历各不同，但是当无情的风雪酷寒铸就了他们坚韧不拔的性格后，他们就有了一个共同的名字：格尔木军人。

我从格尔木市“双拥”办公室得到这样一组数字：

> 1975年，格尔木总人口达10余万人，其中，驻军占6万人以上，地方城镇居民不足3.5万人。而居民中，又有一部分人与军人有着特殊关系；1971年至1978年，曾有数以千计的转业军人留在柴达木，其中有相当一部分留在格尔木。20世纪60年代后，曾有全国各大军区的几千名军人转业到格尔木农场……

数万将士虽然脱下了军装，但仍然以军人的姿态出现在昆仑山下。他们心甘情愿地用热血和汗水镀亮了开拓荒原的锹刃镐尖，在格尔木的土地上用智慧播种理想，用忠诚守卫果实。他们万难不辞地尝试着各种风险的考验，叫懦弱和失望止步在半路上，让太阳把孤独的寂寞变成光芒。

1956 年 10 月，好像一夜之间在格尔木河西建起了一座两层砖瓦小楼，它简易、质朴，远远难比今日许多农家小院厦房的讲究。曾经用脚步三次丈量过世界屋脊的慕生忠将军，带着一身的沙尘、风寒，从矮陋的土坯屋子搬进楼里办公。这是出现在格尔木的第一座楼房，后来被人们称作“将军楼”。

善良的格尔木人至死也没有想到，将军仅仅在小楼里住了不足两年，就受到牵连，离开了格尔木。小楼从此废弃，再也没住过人。将军离开的消息，给格尔木人带来触及灵魂的绵长疼痛。中华人民共和国成立后，将军走出原本可以安享的舒适环境，把自己隔离在一个相对干净的空间里，为青藏高原的安宁和繁荣拼命出力。没想到他突然从高处失落。据他的儿女讲，老将军离开高原后，平日说话就连做梦都常常提到格尔木。老人逝世后还让儿女们把骨灰撒在了昆仑山上。

我始终对这座将军楼崇敬有加，每次站在楼前内心感到无比的沉重。

在德高望重的将军面前我不敢有丝毫的虚伪与掩饰。20 多年前我在一篇散文里称将军楼是格尔木走向繁荣和强劲的“胚胎”。今天的人们很难想象得出这座楼房的出现给当年的格尔木人带来的巨大动力和向往。荒原上的第一座小楼，远远地又是近近地站在昆仑山下，它不惊心动魄，更无盛气凌人之势。它来不及悉心打理自己，也无须打理。它展示着今天格尔木的顽强，预示着明天格尔木的美好愿景。它是一座即将崛起的现代化城市的底座！亲爱的将军楼，不管你的主人走到哪里，格尔木人都会永远把你放在胸腔里最暖和的那间心房！

在这第一座小楼的招引和鼓动下，格尔木人乘胜向前，陆续有了第一栋办公大楼、第一个礼堂、第一个副食加工厂、第一个养猪场，接着又有了大片的树林、大片的菜园、大片的麦田……这些拥有，与格尔木军人息息相关，密不可分。

我不能不提到第一个驻扎格尔木的汽车一团官兵们种树的故事，就是他们揭晓了这个地区树木存活的隐秘。他们最早在自己的营区栽种出一片葱茏碧翠的树林，彪悍的白杨，坚韧的沙柳，耐旱的山榆。他们出色的绿化成果着实给了昆仑山一个威严，使放肆游荡了多少年的戈壁野风不得不收慢脚步绕道而行。从 20 世纪 60 年代末开始，这个团就是省（市）、全军和全国的绿化先进单位，他们的军营也是格尔木出现的第一个园林式营院。我要把汽车一团的绿化称作昆仑山的一个大树的时代，那些生长着根的泥土足够使我们入味地思索和慢慢地回忆。所以，我要慎重地说明，这个团的树是望柳庄的延伸，它的源头在望柳庄。慕生忠将军带领修路人员于 1954 年在望柳庄栽了一批杨树和柳树，杨柳分栽，各列方阵。次年，这些树成活了一部分，将军望着绿油油的树苗感慨万端地说："望柳成荫！"后来人们就把这两片树林分别叫"望柳庄"和"陈荫村"，再后来大家就统称这些树为格尔木的祖先树。我之所以说汽车一团的绿化取得非凡成绩的源头在望柳庄，是说在它们共同经历的悄然而逝的时光里，都有些美好的但又伤感的东西存在。美好是说它们的根基最终扎进了盛大而荒凉的山野，伤感是指在它们来到这个世界的路上，踏碎了许多节外生枝的坎坎坷坷。我是 20 世纪 90 年代初来到一团采访的，那天格尔木刚下过一场夜雨，团队的角角落落都是湿漉漉的欣喜的光亮，我的整个身子都有一种透亮了的感觉。绿荫宜人、道路宽平、空气清新的营区环境，确实把我陶醉了。我的眼睛不够用了，那稍高一些的绿是道旁树，再低一点的绿是铺地草，中间不时闪着的色彩是我一时叫不上名字的花卉。我对团长张普选说："太让人敬佩了，你们在这么个荒凉又遥远的地方经营出了如此美丽的人间仙境！"张团长说："今天的成果是几代格尔木军人用智慧和忠诚换取的。我们只是个摘桃子的人！"接着，张团长特地叫来负责抓营院绿化美化的副参谋长，一起给我讲起了他们几十年间在格尔木栽树种花的曲折经历。格尔木的树，这是词典深处的事物，它虽然有时厚重有时浅显有时又会变质，但都像黄金一样金贵地躲在无人喝彩的山洼里。请它们出山？不挖断 99 把镐锹，不泼洒 99 桶汗水，别想让它们挪动一步。当然，它们可以神秘而且虚幻，但死恋着绿色的士兵们却不放弃责任和义务。他们照旧锲而不舍地栽树，种草种花，不信打不开那固守的门！

我必须省略那些人们早就熟知的搞绿化的大同小异的简单却是很繁琐的过程。总之，汽车一团的营房最终变成了格尔木市园林式营院。

张团长告诉我，当年胡耀邦同志在格尔木视察时，听说格尔木有个园林式大院，便特地来到汽车一团，看了团部看连队，连猪圈、菜地都看了个遍。他称赞说："如果大家都像你们这样真抓实干地搞绿化，格尔木就不荒凉了。你们要很好地支援地方，把格尔木这个新兴城市建设得更美好，更有生机。大家都要像你们一样，把院子的绿化搞好，把卫生搞好，使它更符合精神文明。"

我想，听了耀邦同志如此高度的赞扬，大家一定想知道这个团队的绿化到底是怎么个"美好和有生机"呢？我在这里引用我的长篇报告文学《苍茫青藏》(2001年10月，解放军出版社）中，描写他们营院美景的一段文字：

> ……这是一座“处处闻花香，树树听鸟音，溪水叮咚流，道旁撑绿荫”的园林式营院。20多年前，他们就实现了“春有花、夏有荫、秋有果、冬有青”的绿化目标。

连队住的是统一样式的楼房，蓝瓦白墙，分外亮堂。楼内战士们住的房间陈设得整齐划一这不用说了，最精彩的是楼前的美化十分别致、得体。两个连队住一栋楼，各一半，楼前空地的绿化、美化却不分家，统一规划，统一进行。楼前修有两个场地，一个是篮球场，另一个是羽毛球场。两个球场的周围均是绿草镶边，草地约三米宽，草地外边有一条小溪环绕四周，潺潺流水声不绝于耳，小溪外是一圈垂榆，这是给球场镶的第二道绿边了……

2008年盛夏，我坐在我的书房“望柳庄”抄录8年前我写下的汽车一团营院绿化、美化这段文字时，心头的激动和喜悦之情依旧像当初一样难以抑制。我经常有意无意地问自己：你写的这些美轮美奂的场景，难道真的就是当年那个“地上不长草，天上无飞鸟，黄羊遍地跑，风吹石头跑”的格尔木吗？没错，是的，肯定是的！新兴的格尔木怀抱着自己，像母亲抱着婴儿，以风驰电掣的姿势发生了不要说让外人就连格尔木本地的人也难以置信的崭新的变化。婴儿吮吸着母乳，白白胖胖地节节成长。格尔木人用智慧的汗水喂养着干渴的土地。

我是一个铁下心用一生的爱去追寻我的格尔木梦想的老格尔木

人——当然不敢在慕生忠将军面前谈老，我们都是步他后尘的后来人。我每次回到格尔木，总愿意从一些细微处发现格尔木的变化。我沿着路边的每一棵草、戈壁滩的每一行苗垄，走向果实和未来，走向格尔木绿色的境界。这已经是无法更变的习惯了，爱故乡就应该爱到细处。其实，细微往往能展示正孕育着的巨变。滴水中含着大海，沙粒中能包容戈壁。格尔木南郊曾经偶尔飘起过一缕炊烟的地方，如今成了从可可西里搬迁来的240户牧民的江源新村；那年通往昆仑山道上一条接近老年的小河沟，现在积聚起海一样的深水，格尔木发电厂正为新城源源不断地输送着动力和光明；几十年前有人不经意地在河西农场扔下一截断裂处飘着几点微绿的朽木，后来成了惊世的奇树……格尔木是一个蕴孕着风景和潜流的新兴城市，她以击穿人们胸膛的力量高扬着前进的风帆，每天都从狭窄走向宽阔，每天都有新鲜的事情诞生。这次回到格尔木，当我来到另一个汽车团，走进官兵们新近才精心建成的"蔬菜文化长廊"时，陡然觉得季节的钟摆摇荡着如星辰闪耀的大地，使风沙的天空再次蔚蓝。格尔木又一个与时俱进的景点出现，是新变化。我认定，这个团队的官兵选择了一个高处，纵身一跳，到了另一个与昆仑山齐眉的高处。但他们的双脚并没有离开格尔木大地。顾名思义，"蔬菜文化长廊"聚集着各种各样的蔬菜,这些蔬菜的根在地上,果实却悬在空中。南瓜站在横梁上，西瓜躺在网袋里，西红柿笑在丝葫芦旁，茄子和辣椒正打架，还有豇豆、甜瓜、萝卜、菠菜、白菜……它们都伸胳膊展腿地爬满长廊。

我问这个团的王有山政委："可是我只看到了'蔬菜文化长廊'里的蔬菜，文化在哪里呢？"

他似乎没有思索就回答我："什么是文化呢？我的理解其实文

化就是我们官兵奉献生命的痕迹，或者说我们在高原这个特殊环境里对生命的感悟。打个比方吧，一壶老酒，会喝的人，适可而止，燃烧生命，涤荡灵魂，那是酒仙。不会喝的人，喝得烂醉，摇头晃脑，满嘴胡言却硬要称是酒后吐真话，那是醉鬼。这叫酒文化。再打个比方，游牧的藏族，今日河川安家，明儿雪山留宿，帐篷一撑就是家。冷时喝温泉水，热时吃雪嚼冰。走一路留下一路灰烬冷灶，这是游牧文化。蔬菜文化也是这样，蔬菜也只是一个符号，本身没文化。它一旦和人碰撞，就有了生命，有了故事，有了感情，也就有了文化。50 年前我们部队初到格尔木，根本看不到蔬菜，上顿下顿都吃干菜。好不容易遇上改善伙食时，碗里才能漂起几片菜叶子。后来，也许是因为我们营院里的环境有了改善，谁也没有料到竟然长出了几种野菜，有苦苦菜、苜蓿菜、蒲公英、灰灰菜。我们嚼惯了干菜，现在饭桌上添了一些野菜，吃到嘴里比大肉还香，身上也添了一份爱格尔木的感情。这份感情化作动力，使我们养活了猪也种出了菜。不用说这时我们的物质生活上了一个前所未有的新台阶。今天创建这个‘蔬菜文化长廊’，我们是一为吃，二为观赏，三为节约空间。这就是我们高原官兵的情怀，也是我们的闲情逸致。50 多年的高原奋战经历，我们几代军人就是这样在格尔木留下了一条长长的生命痕迹，光照千秋的精神财富！这不是文化又是什么呢！”

我对王政委说：“在这个‘蔬菜文化长廊’里，我不仅看到了官兵们的生命，也看到了格尔木的生命。一代又一代昆仑山人举着格尔木精神，经过望柳庄前转盘路口先是稀落后来繁茂的灌木丛，再经过烈士陵园的墓地和乌图美仁草原，向全中国全世界扩散，飞去。将军楼这艘战舰，起锚远航。大地上春光遍野，心生双翼，潮生两岸。”

远方的远方比昆仑山更丰富！

柳树，父亲的墓碑

我仍然要说墓柳，不是一棵而是十棵。这十棵柳同样出现在离望柳庄不远的沙滩上。

直到今天，太阳和月亮已经从昆仑山交错闪去又闪回，差不多半个世纪的岁月了，我每每回忆起这十棵柳，具体说那个栽柳树的女孩，我心里还颤颤地发疼，写字的手也在颤抖。能不疼能不抖吗？我要说的这个女孩是少尉军官成文君，由她引出她父亲成元生的故事，然后才有她的故事。具体地说，成元生献身的那年，她还没有出生呢！

怎么回事？

成元生从格尔木汽车团驻地出发，驾驶着一辆可以运载六吨半战备物资的大卡车驶向拉萨，像往常每次出车那样扒起方向盘、脚踏油门精神百倍地碾上了四千里的青藏线。出发前他像所有汽车兵一样，写了保证书。当然，还有一封有详细家庭地址的家书——汽车部队不成文的规矩，即遗书，万一此行出车有什么不测，这封家书就是遗书了！成元生已经在缺氧的青藏线上执行了十多趟运输任务，虽然每次都有高山反应，但他总是咬牙把不适吞进肚里，忍耐过去了，家书未变遗书。这一次他驾驶汽车穿越昆仑山时，头疼得有些异样，开始他并未在意，因为在青藏高原跑车，缺氧引起的身体不适是家常便饭。

太阳每天清晨都照例升起，但并不是每个清晨都很温暖。那个飘雪的早晨，成元生是无论如何也不能忘记的。然而，后来他什么都不知道了。他病逝时年仅 23 岁。

那天，可可西里的天气是少有的异常，太阳很红，雪飘得却很大，公路上湿漉漉的，留不住一点儿雪。成元生开着车猛然感到原本隐隐的头疼陡然间变得剧烈了，一阵胜似一阵。他放慢了车速，是那种由不得自己掌握地放慢车速。

可是，头疼并没有因车速减慢而缓解，而是愈发严重！汽车开始在路上画龙了……

他咬了咬牙，用力睁了几下眼睛，又减了一个排挡。车速再一次慢了下来。

车子继续行驶。

车到天险峡，山势渐高，路面随之也变高、变陡。车子几乎是仰起头爬行。

成元生感到空气越来越稀薄，胸腔憋闷，周身的血管在发胀，所有的血好像都涌到了头部。有半边头分明像扎进了无数根竹竿，不，是钢针！

停车。他找出背包绳，交给助手小孟，让他一圈一圈地扎在自己头上。疼痛有所缓解。

汽车又碾过一座山峰。

成元生的头疼在间歇了片刻后，又发作了。五内俱焚般地剧痛。他的两腮不住地抽动着，汗珠像米粒般从脸上滚落。

一旁的小孟急得手足无措，他劝道:“班长，你不能硬撑着开车！歇会儿吧！”

成元生没摇头，也没点头，当然更没有停车。他又让小孟用背包绳把他的头扎得更紧一些。小孟没有照办……

后来，成元生走了以后，助手小孟回忆起班长当时一边坚持开车，一边断断续续、字不成句地给他讲了这样一番话：“小孟，我们说什么也不能停车，车上的战备物资必须要按期送到指定的西藏边防。我有几次想让你开车，可是转念一想，不行！你是个新手，没有单独在高原这样复杂的路上开过车，万一出了事，麻烦就大了！我们执行的是战备运输任务，这和在火线上执勤没有什么区别呀……”

就这样成元生咬着牙忍着头疼，坚持把车开到了四道梁，此地海拔 4800 米，空气更稀薄，风雪漫卷成一个圆柱状在天地间放肆地旋腾着。昏黄的太阳苍白无力地悬吊在半空中，仿佛随时会掉下来。成元生的头部像要爆裂似的难以控制了，捆在头上的背包绳已经失去了止痛的作用，他甚至觉得因了这绳子的捆绑，头疼加重了！于是，他烦躁不安地用头不停地撞击着方向盘和驾驶室门……

手中的方向盘不时地失控，失控，轻飘飘地随意转动，汽车像醉汉似的在公路上颠跑。小孟不得不半坐半立地在一旁帮着班长打方向盘。

撞击头部不能减缓高山反应带来的剧烈疼痛。成元生疼得嘴巴都歪了。

小孟急哭了：“班长，你不敢再拼命了，赶紧停车吧！”

成元生停下车。不过还不到一分钟，他的脚又踩在了油门上，还跟小孟说了句玩笑话 ：“他妈的头疼算什么，脑袋疼掉了，老子把脑袋掂在手里照样开车！”说完，他腾出左手狠劲地揪住左耳下侧的颈部皮肤，撕扯了几下。果然，头疼又有所减轻。他便恳求助手：

“小孟，帮个忙，揪！”

说着便伸出脖子让小孟扯他脖颈。老实巴交的小孟真的动手帮这个忙。他想得很单纯，只要班长不疼他就伸手，助手嘛！

成元生就是这样忍受着常人难以忍受的痛苦，驾驶着汽车在傍山险道上行驶。一公里，五公里，十公里……当里程表上的数字呈现到 40 公里时，汽车驶出了四道梁，稳稳地停放在了两道河的车场上。

后轮胎竟然耷拉着，再行驶少许恐怕就掉下来了！险呀！

战友们围了上来，却不见成元生下车，上前打开驾驶室门一看，他已经趴在方向盘上不省人事。小孟拽着军医紧三火四地赶来，给他做人工呼吸，打针，输氧。一切抢救都无济于事。

共产党员成元生就这样在极端缺氧的痛苦中停止了呼吸。谁能相信，即使这样他还用超乎常人的行动，驾驶运载着六吨半战备物资的车，行驶了 40 公里傍山险路。奇迹！人啊，有时候连自己也难以相信身上的特异能量会在某个特殊环境里爆发出来，创造人间奇迹。信不信由你，反正成元生就是这样！

于是，我想到了昆仑山下纳赤台兵站岩缝里那棵树，那是经过九九八十一难终于成活下来的小树。独独的一棵说松树不像松树，却也难归类到柏树中去。它就是它，它是寂寞的，但它的根系牢牢地在岩缝中扎得很深很深。它吸收日月之光华、山川之灵气，矗立在崖畔却把自己融进了大海似的蓝天里！

那天，小孟抱着成元生的遗体哭天唤地整整半天，嗓子都哭出血了，才被战友们扶着回到了兵站客房。热泪洒给班长，深情溢满两道河！

共产党员成元生是献身在执行战勤运输任务的火线上的！在他吸入人间最后一口空气的地方，能开出一朵洁白的素花。

这一瞬间，青藏高原大雪飞扬，雪山下安葬着数千名烈士的陵园里，又多了一座用沙石土堆起来的墓堆。没有专人组织队伍向成元生的遗体告别，都是他的战友自发赶来最后送他一程的。他们排成半圆形队列齐声念着远行战友的名字，说道："元生班长，你一路走好，冷了告诉我们一声，我们给你添衣，饿了也不要忍着，喊我们当中任何一个人的名字，我们就会把你平时最喜欢吃的糖水荷包蛋送到你嘴边！"

此刻，高原比任何时候都显得宁静，雪山肃立，冰河缓流，荒原寂冷，仿佛什么都没有发生过。

真的吗？什么都没有发生？

不！在成元生的家乡湘江岸边，一个普普通通的农家却翻了天陷了地似的一片慌乱。一棵大树倒了，这个家里少了顶梁柱，难免会房倒屋塌。爹爹老泪糊脸，双脚踏断门槛似的呼唤着儿子的奶名。身怀六甲的爱人捧着丈夫的照片哭得昏死过去了好几次。院子里那棵枣树上的鸟巢里的喜鹊一夜未归……

爹爹拍打着儿子的照片，分明要把儿子唤醒！

成元生远走后不到两个月，他的妻子就生下了女儿——小小的文君一出生尝到的就是人间的苦涩。她的母亲不久就撇下女儿另寻出路去了……

小文君是遗腹女。她是遗落在荒原上的一颗种子，孤独而凄凉的生活最早教会她的两个字就是“爷爷”。她脸上绽开的第一缕笑容是赠给爷爷的奖章。爷爷是她的命根，爷爷的怀抱是她的暖屋，爷爷是她的亲娘！

她坐在爷爷患有关节炎的双膝上渐渐长大，懂得了人情世态的冷暖。

爷爷从来不给她提妈妈的事，不是世界上没有这个儿媳妇，而是爷爷比谁都懂得这个儿媳妇心里咽下的苦水和委屈比谁都多。难道她能不操心挂念从她身上掉下来的这块亲蛋蛋肉（陕西方言）吗？

但是爷爷给文君讲起爸爸来，总是有说不完的话。他眼中放射出旭日东升般的光芒，胡须上挂起亮晶晶的泪珠。小文君望着爷爷胡须上的泪珠想：刮来一阵风也吹不掉这泪珠，卷来一片雾也罩不住这泪珠。爷爷很自豪很知足自己有这样一个儿子。终于有一天她听懂了爷爷讲的故事，知道了爸爸的一切……

门前的皂角树叶子绿了又黄，黄了又绿，爷爷的身体一年不如一年，到后来甚至连自己的房门都迈不出去了。他的病是突然恶化的。那一年那一天，眼看他就要告别这个世界了，他才把孙女叫到床前，拉起她的手，用尽最后的力气握了又握，热泪涟涟地说：

“爷爷不行了，不能陪你了。爷爷走了后，你怎么办？”

小文君“哇”一声大哭起来，摇着爷爷的手，连连说：“爷爷不能走！爷爷不能走！你走时要带上我！”

说着她就“扑通”一声跪在爷爷面前。

爷爷不语，只是死死地攥住孙女的手。小文君央求道：“爷爷，我去找妈妈，我是她的女儿，她会要我的！”

爷爷摇摇头：“你上哪儿找她去？就是找到了也会有许多麻缠的事哩！她能没有家吗？认你还是不认你……”

小文君哭得更伤心了。她边哭边问爷爷："我怎么办啊，爷爷！爷爷……"

这时，爷爷挣扎着坐起来，从枕头下面摸出一个皱皱巴巴的信皮来，这是元生生前写给老人的信，他一直保存着。他把信皮递给孙女，声音颤颤微微、字不成句地对小文君说："孩子，爷爷走了以后，你到高原找你爸爸去。你是军队的女儿，军队会收留你的，一定会……"

话没说完，信皮就掉在地上，一滴铜钱大的泪滴落在那信皮上。老人头一歪，便永远地去了！

一盏苦熬了几十年的油灯从此熄灭。

这世界上有一种幸福就叫"父母在"。小文君的父母走了，爷爷也走了，她赖以活命的大树一棵接着一棵地倒了，她还有活路吗？还有幸福吗？

她才 15 岁，孤苦伶仃，到哪儿去？有谁能收留她？她摇着爷爷未冷的遗体大声哭嚎着："爷爷，你们都走了，谁来管我？"

谁来管我？现实有时就是这么残酷！

小文君的哭声惊动了四邻五舍，谁都可怜这没有亲人的孩子，但是谁也不知道该如何帮她一把。像她这个年龄的小姑娘，需要的不是多少钱财，而是父母和亲人的爱怜。

乡亲们帮她料理了爷爷的后事，大妈大婶们送她踏上了寻找父亲所在部队的漫漫长路。送了一程又一程，嘱咐了再嘱咐："孩子，去高原的路又远又险，你一定要踏实脚跟再抬步。太阳落了山不要走夜路，刮风下雨不要硬赶路，遇到虎狼要绕路，碰见生人莫搭话。"

爸爸住在昆仑山下，找爸爸的路真漫长！

她记不清倒了多少次车，换了多少种交通工具，中间还有不少的步行。有一回她还坐了一次老乡的蹦蹦车。路，越走越短；腿，越走越酸。她记得很清楚，最后的200多公里路，她拦住了一辆军车，司机一看这个“蓬头垢面”的小姑娘，怎能不心疼不同情！又听说她是到部队找爸爸的，二话没说就让她上车坐在了驾驶室里。

车子开动后，军车司机免不了要问这个拦车姑娘的一些情况，比如：你从哪里来？怎么只有你一人上高原？看你面黄肌瘦的一路上没少受罪吧，等等。当司机问到你爸爸叫什么名字在哪个汽车团服兵役时，小文君作答后，司机一下子惊呆了：“你爸爸是成元生啊，那是一等功臣，青藏线上谁不知道这位英雄！”

这时车子正好经过一个小村镇，司机立即把车停在一家小饭店门前，对成文君说：“我看出来了，你这些日子就没有好好吃过一顿饭，这个小店是卖手抓羊肉的，我请客让你尝尝青海的风味饭！”

这是小文君离开家乡近十天，吃得最可口可心的一顿饭。

在她终于踏进高原军营大门后，成了什么形象呀：爷爷几乎花去终生积蓄给她买下的那件花格衣衫上溅满了泥浆、油渍，双手黑乎乎的，犹如乌鸦爪子。她要做的头一件事是把那封皱皱巴巴的信皮递给部队领导。这信皮浓缩了太多逝去的时代背景。领导了解了姑娘的身世和愿望后，很慷慨地接纳了她，说：“孩子，我知道你有满肚子的苦水和委屈，现在到了家，这里每个人都是你爸爸的战友，也是你的亲人，你想哭就痛痛快快地哭吧！把窝在心里多少年没说出来又无法说出来的话，都变成泪水哭出来吧！”

出乎大家意料，她一滴眼泪也没流。十五年来，她的泪水已经流干，嗓子也哭哑了。现在没爹没娘的孩子有了家，应该高兴才对。成文君成为通信站的一名女兵，肥肥大大的军装虽然遮不住这个乡间女娃的笨拙动作，但是她那满腔无法掩饰的笑容，告诉人们她的心里溢满自豪!

穿上军装后，成文君给领导提出的第一个要求是 :“我要去看看我的爸爸！”

谁听了都明白 : 姑娘要给她爸爸扫墓去。

爸爸成元生躺在昆仑山下的荒原上，离部队驻地有上百里路。部队给她派了一辆车，还安排人陪着，找到了爸爸的墓地。这是一个几乎被岁月风尘荡平的土堆，曾经木制墓碑上的字已经模糊难辨。没有绿草，没有鲜花。她跪在烫人的沙石地上，对从未见过面的爸爸自报家门 :

“爸爸，我是你的女儿文君，你睁开眼睛看看女儿吧！看看我像你还是像妈妈? 爷爷总是说我长得像你，特别是那双眼睛，活生生的一个小元生！爸爸，今天我是代表我和爷爷两个人来看你。爷爷已经去世了，他在咽下最后一口气之前还念叨着你，为有你这样的儿子而自豪。唯一使他老人家放心不下的是咱父女俩不能团圆，正是他再三叮嘱我上高原来找你。爸，从今往后就好了，咱父女俩能经常见面。爸，你睁开眼睛看看你女儿，你看她穿一身军装，成了一名有出息的女兵了，你还没见过你的女儿呢！爸，你多看女儿几眼吧。爸爸、爷爷，我做的一切都会是你们希望的样子！”

她有说不完的话，她咬紧牙强忍着不哭出声，怕惹得爸爸伤心，这样他躺在地下也不会安宁。可是，她不由得还是放声哭了起来，一句话也说不出来了。她突然想起了妈妈，跪在爸爸坟前的女儿，是最容易想到妈妈的。这时她很想对妈妈说几句话，便抽抽泣泣地说起来了 :

“妈妈呀，你为什么不来昆仑山? 我已经找到爸爸了，现在我就站在爸爸身边给你说话呢！只要你来到高原，我们这三口之家就团圆了。妈妈，我知道你这些年生活得一定很不轻松。妈妈，我真的好想你啊，站在爸爸的面前我又巴不得飞到你身边……”

这是小文君第一次给妈妈倾诉心语。女儿怎能不思念妈妈呢！

初见爸爸，她特地从望柳庄采来一枝柳条插在爸爸的坟头。女儿心细，为孤独的爸爸想得周到，操着心：荒原上日头太毒，风沙又大，没有水解渴，没有树遮凉。让这棵柳条快快长出树冠，给爸爸送去一片绿荫，一片清爽。爸爸躺在昆仑山太寂寞，小柳树就是女儿的化身，给爸爸做个伴。

文君年年给爸爸扫墓，差不多年年都会插一枝柳条，她总不忘记给柳条浇水施肥，让它落根长大。高原上的风雪苦寒把15岁小兵渐渐吹打成一名威武潇洒的女军官了。没有大变的是她那内向的性格，她总是沉默寡言，平平淡淡。但是，她敢于承受重荷，负重前行。她知道身前身后的路还很长，人生就是赶路，所有成败的事都发生在路上。尤其是没爹没娘的孩子，又是孤女，什么事都得自己拿主意！

爸爸坟前的墓柳长到了十棵，一棵比一棵高，那是一队排列整齐的女儿树。她们守护着烈士的忠魂，也向人们昭示着革命后来人特殊的吉语。

坟墓上哪怕一棵小草也别拔它，它会与空气一起渗进爸爸的骨头。

成文君来到格尔木青藏兵站部通信站的当年，我就和她联系上了。那是因为我曾多次把她父亲的形象闪亮在我的作品中，不仅青藏线，就是在内地也有不少人知道成元生的名字。不少人把他的女儿来高原当兵的消息告诉我，这是人们对文学的尊重，当然也是对我写作成果的回报。

我第一次见到成文君时，她话不多，显得十分拘谨，只是不断地捻着手指头，分明是想从手指上捻出什么话让我听，可就是不言声。我和她见面不足半小时，她说的话顶多十来句，都是回答我的问话。在我要告别时，她提出了一个要求："能把你写的我爸的文章寄给我妈一篇吗？"我满口应诺，但未兑现。因为我无法知道她妈妈的通信地址。

那是穿上军装的第三年，成文君考上了北京某军医学校，学习护士专业。这个出生乡间茅草屋里的高原女兵，从来没敢想过自己会走进家乡一辈辈人做梦都向往的北京城。她做过这样的梦吗？也许做过但是不敢想会梦能成真。她多么想把这个从天而降的喜讯以及自己此刻的心情，告诉每一个亲人！可是她的亲人呢？爸爸、妈妈、爷爷……

文君兴奋之中带有惆怅，满腔的希望却往往以失望而告终。她只得面对日记本写下了一篇又一篇对亲人无限的思念，有一篇日记是这样写的："爸爸，你如果能死而复生多好！妈妈，你哪怕只来看女儿一眼，亲亲女儿的手背，我也幸福！爷爷，我知道你一定在那个世界里天天都关注着我的一言一行！"文君加倍地珍惜这次进京学习的机会。入学三年中，她除了去天安门前拍了一张照片外，对首都的其他景点都没闲心去游览。她总是这样提醒自己：爷爷临终前留给我的那一沓钱，是他连买油盐时都掰成几份花才省下来的，我怎能随意乱花！因为家里生活困难，她初中还没有读完就失学了。文化底子薄，现在一下子要学习那么多医学专业知识，自然很吃力了。她只能以勤补拙，每晚要加班学习一个或两个小时，早上起得比太阳早，节假日也很少休息，有时会请老师或同学给自己在学习上"吃小灶"……她的玩兴实在淡薄得令人吃惊，学校组织的一些登山、旅游活动，只要可以自由选择，她都忍痛割爱，不去参加！

她在北京上学期间，我只在学校见过她一面，交谈不多。我主要是想听听老师对她的评说，全是赞扬的话。我把她的情况写成汇报材料交给总后有关领导，建议她毕业后分配在北京工作。不能说我的建议起了决定作用，不争的事实是部队后来确实想把她分配到北京工作，像她这样的烈士子女留在京城工作也是对烈士的一种敬重。然而，使许多人没有想到的是，当学校领导告诉她毕业后要留在北京工作时，她态度坚定地说："我要回到青藏高原我爸爸献身的地方，那里的指战员更需要我为他们服务。"

三年的军校生活，对成文君来说不仅学习了其作为一名医务人员所需要掌握的基本理论知识，更重要的是培养了她作为一名军人应有的使命与担当！

她到高原驻军某医院报到的那天，驻地正飘着六月雪，她脱下从北京启程时穿的常服，换上了棉军装，愉快地走上了新的工作岗位。这位年轻的护士向护士长报到后，提出的第一个要求是："国庆节到了，你安排值班时算我一个。"护士长听了一愣，随之不得不佩服她的聪慧和细心，便如实地说："我正发愁这班排不开呢，科里临时被院里抽调了两个护士执行任务，把我搭上这节日的值班人员也不够啊！你怎么一来就帮我解决了难题！"不过……成文君打断了护士长的话："你不要考虑这个那个的，我是咱们护士队伍里的一员，节日值班是我的职责。"护士长握着她的手，久久不放。

国庆节过后，领导给她补假三天，她哪儿也没去，只到父亲坟前给不久前新栽的柳树浇水、施肥。她看着那柳枝萌发的新芽，心里涌满爱意。她站在父亲坟前对那柳树说了这样一番思念爸爸的肺腑之言：

“柳树啊，你就这么站在这里替我守护着爸爸，昆仑山的风刮来你也不要动。这样我的心会随着风入土，进入爸爸的身旁。我要陪着他度过高原上每一个春夏秋冬！”

因了父亲的献身，渗入到成文君血脉中乃至生命中对昆仑山这份水乳交融的感情,永远不会衰弱。她有爱,当然也有痛。爱是真的,痛也是真的。因为有痛才更有真爱!

记得那是她第三年去荒郊给爸爸扫墓，老远就看见有个人影正猫着腰在头年她栽下的那棵柳树前忙活着什么。她警惕而小心翼翼地上前一看，原来是一位战士正给小树浇水、培土。

姑娘的心头涌过一股暖流，说：“同志，谢谢你了！”

战士抬头望了姑娘一眼：“这些柳树是你栽的？”

成文君点头。

战士继续给树培土。他说：“这地方很少能长活一棵树，苗苗落地生根难！我和战友们给它喂喂水，再给它吃些饭，总算救活了一些！”喂水？吃饭？他真会说话，树是人吗？

成文君这才看到，自己头些年栽的树确实是有人补救过以后活过来的，还有的显然是重新栽的。

战士又说，这些年他们连队的战友常来这里给柳树浇水、施肥，这里的土质已经有了明显的变化，补栽的树长得很好，原先栽的树也返老还童了!

文君心里热烘烘地滋生着力量。她这才知道为父亲坟前栽树的不光是她，还有父亲的战友。她突然想到父亲开车时的助手小孟，正想说些知己话，可是那战士已经走远了，他说连队要开会点名，他要赶回连队……

爸爸成元生二十多年的短暂人生，拒功名利禄于身外，生生死死地抱着青藏线不放。如今，他的满腔心事和美好的理想已经长成黄金麦粒，挂在女儿和战友们栽的那一排柳树上！

从人情深处看，成文君的个人感情是寂寞无助的。一个孤女，她可以在繁忙的工作中忘我，找到乐趣。但是，任何时候任何办法都难以弥补失去爸爸、见不到妈妈给她带来的感情伤痕。有这样一件事我每每回想起来心里就控制不住地疼痛久久——

> 《解放军文艺》主编王瑛，在1999年夏天随我在格尔木专程看望了成文君后，写下了这样一段感慨万千的文字："我在青藏兵站部通信营看见了那个叫成文君的女兵，她的父亲成元生最后死在海拔4000多米的两道河兵站。我不知道他在生命最后时刻是否想到了他那怀着孩子的妻子。一旦上了高原，我就禁不住地想去看看成元生的女儿，结果看到成文君的那一刻竟比读到她父亲牺牲时更让我感动。如果世间有什么能够告慰成元生高尚的英灵，那就是十八年后，他从未见过的女儿从江南家乡来到青藏高原，来到他身边，成为像他一样的高原军人。直到今天，我无法忘记，成文君送我们走出军营的时候，将头微低地倒向我，轻轻地说：'你们什么时候再来？'那一刻，我的心一疼，高原在天地间无边无际地扩展着，我生怕眼前的苍苍茫茫会淹没成文君那江南女儿柔美的容颜。"

真心话，王瑛写下的和成文君分别的这段文字，我每读一次心里都会涌起钻心的疼痛。孤零零一个女孩子，没爹没娘，谁不疼她还算人嘛！此事过去二十多年，回忆起当年和文君分别时的不舍场面，心里更是涌起几多怜悯。王瑛说的“柔美的容颜”一句，尤其戳在我心肋！

送走王瑛一行回内地后，我继续留在格尔木。一如既往，差不多每天我都会踏着格尔木河岸的沙棘默默地走。格尔木河是岁月淌成的河。我心里好像有许多要说的话，可是又觉得不知如何去说，对谁去说。成元生一家三代人的经历看起来很独有，但是它揭示出来的人生真相似乎并不少见。这三代人成为历史的泪眼永远不会再现了。那么生活中还活着的那些爷爷、孙女以及爸爸们呢？生命本身的快乐是生命根底里的快乐，即使风平浪静的日子里，我们仍然要保持对社会肌肤是不是健康的警觉。痛苦是可以言说的，即使改变不了的苦痛，只要把青春融入时代的激流里，我们可以改变对痛苦的态度。

野牦牛的喜与悲

野牦牛的喜与悲

也许我应该这样形容这头桀骜不驯的野牦牛：它是闯进家养牦牛群里的一只“狼”。这样称它也许残忍了点，因为这孽种毕竟对母牦牛还有过些许扯不断的恋情。

野牦牛是怎样混进牧民的牦牛群的？它与母牦牛的恋情又从何而来？故事要从这儿讲起……

几十年来，这位淳厚的老牧人默默无闻地在长江源头放牧着牛羊，羊有上百只，牦牛近五十头。一家人过着游牧生活，这里的草枯了，就挪个地方撑起帐篷，等草长起来后，再搬回原地来。终于有一天，当个头齐至他肩的儿子索南才嘎要从他手里接过牧鞭时，他才意识到自己老了，该让位给儿子了。在把这一大群活蹦乱跳的家产交给儿子之前，他不得不如实地给自己的后人讲了一桩让他忧心忡忡的事。近来有一个猛兽般的庞然大物闯进了牦牛群，骚扰得牦牛不得安宁。但是我们又不能伤害它。血气方刚的儿子听了忙问：“这野兽是哪路活宝，我们为什么不能动它？”阿爸说：“这是野牦牛，国家重点保护动物。”儿子再没有吭声，他想，等我看看再说吧！

索南才嘎接过牧鞭第一次出牧时果然就与那头凶猛的野牦牛遭遇上了。当时他只觉得从山包那边响起一阵闷雷似的狂吼声，随之一团黑球就滚进了牦牛群里。牦牛受惊炸了群，四下散开。等牦牛们静下来后，那孽种便死劲地压在一头母牦牛身上。随后，野种倒发了温情，伸出舌头舔着母牦牛。母牦牛微闭起双眼，接受着这来自异类的爱抚。此刻，家畜和野兽在暂时和谐中和平共处了起来。索南才嘎看着这一切，甚至怀疑起自己原先准备好对付野牦牛的那套办法是否还有必要实施。他没有追赶野牦牛，任它在得到满足后自由自在地离去。

然而，人的善良无法改变野牦牛的兽性。次年，母牦牛生下了小崽子，自然是野牦牛的后代了。那家伙一出世就犟得像冰河里的一块石头，不接受母亲的爱抚，更不服从索南才嘎的管制。它在牦牛群里冲跑着，见牛抵牛，遇人咬人。主人当然不会放纵它了，要调教它。索南才嘎不得不牵着笼头对它进行“单兵训练”，在它不听招呼时也免不了用鞭子轻轻抽打一下。谁也没注意到，它的父亲——那头野牦牛就远远地站在一个地方，每当索南才嘎惩罚小崽子时，它就发出吼叫声，并作出要扑上来护卫儿子的姿态。这样索南才嘎就只好放下鞭子。他最终也未能把小牦牛驯服。在一个中午，它终于离开牦牛群，跑到了那只野牦牛身边，跟上父亲走了。奇怪！它怎么只认其父不认其母？大概它身上的野性多于驯服，脉管里流淌的是父辈的血液。

奇怪的事还在后边。

第二年，在牦牛发情的季节，野牦牛又横冲直撞地跑进了牦牛群，与第一次不同的是这回它是带着自己的小崽子来的。你不能不佩服它的记忆力，它不拐弯，一溜快跑就找到了上次与它交好的那头母牦牛。已经长成半大个的小牛崽也紧紧依偎着母亲，全然一副温顺的憨态。之后，野牦牛又带着崽子远远地走了。

索南才嘎静静地站在旁边，观看着野牦牛的作为。从他脸部的表情上看不出是同情还是厌恶，更多的则是大惑不解。

不久，受孕的母牦牛又生下一头小牛崽。那家伙放肆得还是不受任何人管制，咬人，抵物，无恶不作。后来，它又被野牦牛领走了。到了哪里，谁也不知道。

世间的任何事情都不可能是沿着一个轨迹走到底的。当那头野牦牛在第三年春天出现在索南才嘎的面前时，它浑身血迹斑斑，连走路都异常吃力，也没带自己的两头小牛崽。它没精打采地挪步到那头母牦牛跟前，已经没有力气交配了，只是用含泪的眼睛望着母牦牛，久久地望着……后来，它就倒下去了，永远地倒下去了！

这是一出让人揪心的悲剧。对于那头野牦牛遭遇不幸的原因，人们一致的猜测是：很可能是盗猎者那罪恶的枪口伤害了它。说不定它的两个由家养母牦牛生的崽子已经先其父一步倒在了盗猎者的枪口下。

2002 年金秋，我特地赶到长江源头去拜访索南才嘎。可是他已经不知游牧到何处了，撑过帐篷的地上只留下了一片被风雪吹打得结成痂的灰烬。

我呆立着，沉思苦想着这个找不到结尾的故事……

牦牛、野牦牛都有神奇故事

人类之外的大自然界，包括植物、动物，比如花草树木、鸡鸭牛羊，以及野牦牛、野狼，日月星辰，等等。它们都是有感情的，有各自的喜怒哀乐，也会生儿育女，也愁肠百结，也会倾吐自己的语言。自然界蕴藏着无限的神秘力量，它们为自己的情思意蕴建立了适宜表达的空间，也有自己的困惑和迷离。狼会说话，狗能表达感情，雨有了笑容就变成了雪花。

确实如此！

在青藏高原，你如果不和牦牛发生点有趣的故事，那还算去过这块神秘的地方吗？我有上百次在这里穿越的经历，不说别的，仅直接和间接经历过的与牦牛有关的故事就可以写篇不算短的散文了。的确有趣得很。

大约是 1960 年的春天，我第一次看到牦牛时，刚当上驾驶员不久，那天开车到了唐古拉山下，老远就看见有一台车四轮朝天躺在路旁一个不算深的沟坎下。几个地方上的司机正七手八脚地忙活着想把车拉起来。他们见我们来了，便很客气地求助:“金珠玛米好，拉把手，菩萨会记得你们的恩德！”这时我们才看清是藏族司机，没有什么可说的,我们挽起袖子就忙乎上了。用钢丝绳拉,用肩膀扛，用铁棍撬，总算让汽车站了起来。这时我们带队的副连长才想起问地方上的司机：“怎么搞的，把汽车开到沟里了？”

那藏族司机叹了口气，用很不熟练的汉语告诉了我们事情的缘由。他们的汽车意外抛锚，停在这前不着村后不见店的路边修车时，冷不丁从山里跑来三头野牦牛，围着汽车转了几圈，大概嗅到车上载运的罐头、饼干之类的食品味道，便怒吼起来，又抵又刨的，那牛劲真唬人，很快就把汽车弄腾翻了。三头野牦牛饱餐一顿后便扬长而去。

副连长有点抱怨藏族司机，指着他身上挎着的杈子枪，说：“子弹是吃素的？扣扳机呀！”

司机抹了一把额头的汗，说：“藏野牦牛的皮像铁板，子弹刺刀也常常吃不透。再说，藏家人都把野牦牛当神灵，杀生之罪我们担当不起呀！”

噢,还能说什么呢！副连长和我们都被这句话堵得张不开口了。

这就是野牦牛留给我的印象。它很野性，具有毁灭性的破坏力。

可是，还没等到岁月变成流沙，我们遇到另一头野牦牛发生在家牦牛群里的事，彻底颠覆了我的偏见。不是做梦胜似做梦，梦里梦醒全是雪莲花飘香!

至今我依然记得那头野牦牛眼里消失了一道淡淡的蓝光之后，便永远地倒了下去。可以断言，要不是它用它的生命慷慨地满足了我们急切渴盼的那种需要，包括营长在内我们无论如何也走不出藏北无人区的沼泽地。

英雄藏牦牛的躯体悄然无声地化入了冻土层。如今长在沼泽上的小草是不是它灵魂的现身？无人知道。

近半个世纪间，我要为那头献身的牦牛写一篇祭文的愿望越来越强烈。直到此刻，进入21世纪的这年初春，京城的气温明显在疫情后变得温和爽人了，我才提笔写作。因为我知道这时青藏高原仍然寒风呼啸，甚至狂雪乱舞。而我想与它共享京城的明媚阳光。

我常常这样想：我们可以原谅别人的无知，但是我们很难容忍自身麻木不仁的愚昧。就在那头牦牛倒下去后，我们营长说了一句话："不就是死了一头牦牛嘛，给他赔钱！"

牵牦牛的老阿爸并没有收我们一分钱。他跪在断了气的牦牛旁，双手合十，双眼微张，对着苍天祈祷。

这时候，我心头的怨大于爱……

这件事发生在遥远的1959年春天，当时我才19岁。

那是一个暴风雪缀满蒙蒙天空的凌晨。我们这台走得异常疲惫的收容车，由于开车的我打了个盹，栽进了路边的沼泽地。幸亏人未伤着。三天前我们的小车队在甘肃峡东转运站，装载了一批运往西藏某边防的战备物资，昼夜兼程来到唐古拉山下，在一片荒无人烟的荒野颠簸着。1100公里的路程被我们的轮胎啃吃得只剩下十公里路了，眼看就要到达目的地了。

汽车是在一眨眼工夫窜下公路的，我当时感觉是我的身体与汽车一起整个离开地面，飞了起来。等我睁开眼睛时车子已经窝在烂泥里熄火了。坐在我身旁的营长冲着我大吼了一声："你找死呀！"可是我知道在出事的刹那间，他也刚从酣睡中惊醒。我们确实都很累了！助手昝义成绕着汽车在泥沼地里转了一圈，裤腿上溅满了浊黑的泥浆点点，他不说一句话，只是默默地站着，等待我特别是营长发话支拨他。能统帅数百人的营长，到了这会儿也显得束手无策，他一会儿望望无边无际的沼泽，一会儿又踢踢汽车的某个部位。他显得很烦躁，却没有办法弄起这辆瘫在泥沼里的汽车。我当然没有给营长排忧解愁的办法。不，我是驾驶员，这是我的事，应该是营长给我分忧解难出主意、想办法把车弄出泥沼地。但是，我还是安慰起了愁眉苦脸的营长，对他说了如下的话：

“首长，我觉得我们现在可以做的一件事是把车上的物资卸下一部分，或全部卸下来，挂好拖车绳，等着来一辆汽车把我们的车拖出来！”

我说了这番话后，就做好了挨剋的思想准备。等着车来拖我们的车？哪有车？我们是压阵的收容车，前面的车早就颠得没影儿了。在这片无人区难得见到个人影，谁会把车开来救我们？我没有想到的是营长听了我的话，并没有像我想象的那样批评我说了一句废话，而是长长地叹了口气，说:“看来只有这样了！”他还伸起了大拇指。鹰在高远的天空飞翔，天空显得更加空空荡荡。我们三个人像埋在地里的木桩，站在原地。虽然谁也不说话，但是谁都知道对方想的是和自己一样的问题：谁来救我们走出无人区？

就在这时候，我在本文开头提及的那头牦牛走进了我们的视线。

赶着五头牦牛一副游僧装扮的藏族老阿爸，根本不需要我们拦挡就站在了栽进泥沙中的汽车旁看了起来。他用藏袍的袖口掩着嘴，很仔细地看了看汽车窝倒在那里的情形后，将袖口从嘴上拿开，摊开双手很激动地对我们说起来，老人的焦虑、无奈以及对我们的抱怨，我都能从他的表情和动作上看得出来，但是就是听不懂他到底讲了些什么。我不会藏语，好在进藏前我们每台车上都抽出一个同志参加了三天短训班，学会了几句常用的藏语。我当时忙于保养车，就让昝义成去出这个公差。此刻他只能用半藏半汉的语言与老阿爸交谈，磕磕绊绊地交谈了半天，总算把老阿爸的意思弄明白了个八九不离十。老人是在说 :“你们笨得连牦牛都不如，怎么能把车开到这个地方来？这是死亡地带，谁也记不清有多少野生动物还有一些飞鸟掉到里面都烂成了肉酱！就是你们这台汽车如果不及时弄出来，也会被烂泥吃掉的！”营长到底比我们这些娃娃兵多吃了好些年军粮，见多识广，他一听到老阿爸讲到了牦牛，立刻眼睛一亮，手心一击大腿，兴奋地说 :“好！有救啦，让牦牛拖车！”

昝义成立刻把营长的话传递给了老阿爸。老阿爸拍了小昝一把 :“我就等着你们的头头发话呢！”

藏族就是这样，要让他们为别人帮忙，尤其是给外来的人，从来不主动伸手或动嘴，而是需要对方发话表示愿意劳驾他们，才倾心尽力伸手相助。为什么是这样呢？这大概是他们的传统习惯吧。这位赶牦牛的老阿爸在仔细观察了我们汽车陷入沼泽的情况后，已经看清了问题的所在，也明明有帮忙的善意。只等我们发话，他就行动。这使我联想到，能看透事情是一种本事，看透以后却不点破是一种智慧，是洞若神明。

接下来，就该我和助手忙碌起来了，取拖车绳，铲除轮胎下的泥浆……阿爸则忙着给他的五头牦牛喂料，让它们吃饱喝足后等待负重。我看到老人拿出一把锃光瓦亮的铁梳子，轮流给几头牦牛梳理毛发……

牦牛，牦牛!

有句谚语 : 藏族是一个驮在牦牛背上的民族。这反映了牦牛在牧区无法替代的地位。一头负载 100 公斤的牦牛，每日可以走 20~30 公里的路，能连续跋涉一个月。1975 年中国登山队第二次攀登珠穆朗玛峰时，曾有几头牦牛把登山队的装备和生活用品，一直驮到海拔 6500 米的冰山营地。这是牦牛“善”的一面。牦牛还有“恶”的一面，它对付凶悍野兽有特异本领，因而是牧民保护牲畜的勇敢卫士。牧民在山野放牧时，如果狼群来袭击，牦牛不需要主人发号施令，就会主动迅速围成一圈，牛角朝外，向狼群发起猛烈进攻。这迅雷不及掩耳之势往往使狼群难以招架，只得悻悻而逃。逃？没那么便宜。这时牦牛群又兵分两路，一路穷追不舍，另一路突然夺路而上，切断狼群的后路，进行两面夹击。狼群根本无法提防牦牛这一招，绝大部分惨死在牦牛的飞蹄下。牦牛保卫牲畜的每一场激战，几乎都是以狼群的惨败而告终。

……

营长一直双手叉腰看着我和昝义成手不闲脚不停地忙碌着。说句心里话，有营长在身边站着，而且还不时地指点着我们，我工作起来就格外有劲头，也忙乎得很有次序。想想吧，一营之长，大尉军衔，要不是这次执勤他会坐在我车上压阵，就那么容易能接近他这么大的官吗？后来，老阿爸也成了我们的得力帮手。多亏了他，不然我们绝对不可能那么容易地把这五根拖车绳套在牦牛脖子上——收容车上有的是各种工具、零件，仅拖车绳、拖车杠之类的就备有十根。足见我们对在无人区行车之艰难是有思想准备的。老阿爸肯定够得上一位“牦牛将军”了，只见他将右手的食指弯曲放在嘴边，唇间随即发出一声接一声响亮而悠长的哨音，五头牦牛就像士兵们听到集合号令一样一字排开，站在了他面前。之后，阿爸让我和昝义成在每根拖车绳上绾了个圆扣，他自己动手将圆扣套在牦牛脖子上。牦牛是要拖拽着汽车的屁股出险境的。营长让我进驾驶室启动了马达，挂上倒挡，他配合老阿爸指挥我倒车。一切都是那么顺利，也似乎那么简单，随着老阿爸的口哨声和营长“一、二、三”的口令，我狠踩油门，所有在场的人都屏住了呼吸。汽车在泥沼地里前后晃动了三下，“呼啦”一下就被牦牛拖出了沼泽地。

这时，太阳刚刚爬出雪峰，鲜红的金粉洒遍了无人区大地。我万万没有想到，不幸的事情就在我们以为一切都没有问题时发生了。

汽车被拖到公路上后，我将车开出十多米停在了路边。我下了车，准备好好感谢老阿爸，要不是他的五头牦牛，我们的车还不知要在泥沼中窝多久呢！就在这当口儿，我发现有一头牦牛躺在了公路中央，四条腿绷得直直的，浑身像筛糠一样颤抖着。老阿爸扳着牦牛的两条后腿像划桨一样摇晃着。刚才拖车时我从后视镜看得很清楚，这头牦牛使劲拽车，这期间它摔倒了两次，爬起来又拽。想必是它用劲太狠，伤了内脏什么的，要不它不会抽搐得这么厉害。阿爸摇晃着它的腿，显然是一种抢救它的无奈手段。这不会有什么作用的，很快那头牦牛就停止了抽搐，死了。它的四条腿仍然绷得直直的。就在它咽下最后一口气的那一刻，我看见它那蓝色的瞳仁一闪，生命便永远地从这个世界上消失了！

老阿爸尖厉地哀叫了一声，便跪倒在牦牛面前，干枯的眼眶里涌满了亮晶晶的泪花。他用手指在胸前画着我看不懂的什么符号，嘴里默诵着我们听不懂的佛语。我能想象得出，牦牛在老人生活中有着不可替代的特殊地位。他终年在无人区游牧，即使有自己的妻室儿女，因为过着游牧生活，不得不各据一方，一年中也难得有几次欢聚团圆的机会。牦牛是他有生命的汽车，又是他无言的朋友，给他驮载家什，为他生养小牛，还得保卫他和牲畜的安全。现在牦牛永远地离他远去了，老人心中的悲凉和痛苦是用汽车也载不完的。

老阿爸为牦牛哭泣，那扯得长长的哭声划破了寂寞而空旷的无人区天空。我的心酸酸的，暗想：不管冻土层有多厚，太阳终究会笑起来的。一头牦牛死了，老阿爸的牦牛群里有一头母牦牛会生出一头小牦牛，弥补老人心中的空缺。天意！

这时，营长督促我登上驾驶室，该赶路了。我上车后并没有立即踩动马达，老阿爸的哭声还牵动着我的心。

也许就是我的犹豫使营长感到自己还应该做些什么，他又喊我下了车，说："老人哭得太伤心了，这样吧！"说着他从衣兜里掏出一沓一角钱，"给老人赔些钱！"他给拇指上吐了点唾沫，开始数票子，数到五十张时，打住，把钱交给我，让我转送给老阿爸。

老人自然不懂汉语，但是在营长数钱的时候他一直盯着营长的手。

我手里捏着五元钱走到老阿爸跟前，既伸不出手，也张不开口，不知说什么好，好像说什么都觉得不好。我总觉得用五元钱去换一头为慷慨救我们而死了的牦牛，实在太轻看牦牛的主人了。不是钱太少，而是老阿爸的心意太重。对我们也是一种漠视——钱多钱少当然应该当回事了。但是，在这里似乎有一种千金难买的东西在我们和老阿爸之间闪光。我指的不仅是牦牛，还有老阿爸。他和我们素不相识，陌路相逢而已，然而在我们需要帮助时，作为局外人的他义无反顾地站出来，用自己心爱的牦牛救了我们的汽车，更重要的是暖了我们的心。牦牛的死既可以说是意外的事，又可以说在意料之中。但是在他的行动之前，他和我们并没有讲任何价钱。五元钱换不回死去的牦牛，五元钱也买不到老阿爸对牦牛的那腔深沉的爱。

营长似乎没有发现我这种复杂的心情，或者说发现了还在坚持要给老人送钱。他一个劲儿地催我把钱送出去。最终我还是鼓起勇气把钱送到老阿爸的面前。我预感到老人不会伸手接钱，同时我也能理解营长这样做的真诚，换成我，我也会这样做。

当我再次把钱递过去时，老人又是摇头又是推开我的手，就是不肯接受这笔钱。我从老人脸上的表情和不大听懂的话语中看得出，他根本不是在乎钱的多少，而是打心眼里就觉得这钱不该给他。

那个年代，无人区看不到一棵树，我突然觉得老阿爸就是一片嫩绿的树叶，所有我见到过的秋天的果实都抵不上这片没有长在树上的叶子的重量！

我的想法和我的行动竟然相反。我不能不完成营长交给我的任务，同时不知为什么我也觉得应该把这点钱送给老人。于是，我就一个劲地给老人手里塞钱。老人许是看出了我们的诚意，他张开手掌准备接收，就在我把那五十张毛票要放到他手中的一瞬间，突然刮来一阵风，将钱吹得漫天飞飘起来。

老阿爸看着没去追。

我看着也没去追。

营长在原地站着，只是望着渐渐飞远了的钱……

奇怪的是，那飞飘的钱币总也不肯落地，一直飘在沼泽地的上空。我们望着它，渐渐变小，变小……

……

半个多世纪了，当年的老阿爸很可能已经不在人世间了。但是，那些飞飘在唐古拉山下沼泽地上空的纸币，还很清晰地浮现在我的眼前。

英雄藏牦牛英魂长在！

鸟兽同穴与藏羚羊的血肉之争

鸟儿在树上或屋檐下筑巢垒窝，这是众人皆知的事。可事实偏偏不是这样，却有鸟儿打洞为窝，而且还是借用兽类的洞穴。

那时候，我在青藏高原开车，线长点多，经历的事情总有一些很新奇。比如，昆仑山与唐古拉山之间那个叫尕拉沟的地方，我想如果给它改个名字叫“秃子沟”，或许更确切一些。这条沟里没水，是干沟，连很耐旱的骆驼草、沙棘也难得见到。可是，这里到处布满洞穴，像网眼一样密密麻麻地半藏半露在干渴、凹凸的坡上，远远望去像一双双什么动物的眼睛，十分吓唬人。

那天，我和帮助我装卸承运物资的藏族青年洛桑在沟里散步，走在一个洞穴前他突然停下脚步，很神奇地对我说：“我让你看点景致！”

景致？什么景致？这个地方能有什么景致？但是我能预感到他说的景致一定是很诱人的。洛桑是藏地文化人，他手弹三弦，不仅能演唱格萨尔王传，还会漫西北“花儿”。大家都称他是“藏地阿凡提”。

这时，我有点急不可待地问他："什么景致？快说！"

他耸了耸肩膀，神秘地笑了笑，之后在一个洞穴前蹲下，伸出拳头在洞穴上面敲了几下，一只野兔跑了出来。"噢，兔窝。"我说。

那兔子不怎么怕人，瞪着圆圆的几乎鼓出来的眼珠，然后两只后腿一伸，蹲在地上，滴溜溜地看着我们。

洛桑说："兔窝？这结论是不是下的早了点。你接着往下面看！"说罢，他又举起拳头在洞穴上面拍了几下，只见一只岩鸽飞了出来，它真会玩花样，飞落在了兔子的背上，显得很得意的样子。

我惊呆了，这种现象不但没有见过，连听说都没听说过呀！鸟儿的窝在地洞里，而且和兔子同住一起，这就更有趣了。

"甭急，好看的景致还在后面呢！"洛桑很神秘地说，他挽起袖子，看样子又要出什么彩了。

他让我跟着他来到另一个洞穴前，还是刚才那些动作，拍打洞穴，再拍打洞穴。先是一只松鼠跑出来，后是一只雪鸡飞出……

出洞的岩鸽和雪鸡这时早飞得无影无踪，野兔和松鼠在洞口前嬉闹，一会儿它爬上它的背上，一会儿它又把它压在身下……我的脑子里成了一片空白，继而杂乱无章。鸟类和兽类同居一穴，绝无仅有的奇闻怪事！世界之大、宇宙之广，是我们这些住在设施齐全的住所里且衣食不缺的人们，绝对想象不到也预测不出来的。一个人能知道的那点儿事情，能拥有的那点儿知识，与这个世界呈现出来的多彩、深奥相比，简直可以说九牛之一毛都不到呀！

洛桑告诉我，这叫鸟儿和兽类攀亲，从天上到地上从飞翔到爬行成为一家亲。

我请他具体给我讲讲其中的奥妙。他说："边走边聊吧。"

他给我讲起了刚才我们看到的那些奇妙的新鲜事——

我问他答。

“鸟儿和野兽同住一个洞穴里，他们不互相打架吗？”

“各有各的地盘，谁也不干扰谁！”

“什么各有各的地盘？原本是野兽的家呀！”

“当然，最初是两不相容的，慢慢地就和平共处了！”他停了停，从头讲起来，“说不清是从哪个朝代还是哪个世纪的某一天，那些野兽们发现它们的家里闯进了不速之客，而且看来要长久住下去，能不驱赶吗？于是就起战争了。你打它，它还击，洞里出现血迹斑斑的尸体是常有的事。鸟儿们总是吃败仗，即便败了它们也不会轻易退让。就这样打来斗去，你让一步，它退半步，慢慢地双方都累了，终于有一天，你退一步，它也让你半步，休战了，鸟儿便住了进来！”

“什么叫你退一步，它让半步？”我问。

“那些野兽们在自己洞穴里的某个角落让出一块地方，让鸟儿住下来。鸟儿们也不嫌弃，就衔些茅草垒个地窝当成自己的家住下来了！”

“你是怎么知道鸟儿在洞穴的角落里垒地窝的？”

“我和几个乡亲很好奇，便掘开洞穴看过呀！当然，看过后又恢复了原样。”

“你真是有心人！”我由衷地说。

接着洛桑给我较详细地讲了出现鸟兽同穴的根源。

我必须说明一个时间概念：我在青藏高原看到鸟兽同穴，是在1980年至1990年。当时洛桑这样对我说：

“在青藏高原上，要想瞅到一棵树，那是非常困难的。格尔木有树，这是大家都知道的。望柳庄的柳树，陈荫村的杨树，可是，出了格尔木就是荒山秃岭了。退一步说，即使有一棵树，鸟儿的窝也不能搭在树上，冬季几乎天天都有风雪甚至暴风雪，气温最冷时水银柱能缩到零下 30 多摄氏度，鸟儿待在树上的窝里还不冻成冰坨了！没有树搭窝，也不能在树上搭窝，怎么办呢？为了生存和生儿育女，鸟儿们便找到了向兽类‘租’房子的办法。”

“说是租，其实就是抢房子，霸占！”我说。

“可以这么说，但是对鸟儿们来说，走到这一步，也是它们不得已的一个办法。甚至可以说是没有办法的好办法！”洛桑说。

这时，洛桑用数十年来的亲眼所见，印证着他的话——

在他穿开裆裤、捏泥娃娃玩耍的年龄，经常能在荒滩上的洞穴旁看到鸟兽血淋淋的尸体。对于这种两败俱伤的惨状，牧民做了这样的判断：残酷的严寒夺走了它们的生命。他们这样的推断自然没有错，但是后来随着人们观察到的情况不断积累，有了新的发现，鸟兽的争斗导致了各自的惨死。胜者占据洞穴，败者无家可归，只好做了暴风雪的牺牲品。毫无疑问，出现这种争斗是由于鸟儿向兽“租”房子引起的。有意思的是争斗的结果并不全是鸟类失败，喧宾夺主的情况也时常发生，兽类冻死在自己的洞穴外就是例证。

我有点疑问：“鸟是弱者，它为何取胜了？”

“有‘高人’指点！”

“高人？谁？”

洛桑笑了：“秃鹫！”好几次我们都看到几只苍鹰在洞穴上飞旋，不时飞到地面上用坚硬的翅膀扇击兽类。

噢！毕竟都是鸟类，同命相怜！

洛桑说：“当然，这种你死我活的斗架不知延续了多少年多少代，鸟兽双方才幡然醒悟，如此没完没了地争斗下去，年年死伤，岁岁结仇，总有断子绝孙的一天。终于在某个早晨或傍晚，也许是兽类让出了一个巢穴，也许是鸟类主动给浑身伤痕的兽类舐抚了伤痕。反正它们都收起了刀枪箭镞，讲和了，‘和平共处’了。鸟兽同穴就这样开始了。据说当时还是那只秃鹫在场为双方做了见证，签字画押。”

“哈哈，这是我杜撰的情节！”洛桑一笑收场。

此时的洛桑已经像一个说书人，带着浓浓的感情给我讲鸟兽同穴这个结局了，不知为什么他的眼里飘出了泪花，亮亮的泪花！我能看出，他并不是仅仅为鸟兽同穴的和睦相处而庆幸，显然是由此生发了别的什么感慨。我看到他不时地撩起藏袍的衣襟擦着眼角的泪痕……

今天，我坐在京城冬日阳光明丽的书房里，写这篇回忆数十年前的往事时，眼前总是不由自主地浮现着岩鸽、雪鸡、藏雪鸡等鸟儿的影子。说不上是何种原因，我总是有一种隐约的担心，青藏地区的鸟类是很孱弱的，那些凶残的兽类能长期和它们“同住”吗？也怪，野兔留给人们的印象是很善弱的。这是内地的兔。可是，高原上的野兔浑身张扬着锋芒的凶相，我亲眼看到它扑吃岩鸽时那种狠猛的野狂劲。至于狐狸、金猫、狼及蛇之类的野兽，它们欺辱鸟类更像玩泥团了。这是我的基本推测：“鸟兽同穴”的现象，是一种暂时的和平状态，不要指望野兽的善良是永恒的。

我真想回到当年的那种生活中去，因为我不愿看到今天青藏荒野的那些变化。比如，“鸟兽同穴”之类的景观消失了，只有兽类在荒野上肆无忌惮地横行，甚至连同属于兽类的藏羚羊也得不到一方宁静的乐土……

藏羚羊在情场上的血肉之争

在昆仑山中，特别是在可可西里的莽原上，人们常常会看到肥胖的雌藏羚羊携带着羊崽吃草、栖息或者迁徙。享受着融融母爱也许还难以体味到母亲的艰辛和孤单的小羊崽，总是那么乐此不疲地围绕着母羊跑前窜后地嬉闹着，高兴极时还兴致勃勃地爬到母羊的背上亲昵一番。雌羊呢，大概内心忍受的寂寞比付出的体力还要沉重，它们便不由自主地常常仰起头对天长啸数声。那是在呼唤它的情侣呢！

此情此景，让人们不得不萌生这样一个疑问：

那些在情场上交配时豁出命来拼斗的雄藏羚羊，此刻去了哪里？

它们逃得远远的了。

躲避的原因也许有很多，但是有一个因素无论如何不能排除，这就是雄藏羚羊在求偶的季节遭遇到的惨不忍睹的“待遇”，使它们心有余悸，记恨永远。

什么样的“待遇”呢?

细心的可可西里志愿者通过多次在藏羚羊比较集中的太阳湖、月亮湖等地域观察，统计出了这样一个大概的数字：雄藏羚羊和雌藏羚羊的比例为 3∶2。雌雄比例失去平衡后带来的直接结果是一妻多夫，这样雄藏羚羊的求偶性欲就难以满足。

雄藏羚羊为了得到雌藏羚羊的欢悦，总是千方百计地献殷勤，顺从地讨好雌藏羚羊。比如，把草肥水清的地方让给雌羊，而它们则去啃食带有小刺的荆棘叶。再比如，碰上天敌的袭击，雄羊迎险而上，保护雌羊。还有，夜里在草滩栖息时，总是雄羊站在一旁，充当夜哨……在可可西里盗猎活动最猖獗的 20 世纪 90 年代初，据统计每天约有 100 只藏羚羊死于罪恶的枪口下，其中百分之七十为雄羊。

多情的行动换来的未必就是如愿以偿的求爱。

雄藏羚羊求偶之难、之险，集中表现在春季交配的情场上，风卷云涌，凄惨有声……

季节轮回到四月已经好些天了，青藏高原的春天才一步三回头地慢步而来，向阳的沙坡上略见色彩。公路边的冻土上很不情愿地浸出了浅浅的湿土，坡上的草儿慢腾腾地吐出鹅黄色嫩芽。这个季节照例是藏羚羊“春心萌动”的时节，青春的活力使雄藏羚羊跃跃欲试，焦躁不安。雌藏羚羊也是寂寞难耐，欲罢不能。饥渴!

毕竟雄多雌少，彩球抛向哪家，实难预料!

“但凡深爱的人，总喜欢抓一把烈焰作为香饵，抛向对方。”这说的是人类男女之间的求爱。藏羚羊是不是也学到了这一手，不好说。只是它抛出的是比烈焰还要有杀伤力的决斗。情场上的决斗!

雌藏羚羊是骄傲的公主，此刻主宰着情场。你瞧它们如此安静地站在草场一侧一个不高也不低却可以统揽全场的土坡上（必须说明的是，这是附近的牧民们可以选择并略加构建的供羊们使用的场所），看着雄藏羚羊们是如何地你争他抢。说它们是坐山观虎斗也未尝不可！

这个时刻最能显示雌藏羚羊们那弥足珍贵的美妙身姿。它们献媚似的轻盈地摇晃着硕大的乳房，还不时地呼叫一声。它们颇为得意地看着眼前的拼斗。聆听着雄羊们那撕肝裂肺的惨叫。

是的，雄羊跟雄羊拼斗！是的，是雄藏羚羊之间的争夺战！能不撕肝裂肺吗?

此时，雌藏羚羊呢？它已经走下“看台”静卧在一个低洼处，只把那两只如同利箭似的足有一尺长的犄角，高高显露着。这是武器，也是另一种意义上的性器官。两只雄藏羚羊在离一只雌藏羚羊约 100 米处正殊死搏斗,就这样几个回合后,双方的长角变硬了起来，对峙着。谁也无法靠近雌藏羚羊。就这么僵着，何时松动，双方都在瞅着时机。终于有一方招架不住了，不知是体力不支还是忍耐度有限,便松开咬着的长犄角,逃之大吉了。可是另一方并不打算饶过，紧追几步，大概是想给其狠狠一击，但是见逃者是心悦诚服地认输，也就放了它一马。它是第一个胜出者，便大摇大摆地走向雌藏羚羊。

雌藏羚羊显然还不会轻易接受扑来的这头雄藏羚羊，准备再拼斗一番。雄藏羚羊显然深谙先下手为强之道，一交斗就将对手挤压在一个低洼处，用头死死地抵住了对方的腹部……

有的雄藏羚羊在追跑中互相决斗，前面的雄藏羚羊跑得飞快，追者也绝不甘示弱,穷追不舍。都是长跑健将,一时难分高下。跑呀，追呀，眼看后面的就要追上来了，可以设想，一旦追上，后面的雄藏羚羊肯定是不会饶过对方的。就在眼看胜券在握时，怪事发生了，前面的雄藏羚羊灵机一动，突然机智地卧进一个坑里，唯两只朝后弯成弓形的长犄角不动声色地露在坑外，露出杀机。后面的雄藏羚羊根本来不及躲闪，长犄角就恰如其分地刺进了它的五脏六腑，鲜血喷洒，一命呜呼……

得胜者仍然不能占有雌藏羚羊，决斗仍在继续进行。直到大约有一半的雄藏羚羊死伤之后，坐在“看台”上观景看热闹的雌藏羚羊才挥尾摇耳地表示决斗结束。它们风姿绰约，一步三摆地走下来，准备接纳自己的如意郎君。胸怀分明已经敞开，可是万万没有想到意外的事情突然发生——

原先已经败下阵逃走了的雄藏羚羊重新返回，准备混入胜者的阵营内偷吃禁果。怎么回事？两种情况，一是拼斗时只是受了轻伤，二是根本就没有伤着，都是佯装败阵，伺机再上。它一旦瞅准了时机，便扑向雌藏羚羊。奇怪的是雌藏羚羊好像早就有准备似的主动上前接纳。是不是双方早就约定？难说！

噢，有这样的事！世界太大，无奇不有！

意味深长的是，发情作乐的情场就在血肉斑斑的决斗场旁边。一边是决斗战场，另一边是做爱温床。泾渭分明，水火难容。为何要做这样的选择，谁做的选择？不得而知，只能去猜测、遐想。这种意味深长的对比，也许更能衬托出雌雄相处的交配和谐是多么的来之不易。生命换来的爱情果实要倍加珍惜。爱得多么刻骨铭心，痛得多么撕肝裂肺！

这是一个浮躁与喧嚣的地方，一派光怪陆离的和谐画面！

藏羚羊们在荒原上无忧无虑地肆意撒欢，嬉戏打闹，一副生机勃勃的景象。雌藏羚羊显然在故意卖俏，并不立即把绣球抛出，总是在雄羊多次追逐之后，才羞羞答答地又是心甘情愿地“缴械投降”。

和煦的阳光洒满草滩，风儿徐徐拂动草尖，藏羚羊们很灵活地沉浸在润滑似水的幸福作乐之中。雄羊的长角上不时闪着亮色，不知那是阳光的反射还是雄羊体内的激情！

有一只雌羊舒展着四肢安详地躺在精心选择的一块茸茸草滩上，颇有一番风情万种的姿态，显然它在招惹雄羊的亲近。果然有一只雄羊跑了过来。它正要动作时，冷不防又窜来一只雄羊。两雄争风吃醋，于是争夺战就难以避免地再次展开。它们又是抵又是挡，抵者气势汹汹，挡者顽强应对，互不服软。两虎相斗，必有一伤。其中一只雄羊被对方拼抵得头上长角断裂，一只眼珠被对方的长角挖出，鲜血汩汩涌流，只得逃之夭夭。不可思议的是胜利者并没有摘到爱情的果实，就在两只雄羊拼打得不可开交的当口儿，那只雌羊已经被第三只雄羊乘机占有了。鸠占鹊巢，第三者！

交配前雄羊之间看似蛮荒的争强斗胜，实则是动物生育过程中优胜劣汰的必然。傍晚始于清晨，有时太多的凄惨胜于瞬间的快感。留下的优质雄羊担负着繁殖优秀后代的使命，它们用难以抑制的喜悦躁动起青春的活力，快乐在情场上，必然会养育出活蹦欢跳的下一代。

动物之间的争强斗胜与和平相处，并没有一个一成不变的模式，常常争斗之中有和谐，和谐后又有新的争斗。记得一位科学家曾经说过:“像一千年前，麦子与水稻在田野里摇晃，没有什么是更旧的，也没有什么是全新的。”

下面呈现的仍然是藏羚羊的故事，具体点说是藏羚羊与另一种动物之间发生的故事。多么温暖而柔美啊！然而，它们之间和美的关系又是多么复杂……

这些年来，国人把关注的目光都投向了可可西里。因为那里聚集着奔跑神速、来去无踪影的“高原精灵”藏羚羊。每年7月前后，我们经常能在影视屏幕上看到一大片飞扬起的尘土弥漫在草原上，那是成百上千只的藏羚羊在通过青藏公路，奔向遥远的湖畔去产崽。藏羚羊那流线型的奔跑姿势，在蓝天、雪山的映衬下，十分美丽、惹眼。当它们渐渐消失在地平线上后，人们的耳畔仍然回响着那万马奔腾之势的飞蹄声。

我曾经穿越可可西里数十次，始于20世纪50年代末。那时举目可见藏羚羊，我们这些血气方刚的汽车司机，来劲时总少不了加大油门追赶藏羚羊，和这些小精灵赛跑。汽车被藏羚羊甩在后面是司空见惯的事。因为它跑起来每小时可达70公里。藏羚羊跑得这么神速，全在它那四条腿上。你看它两条前腿短，两条后腿长，跑起来，前腿跃起来，后腿一蹬，身子就像箭镞似的，射出去好远！

从20世纪90年代初开始，盗猎者的枪声穿透了可可西里，草原在流血，藏羚羊在哭泣。汽车和藏羚羊赛跑的和谐欢乐场面一度消失。那时可可西里除了罪恶的枪声之外，变得死气沉沉。“高原精灵”的数目从十多万只锐减到不足三万只，有幸活下来的也深藏在大山旮旯里不轻易露面。

现在好了，可可西里的藏羚羊又逐渐恢复到了十多万只，而且还在继续增加。可可西里深处静静的湖畔就是它们的“产房”。

在可可西里腹地，阿尔金山下的鲸鱼湖、布喀达坂峰下的太阳湖和月亮湖、长岭与黑山下的库赛湖，藏羚羊在这些少有动物干扰的地方，完成它们一年一度的产崽生育使命。

从栖息地到湖畔“产房”，路程少则二三百里，多则上千里。我原打算要深入到这些湖中的一个到两个湖进行近距离的观察，没想到可可西里藏羚羊保护站的同志们异口同声地坚决反对，他们甚至说，我如果执意要去，会给他们增添一些不必要的麻烦。可见那绝对不是谁想去就能去的布满险情和陷阱的地域。所以，我只好作罢。

度产假的藏羚羊的数目多少不等，多时一群有七八百只，少时只有一二十只。路途漫漫，险关重重。腹内怀胎的雌藏羚羊最担心遭到意外的侵扰或剧烈的颠跑乃至惊吓，进而引发早产。为此它们不得不披星戴月，昼夜兼程。相对而言，夜里赶路安全系数较大。另外，多数雌藏羚羊迁徙时，都要带上头年出生的小羊并悉心加以照顾。孩子单独远行，母亲不放心，这也是动物怜子常情。十天乃至数十天的颠跑路上，它们一边跑一边随地吃草，瞅准了安全地方，还得休息。一路上雌藏羚羊尽管怀有身孕，但也要时刻用心用力去照管身边的小羊。特别是当遇到天敌鹰、狼，如果没有雌藏羚羊的巧妙周旋和拼死搏斗，小羊吃亏甚至送命是确定无疑的。常有这样的事情：秃鹫突然从高空扑向地面的羊群，这时雌藏羚羊便本能地卧在小羊身上，孩子安全无恙，它却负伤以至丧命也是会有的。

有这样一个故事，足以说明人类和野生动物合力相助是对付天敌也是保护自己生命的绝妙出路：一次，两只恶狼蓄谋已久地盯上了带着两只小羊的雌藏羚羊，眼看小羊就要遭害，雌藏羚羊躲闪了几次，也未奏效。就在这当口儿，旁边出现了牧人的一顶帐篷，雌藏羚羊机警地跑到帐篷前哀叫不止。牧人闻声出来吓跑了两只恶狼。直到险情完全排除了，牧人才拍拍藏羚羊的脑门儿，送它们安全上路。人类当中，也有藏羚羊的敌对者，他们杀害藏羚羊用其珍贵的皮张和绒毛换取高额金钱，中饱私囊。更有善良的爱心人，从恶人的枪口下、猛禽的血口里拯救藏羚羊。世间的任何事物永远都不会是一种色彩。

还有一个现象至今我也没有弄明白，在雌藏羚羊奔往“产房”的途中，出行刚离开栖息地时，会有一些雄藏羚羊一同前往，精心照料爱伴。但是好景不长，往往行至半途，大部分雄藏羚羊便悄然失踪，有的懒洋洋地原地休息，有的自由游荡不知去向，还有的寻找到了另外的雌藏羚羊，开始新的蜜月生活。有人分析认为出现这种情况是因为藏羚羊是一夫多妻制，对另一半不专一，中途变了心。这种分析虽属一家之言，但有一定道理。即使留下来的雄藏羚羊，陪伴的也不是最初的雌藏羚羊，狸猫换太子了！足见藏羚羊的两性伴侣不像其他动物，比如狼、老虎等那么专一。这是它们长年在野外奔跑没有固定住地带来的游击式两性生活。

我请藏羚羊保护站的同志给我介绍了几个湖畔藏羚羊“产房”的详细情况——

走进湖畔，你会惊喜地发现，那真是好像从天而降的一片世外桃源：天空分明是另一片草地，丝丝或片片白云多么像叫不上名字的棘丛和骆驼草。从天上飞过的鹰的翅膀比芨芨草的叶还小。草滩上，藏羚羊还有野牦牛低着头吃草，时不时仰天长嘶一两声，整个湖畔仿佛都在颤动。真的，是名副其实的水肥草盛的丰盈世界。一眼望去白亮亮的湖水一直扑上山顶与蓝天连接成一体。天上地上处处都有鸟的欢叫，喳喳喳，咕咕咕，鸟鸣声在天地之间回荡，湖水仿佛都被填得变浅了。鸟中数斑头雁最多，用一群一片来描写斑头雁的数目显然太吝啬了。斑头雁的双腿细而长，它们原地站着的高度同人的腿弯处齐平，如果撑开双翅扇动飞起来，那简直像腾飞的风筝。

奇怪的是，藏羚羊来到这鸟的世界，根本不会惊飞鸟儿们，有的鸟竟然斗胆地飞起站到藏羚羊背上，羊们也不受惊，任其站着，啼叫着。鸟儿在做什么动作，长长的喙在藏羚羊背上啄来啄去，是啄虱子或什么虫子吧！

藏羚羊经过长途跋涉也许太疲劳了，这时停歇在茸茸草滩上，有的卧着，有的静立，有的缓缓走动——有意思极了，在它们走动时，背上仍然驮着一只或两只斑头雁。雁儿还时不时地咕咕咕鸣叫着，好像在催促羊们走得快些，再快些！

还有斑头雁不断地从远处飞来，它们倾斜着银色的翅膀在贴近草丛的低空飞旋着，带起的微风轻轻拂动着羊们的身子，是在帮着羊们卸走浑身的尘埃和疲劳。鸟儿久久地盘旋着，羊们深情地陶醉在被爱抚的气氛中。有些斑头雁竟然放肆地落在藏羚羊的长角上，藏羚羊头一甩，却把鸟儿甩到它的背上。

鸟儿们，尤其是斑头雁能和藏羚羊如此友好相处，完全是因为它们之间的相互依赖、共存共生。藏羚羊在“产房”里度假的甜蜜生活在这时已经开始了。

许多人都不会想到，藏羚羊和斑头雁互为求生的依赖故事是多么传奇，多么自然天成！

每年一进入夏季，特别是到了日照时间最长的七月，可可西里那些湖泊便处于干燥时期，水位急剧下降。大湖的边缘和小湖的水干枯以后，亮出了肚皮。细腻的胶泥土失去了水分后逐渐地裂开、翘起，形成一个个瓦片状的凹碟盘，好像是天造地设似的。这硬中带柔的碟盘自然地被藏羚羊和斑头雁各取所需。雌藏羚羊产崽期前后，奶水增多，乳房膨胀发痛，它们就经常卧在那些胶泥瓦片上，摩擦乳房，将过多的奶水挤压流出，方能舒服。积于胶泥瓦片上的奶水不会轻易渗透，犹如盛在小碗中一般。这只母羊挤一点奶，那只母羊又蹭一点奶，瓦块中的奶水日渐增多。于是馋了栖息在湖中的斑头雁等水鸟，它们的幼崽争食雌藏羚羊这些遗奶，多么难得的丰富营养啊！鸟儿们随吃随拉，瓦片上又积下了许多鸟粪。鸟粪里含有丰富的氮、磷、钙等营养物质，恰恰这又是藏羚羊强身壮体的绝佳补品。

各取所需，各有所得。大自然的杰作！

小藏羚羊在“产房”里衣食无忧地茁壮成长，慢慢地就可以独立生存了。20天左右，可可西里青稞熟透的日子，叫秋天。小藏羚羊能小跑了，“产假”该度完了，藏羚羊便带着崽羊离开湖畔。去哪里？广袤的可可西里任它们自由驰骋！

打住，我们来到首都北京，继续讲藏羚羊的故事。确切地说，是可可西里深处湖畔藏羚羊故事的延续。

那是中国申办奥运会成功后，有关部门便合力筛选奥运会吉祥物，藏羚羊作为预选的吉祥物进入国人的视野。那天，青海省代表团来到首都给大家展示藏羚羊美丽的英姿，让更多的国人把关注的目光投向可可西里。我应邀参加了那次展示藏羚羊的宣传座谈会。我能享受这样的待遇，自然与我创作的散文《藏羚羊跪拜》有关。这篇千字散文在2000年9月5日《新民晚报》发表后，当年就被《散文海外版》《小小说选刊》转载。在以后的数十年间，有四五十家报刊或选集转载。特别是中央电视台董卿主持的《朗读者》节目，由导演陆川朗诵后，传播到更广泛的人群中。现在《藏羚羊跪拜》还选在初中或小学的语文课本里。选用藏羚羊作为奥运会的吉祥物，我有一种幸福感，应该说这是人之常情。就是在这次座谈会上，我忍不住激动的心情，讲了藏羚羊和斑头雁互相依赖互相生存的故事。没想到几乎所有在场听众报以掌声后，一位穿戴颇讲究的女学者站起来声色俱厉地批评我说：“我们今天开会是讲科学的，不是传播小道消息！”我很负责任地告诉她，我讲的全是我在可可西里实际采访来的，是科学不是小道消息。她反驳我说她是专门研究动物的，虽然没有去过可可西里，但也知道那是不可能发生的事。我实在无法和她讲理了，就请当时参会的可可西里藏羚羊保护站的同志给她补了一课。

瞬间，我感到起点已经模糊，终点却不知去向。自然只是一念之差了。河流最终还是要回到大海里！

那次座谈会以后，藏羚羊被选定为奥运会的吉祥物。这自然坚定了我以后要去几个湖畔亲眼观察藏羚羊生活的决心。我虽然不可能擦得干净生活中所有的泪水，但我知道远方永远是我要到达的目标！

晚风中，我走出会场，人们纷纷走出会场。我回转身，看到北海公园白塔寺尖上圆圆的月亮，月儿周围几片淡淡的云丝像僧人的袈裟隐入寺院，他的身后异常静谧。

那一刻，我陡然对人世再无怨言！

遭遇楚玛尔河

遭遇楚玛尔河

楚玛尔河是长江源头一条支流，在昆仑山和唐古拉山之间的莽原上已肆意地流淌了几千年。自从我20世纪50年代末第一次走进它以来就无法撼动地让它永远地留在了我心里。热爱它吗？好像不全是。厌恶吧，也不尽然。一种很复杂的感觉。总觉得它清澈的浪花里是蓬蓬勃勃的忧伤，它丰盈的河床上是温暖醇厚的微凉。这种感觉我真的说不清楚道不明白。

这自然与我在这条河的一次有惊无险的特殊遭遇有关。

1959年隆冬的一天，我们汽车团一支车队运载着一批进藏战备物资，飞奔在青藏公路上。滚滚的车轮碾过昆仑山后，行驶了一个多小时，一路风尘地来到一条河边。插在河岸一块形状很不规则的毛茬木牌上写着“楚玛尔河”四个字，字迹歪扭，接近趴窝。河宽浪急，水面上不时地跳闪着浑浊的波浪，随即掀起一个个浪窝。我们立在岸上整个身子似乎都被旋得摇晃，头有些昏晕。架在河上的是一座木桥，十分简陋，我们务必一台车一台车地过桥，方能保证安全。

那是一座什么样的桥呢？当时乃至今日我始终觉得用“木头笼子”来比喻最为恰如其分。横七竖八的木桩、木板、木条，组成了一座简陋得当今的人们难以想象的“原始桥”。不仅立柱是木桩，就连桥面也是木板和圆木参差铺成的。那立柱是几根木桩用铁丝捆绑在一起合成的，甚至我还看到这些合成的立柱有些中间是空心的，填满了石头。立柱与立柱之间用或直或斜的木板牵连着，暴露在外面的那些不算少的“Π”形铆钉显得十分吃劲。奇怪的是，桥面上的那些木板或圆木并没有用钉子固定，都是活动的——后来有个行车经验丰富的老兵告诉我，活动着有弹性，反而可以减少压力，而且便于随时更换。

可想而知，汽车通过这样的桥，驾驶员不把心悬在嗓子眼才怪呢，提心吊胆嘛！车轮压下去，桥体各个部位都会发出很不情愿的吱吱嘎嘎的抗议声。带队的中尉胡副营长把双手举过头在前面指挥着驾驶员，一台车一台车地过桥。他再三叮嘱驾驶员，一定要稳住油门，中速慢行，千万不要猛踩刹车。突然停车必然会增加桥的压力，容易出事故。一台车过去了，五台车过去了，十台车过去了……怦怦心跳的我已经记不得是第几台车了，反正该我驾车过桥了。我目不转睛地瞅着副营长的手，紧扒方向盘，脚踩油门，稳稳地前行。谁料就在车子走到桥中间时，忽然听见“嘎巴”一声响，我手一抖，脚下一颤，车子就停在了桥上。我手忙脚乱不知咋办，赶紧挂上排挡加大油门又要走车，这时只觉车子跳了两下，车头就冲出桥护栏，栽到了河里。整个车身掉进河里，驾驶室一半歪在水里，一半露在岸上。副营长还有我们连的张连长，赶过来冲着我大骂一声“饭桶”，就赶紧组织人收拾残局。

我很委屈地站在楚玛尔河岸，望着波涌浪卷的河水内心掀起波澜，流着眼泪，悔恨自己无能。可是，一个穿上军装才一年的新兵，单独开车还不到半年，毕竟涉世太浅，摔跤、受阻是免不了的。我只有抱怨，却没有绝望。青藏高原的路还很长，多少大山险河要我们去征服。为了明天更像明天，我要一边走路一边记下失脚的隐痛，练技术，壮心胸，轻车远行。

落入河里的汽车，必须从拉萨或者格尔木调来吊车抢救。这样少说也得一个星期。我便留在原地看车守护物资。草滩撑起的一顶轻便帐篷就是我的临时岗位，也是我的家。茫茫荒野，唯我一人。惧怕倒是其次，因为我是军人，肩挎冲锋枪。最难熬的是寂寞，没想到藏羚羊给我带来意外的快乐。那个年代，楚玛尔河畔是野生动物的乐园，黄羊、野驴、藏羚羊、野牦牛……举目可见，尤其是藏羚羊成群结队，遍地撒欢。每到中午或傍晚，正是跑乏了的动物需要歇腿的时候，它们很好奇地围着落水的汽车打转转，也许是试探这个庞然大物会不会起身和它们一起奔跑。一次，一只肥胖的藏羚羊竟然从破了玻璃的车窗钻进驾驶室，投宿一夜，生下了一对小崽子。此后，驾驶室就成了那母藏羚羊的产房，每天都会看到雄羊出出进进地照顾雌羊和崽羊。直到大吊车赶来救我的汽车的那天，我才依依不舍地把这一老二小三只藏羚羊轻轻唤出驾驶室，让它们扑进楚玛尔河岸大草原的怀抱。

楚玛尔河的生命里程

每次攀上世界屋脊青藏高原，我照例会有一种抵达天空的虚幻感觉，双脚一下子变成翅膀似的。同时也真真切切地生发一种心满意足的自豪。我当然清楚，有多少人像我一样在这个高度上踩碎了白云，可我仍然要炫耀一番：这时候你平视四周，比站在地面仰望天空似乎更高、更空、更深。是存在的空，是大中的小，唯我真的还是我自己。这时我多么想把自己揉进云里去！我再俯视青藏公路，每一辆行进的汽车都变成了蠕动的黑甲虫。我突然觉得太阳像一枚正在渗油的蛋黄正穿破云层在吃力地下降、移动。我好紧张，太阳分明与我只隔着一朵云，我伸手就能撕下一片阳光装进衣兜。不知什么时候我乘坐的太阳云果然降落在了一座桥上——其实我一直就站在桥上，这里的海拔是高，但是我明白主要还不是脚下的高度，而是精神上的。如果你不是精神上向远方眺望，即使真的到了太空，仍然看不远。

楚玛尔河公路桥，长江源头第一桥。世界上没有任何一条河是重复的，桥也如此。和它近在咫尺的沱沱河桥，被人们誉为江源姊妹桥。楚玛尔河是藏语，意为“红水河”。“红水”的含义是吉祥如意的佛语。我们有太多的理由相信，从这两条河的浪涛里舀一勺水，会把我们浑身和心灵洗涤得无比干净和纯洁。

21 世纪之初一个刚刚复苏的春天，我驱车赶往拉萨途中，特地缩短了跋涉的路程，在楚玛尔河停留三天，解读这座桥。桥头的斜坡上有一块削磨得光滑平整的石头，上面用红漆刷写着“限速 40 公里，海拔 4460 米”。我踩着桥面不蹭脚的石子走了几个来回，又钻进桥洞看了又看，既观照它通体的阳光，也察看挤在石缝间日渐枯萎的不老草。我在桥上站着，不时总有汽车碾过，车轮下的桥面像一幅油画布，卷起又展开。砌在桥上的石子发出或悦耳或刺心的响声，它们组成的交响曲，化解了我因为缺氧造成的身体不适，使我的生命坚固起来。

我的心在清亮的流水里颤抖，轻轻溅落。如果我不能把几十年间我亲历的这桥今天的伟岸与昔日的简陋，展现给未到过青藏高原的朋友，那么就枉跑了上百次世界屋脊。于是，我走上桥头的一座山包，轻声地告诉远方的同志，也告诉太阳：谁拥有楚玛尔河的浪头，谁就是有源头的人！

我有意和桥拉开适当的距离，在桥头找了一个可以通览大桥全景的位置，站静，细瞄。

我的心情异常放松，有一种享受生活的难以言表的舒畅。每个人都有被幸福陶醉的时候，在缺氧的高原也不例外。岸上的草坡刚刚披上茸茸的衣裳，瘦了一个冬天的河水也开始变肥，好像躲在太阳里哗啦哗啦的涛声把我浑身冲洗得酥酥的畅爽。河水清亮找不到一点发脾气的模样。河流比秋天冬天干净了许多，河势不紧不慢弓着腰从高处流来，快漫到桥洞时，打了一个回旋后，就像长了翅膀似的飞快穿过桥洞急奔而去。其实，它不管流程多急多远，每朵浪花的根都在桥下面的旋涡里。我双手背在身后，像农民用踏步丈量地亩一样，从桥这头步到桥那头。我观赏大桥的壮美，找寻创作灵感的触发点。我看到草原和群峰朝远处退去，楚玛尔河从中间流来。远处的河在高处不可涉，更远处的山峰挂在唐古拉山不可登！从站在桥上那一刻开始，我就仿佛进入了一个梦幻世界。这座崭新的公路桥在初升的阳光照耀下，更显得宏伟、壮美。平日，不管到了什么地方，我总觉得自己的目光和思维有太多的限度，可是站在楚玛尔河大桥上，我顿觉心欢眼阔。因了这座桥，楚玛尔河更像楚玛尔河了！也因为有了这座桥，我们能看到更远方的远方了！

我踏步估量桥长约 200 米，加上两头的引桥，长度几乎增加了三分之一。桥面结实宽坦，并行两台汽车也互不干扰。齐至我腰的护栏像窗棂一样规整透亮。八根水泥灌浇的桥柱，双人合抱也难以并接手指，它们岿然稳定地挺立于激流里。残留在立柱上面流水漫过的沾着草屑的印迹，说明曾经也许就在昨夜激流冲刷过它。大地再倾斜多少度，河流再下滑多么深，这座桥都这样不动声色地站立着！因为那桥墩里面睡着一个修桥架桥士兵的身躯……

楚玛尔河公路桥从 1954 年通车至今，不含修修补补的“小手术”，有记载的大规模改扩建共四次，每次工程都镂刻着时代变迁的印迹。皱纹被蒸蒸而上的朝霞淹没。修桥的战士注定是刷新高原面貌的赶路人，江源的冻雪还凝在眉梢，羌塘的寒风又落满了他们的行囊。生活总是被他们点亮，再点亮，而他们一直在凄风冷雪的深夜苦战。楚玛尔河位于被人们称为“生命禁区”的世界屋脊中心地带，年平均气温零下 6 摄氏度，空气中的含氧量不足海平面的一半。

人空着手走路犹如在平原负重 50 斤。20 世纪 80 年代中期的一年初夏，修建楚玛尔河公路桥的一支部队，顶风冒雪驻扎河边，在桥头一块裸露着冰碴的地上撑起了军用帐篷。凛冽的暴风雪怒吼着卷起砂石像一匹野马，肆无忌惮地从空旷的可可西里迅猛而来，沿着楚玛尔河漫无边际地狂奔而去。白天战士们施工时狂风、野寒来添乱，夜里士兵们加班它照样偷袭工地。工地上没有消停的日子。那几顶用粗壮的铆钉揳入冻土固定着的军用帐篷，虽然一直在狂风里东摇西晃，却并不随风离地。环境恶劣只是其一。部队的施工设备和技术还没有完全摆脱肩扛臂拉的重体力劳动，几台推土机和几十台自卸车，外加铁锹、洋镐、小推车和扁担竹筐什么的，都是官兵们必不可少的“常规武器”：“一双手和一条命，自力更生样样行！”

江河源头的暴风雪，千百年来一直那么放肆地暴窜着，千年后也许仍然不会收敛它的蛮横，甚至有时还要陡野三分。不必惧怕。桥梁工地上的火烫炽热准能熔炼它。这是一年中仅有的两个月无霜期，施工的黄金时段，冷月寒星当灯盏，雪花飞舞催人暖。曾记得为了竖起一台钻机架，全连百十号官兵轮番出征。凭体力拼，当然也有智慧巧取。士兵们手拉手站在齐腰深的河浪里，围成人墙阻截激流。冰冷的河面落满汗滴，热汗与冰碴相融交汇，河面盛满了暖色。河水以一种新的姿势流淌。高高竖起来的机架，是支撑世界屋脊的擎天柱。兵们的呼吸随着河浪起伏。

恶浪峰上颠，险涡波中埋。

凡是在高原生活过的人，待的时间越久，尤其身负艰辛的任务后，常常有一种爱莫能助的虚虚实实的恍惚感，不知道这一刻活着下一刻还能不能呼吸高原缺氧的空气。生命的真实价值就在于每一刻都力争让它抵达精神的霞光。入伍刚满三年的小裴那天晚上加班浇灌混凝土桥桩前，在他托战友把写给妻子的信次日发往家乡时，绝对是对自己的明天充满小心翼翼的渴求。要不他不会主动请缨去执行最艰巨且危险的浇灌水泥桩任务。无情的事实是，深夜残酷的奇寒冻得他四肢僵冷，体力不支，瞬间就滑落到几十米深的水泥桩里，一个年轻的生命就这样凝固在了楚玛尔河的大桥上。让人痛心的是，七天后他妻子来到工地安顿他的后事时，拿出的那封信竟是一封遗书。信上说，他愧对妻子和家人，他知道自己在高原执行施工任务，说不定哪一天就献出了生命。如果真的有这一天，他嘱咐妻子不要保留他的遗体，就同这封遗书一起掩埋在楚玛尔河畔。不立墓碑，也不用写碑文，只舀一勺源头活水浇在坟头坚固他的墓地。妻子和战友按照小裴的遗愿这样做了。尽管小裴没有墓碑，但他短暂的一生却充满了光辉，他将永远是青藏线上的一座丰碑。

我驻足楚玛尔河的那天，心里的滋味五味杂陈。我在那根桥柱和掩埋小裴遗书的结着一层冰碴的地上，来来回回地走了不知多少遍，反反复复地想了又想。心情很复杂，但“复杂”二字似乎又很难以真实地反映我的情感。确切地说，我心里只剩下了疼引发的爱。他还来不及享受爱情的幸福，就把无限的疼痛留给了一个姑娘。舍不下这根用小裴生命灌注的桥柱，我对着桥柱声嘶力竭地连喊三声：“小裴，你醒来！醒来吧！”

嗓子都挣出血了，却没有任何回应，只听到楚玛尔河的浪涛拍打桥柱的声音。我终于难以抑制自己对往事的回忆，想起了曾经的那座桥，楚玛尔河上那座最初的“木头笼子”桥，用此来抚慰我疼痛的心……

历史当然不可能倒转，但是把过往和今日相连、对比，任何一个建筑在它从落地初显到后来的几多变迁，其携带的历史信息自然各有千秋。也正是这几多不同，历史才变得那么厚重多彩。这就是我回顾楚玛尔河当初那座“木头笼子”的原因。

那是1959年的一个中午，炽白的太阳挂在中天仿佛不散发任何热量。我们的汽车翻过昆仑山驶入可可西里莽原不久，车队停在一条河边。那条河仿佛从天畔奔腾而来，明晃晃的一条飞浪越飞越宽，不可控制的来势。最后流到这座桥前。桥架在一处平缓的地方，水势略有变慢。桥头的崖畔半埋半露着一块毛茬茬的、劈得很不规则的长方形石头，上面写着“楚马尔河，限速10公里”，字迹有点儿歪斜，“玛”字还少写了“王”字旁，显然是临时应对，太匆忙。乍看那块似乎悬在空中的石头，随时都会掉下来。其实不会，它的根基很深，下面有楚玛尔河的流水牵着。当时青藏公路通车不久，可以理解。我清楚地记得那桥的模样，那也算桥吗？浑身上下全姓木：桥栏是木板一块挨一块地钉固起来的，桥面是木板和圆木混杂铺就的。桥柱呢？是好几根木柱用铁丝捆绑在一起合成的，中间的空心处填满了石子。立柱和立柱之间用或直或斜的木板牵着，暴露在外面的那些不算少的“П”形铆钉显得力不从心。奇怪的是，桥面的那一根根圆木或木板并没有钉子固定，都是活动的。汽车从桥上通过时，桥体的各部位都发出很不情愿的“吱吱嘎嘎”的叫声。好像随时都会连人带车翻到河里。我提心吊胆地坐在驾驶室里想，它难以承受重载，太需要一根拐杖支撑着它了！我们的车队过桥前，每台车都卸掉了车上承载的部分物资，以减轻桥的承受力。过了桥又把卸下的物资装上。

那天我们过楚玛尔河时，有一个难忘的镜头至今留在记忆里：在离桥百十米的河面上，有一大群藏羚羊正把头扎进水里面津津有味地喝着，瞧那美气劲巴不得把整个一条河吸到肚里去。我们的汽车过桥，压得桥吱嘎乱叫，也没有惊动它们，只是一边喝水一边不时地仰起脖子望望我们。我特地放慢了车速，分明听见了它们咂着水面那“吱儿吱儿”的甜蜜声音。随后我们的车队过了桥加速赶路了，长鸣车笛，它们才一齐长嘶狂叫地发出尖刺的声音，也许是给我们道别吧！从那次以后，我再也没看到藏羚羊和我们汽车兵和平共处的情景了。

这就是我第一次看到的楚玛尔河。没有给它装饰笑容，也未见到壮丽场景。它似乎没有下跪的姿势，我们也不必仰望。一切原汁原味。唐古拉山和楚玛尔河，是青藏高原上两种不同的高度，因为有了唐古拉山，楚玛尔河才流得更像一条河；也因为有了楚玛尔河，唐古拉山才挺立得更像一座山。两种不同的高度，两种雪域风光！其后，我又多次途经楚玛尔河，尤其在我当驾驶员的那三年里，每年都少不了十次八次走楚玛尔河。每次我都会寻找这座桥留下来的和已经消失或正在消失的生命痕迹。我知道，只有不断地消失，一切美好的才会留下；只有不断地消失，楚玛尔河的生命里程才会像静夜里落在它怀抱里的夜明星一样晶莹、灿亮！

锡铁山一车矿石

在20世纪50年代末至60年代初的那个时代，人们经常会看到一队队运载着黄色和灰褐色矿石的军用汽车，川流不息地向兰新铁路上的峡东火车站驶去。这些矿石经峡东站装上火车，然后运往沈阳、上海以及长沙等地去冶炼。

这就是柴达木盆地锡铁山的铅锌矿。当时的锡铁山是海西州管辖的一个二三百人的小矿场，采矿只能靠落后、笨重的体力劳动。现在的锡铁山是西部矿业集团有限公司下属的一个颇具规模的矿区。处在一个很不惹人注目的角落里，像个害羞的少女，深藏不露。那时候我常常驾驶着汽车去锡铁山运送矿石，每月总要跑上两三趟，轻车熟路。调离高原后就再也没去过锡铁山。在我的印象里，它就在格（格尔木）敦（敦煌）公路的一侧，山高且深，悬崖陡壁，秃秃的山峰上寸草不生，一年四季都给人一种燥热、干渴的感觉。从格尔木出发，穿过察尔汗盐湖不久就可到达，离格尔木最多也就是百十里路。

汽车部队运送铅锌矿完全是为了支援柴达木开发、建设，不取分文报酬。上级对我们这些负责承运矿石的司助人员的要求是，不仅要把矿石安全地运到目的地，而且还要确保完好无损地送到接货人手中。那时部队的几个汽车团都常驻格尔木，所有的进藏物资必须从兰新铁路甘肃境内的峡东车站起运。这样，我们每次装货时从格尔木到峡东这段路是空车行驶，拐进锡铁山装一车矿石就是顺路捎带的事了。

我记得是1960年初秋的一天，我随连队在锡铁山装了一车矿石后，就挂上一挡很吃力地向格敦公路驶去。那个年代，格敦公路的路况极差，更别说从矿区通往公路的这十多公里便道了。我扭动着沉重的方向盘，缓慢地行驶着，车子不时地会颠进一个又一个坑里。走了没多远，我就听到从变速箱传来一阵“吱吱嘎嘎”的异常声响。心想，糟了，变速箱出问题了。但是我仍然有一种侥幸心理，盼着走出便道也许会好些。我用一只手按着变速杆，硬是凑合着把车挪到了公路上。我长吁一口气，换上高速挡，加速向前。谁料，还没跑出一里地，只听“嘎”的一声，变速箱齿轮别了，外壳也裂了缝。寸步难行了。

我的车就是这样抛锚的。

因为车上坏的是大零件，连队的救济车无法修理，他们只好扔下我赶路去了。我心里感到一阵惆怅，更多的则是焦虑。我对助手昝义成说：“咱们俩人分一下工吧，一个人返回格尔木设法弄到一个新变速箱，再整到这个地方来。另一个人就留在这里看车守护物资。”我的本意是想让他随意挑其中一个，我俩虽然同年入伍，又是同乡，但我毕竟是他的师傅，理应姿态高一点嘛。没想到小昝蛮狡猾，他马上把球踢回给了我：“你挑选吧，剩下的归我。”我这才意识到这两种活路都不是好差使，返回格尔木去找变速箱，那家伙既笨又重，就是找到了怎么运来？再说返回格尔木的便车也不好找。留下看守汽车吧，荒天野地，忍冻挨饿，白天还好说，夜里怎么过？孤零零一车一人，不要说来个拦路抢劫的坏人，就是冷不丁地蹿出一只狼来，不把你的命要了也得把你撕个稀巴烂。我把两头权衡了一下，觉得留下看车有危险，还是我来吧，就让小昝返回格尔木去了。他没说什么，有点为难地到公路上去拦便车。

留在荒野守车的我，心中异常空寂和恐惧。太阳洒下无数缕炽白而晃眼的光线，使偌大的戈壁滩变得恍恍惚惚，人站在车前根本睁不开眼睛，而且还有一种莫名其妙的感觉，那奇异的太阳光好像随时会把所有的人吸上天空飘动起来。我只得坐进驾驶室里读随身携带的杨朔的散文集和李瑛的诗。说实在的，这种环境终究是不能够静下心来读书的，读不下去了，我就下车步行七八里地，到养路道班找养路工聊聊天，散散心。不管怎么说，白天还是好打发时光的，最难熬的是夜晚。天色傍黑时，我就用篷布把整个汽车掩盖得严严实实，再用大绳一道又一道捆扎起来。这样做一是为了保护好矿石，不仅防盗还防潮；二是为了安全，整夜里就我一个人蹲坐在驾驶室，时刻都提心吊胆，即使碰不到坏人就是扑来个野兽什么的也够我喝一壶的。我彻夜难眠，紧握冲锋枪，手指扣在扳机上。漫长的夜啊！

太阳和月亮在挡风玻璃上交替换班。

第五天，小昝灰心丧气地返回到抛锚地。他寻遍了全团也没有找到一个完整的变速箱，格尔木汽车修理厂倒是有，可人家说必须把车拖回去才能修理。我只能安慰小昝说：“没关系，等连里的车从峡东装货回来时，把我们连人带车一起拖回格尔木进厂大修。”小昝没好气地说：“你去大修吧，我在这儿看守矿石。”

小昝这一说倒真提醒了我，把车拖回了格尔木，运输任务没完成，这一车矿石怎么处理？我憋破脑袋也没想出个办法，只好对小昝说："卸车！等把车修好后，我们再回来装上矿石运到峡东。"小昝没有表示可否，许久才轻轻摇了摇头。

抛锚车继续被遗弃在荒滩上。

有小昝为伴，自然排除了我心头的不少寂寞。小昝开始情绪比较低沉，很少搭理我，仿佛这次抛锚是我有意为之。不用说这是冤枉我了。我对他说："小昝，车子坏了，其实驾驶员比谁都着急，我巴不得变个孙悟空把车开到峡东或格尔木。可是，天下真的有孙悟空吗？即使有我也变不成它呀！抛锚这些日子我没吃过一顿饱饭，没睡过一夜安稳觉。你瞧我瘦得两腮都掉肉了，熬心呀！"也许是这番表白打动了小昝，他抬眼望了我好久，然后以同情而怜悯的口气说："班长，你就别说了，谁不焦心呀！咱跟别人比没少胳膊也没缺腿，怎么偏偏这车抛锚的事就让我们摊上了？说一千道一万还是咱平时对车子检查保养缺把火，如果咱早一天把毛病发现，没出格尔木车子坏了也好去修理厂整治它呀！我作为助手当然有责任。现在抱怨谁都晚了！"听了小昝这番话后，我心里热乎乎的，同时也深感惭愧。原来他是替我分忧呀！我很坚定地对他说："当下咱们的首要任务是守好车看好矿石。你这些天跑颠太辛苦了，先进驾驶室美美睡一觉，别的你就不用管了。"他这时才想起了一件事，对我说："我回到格尔木那天，刚好碰见了苏营长，他知道我们的车抛锚后，一再叮嘱我要转告你，这一车矿石不能丢在半路上，说什么也要想尽一切办法弄到峡东火车站去。"我对小昝说："我们会让领导放心的，如果咱俩把这一车矿石扔在半道上，那不等于在战场上吃了败仗吗？还有什么脸见连里的战友？"

但是，到底如何才能够完成运送矿石的任务，我和小昝的心里当时都没有底数。

我俩一边看守汽车，一边保养车上的一些该保养的零件——说实在的，从格尔木出发前我们把全车的各部位都彻底检查、保养过了，现在抛了锚闲暇无事，是无事找活干罢了。小昝从道班背来一桶水，把发动机上上下下洗了个遍，就连引擎也擦洗得油光锃亮的，简直可以照镜子了。正是从这个“镜子”里,我看到我变得蓬头垢面，别人乍碰见我，说不定会以为遇到了野人呢。

就在我和小昝在戈壁滩看守车辆的第三天中午，从格尔木方向驶来一辆“青管局”的汽车，“扑哧”一声刹住停在了我们车前。老司机下车来，直奔到我跟前，说他是帮助我倒运矿石的。我听了有些丈二和尚摸不着头脑,问他把矿石倒运到哪儿去？他一笑,说:“瞧，只顾着急了，没有把话说清楚，是苏营长昨晚找到我们汽车队让我帮你把这车矿石倒到我车上，然后运到峡东火车站去。你和助手在这里抛锚已经一周了，吃了不少苦，也该回格尔木了。”

我和小昝很感激这位地方师傅慷慨助人的行为，也为远在百公里外的苏营长的周到安排所折服。我们三人一起动手给师傅的车上倒装矿石，再加上道班几个工人的帮忙，没用一个小时就给他的车装满了矿石。麻烦的是我的这辆“大依发”牌货车的载重量为六吨半，老司机的车只能运载三吨半，就是超载也装不完呀！老司机说：“这个你就不用发愁了，明天我们队里还有一位司机开车去峡东，也是空车，让他把剩下的矿石装上捎去就行了。”老司机握着我的手说：“在青藏线上跑车的司机，不管是军人还是老百姓，都是一家人。大家伙儿都要多拉快跑，建设新青海新西藏！”

一车矿石的故事写到这里该结束了。平平常常的一件事，但是在我心里搁了 40 多年，一直难以忘怀。特别是这些年，不知为什么，我老是想起它，想苏营长，想那位老师傅，想助手昝义成，当然也想在荒滩野外守车的我，想在青藏线上跑车的日日夜夜。那时是什么条件啊，我们吃了多少苦，忍耐了多少孤独和寂寞，又有多少相识的或不相识的人伸出无私的援手为我们解愁分忧！我们都走过来了，虽然又笨又重的跑山鞋磨破了一双又一双，甚至脚心也落下了一层硬茧、水泡，但是终究还是踏出了一条平坦大道。今天我站在明媚的阳光下问自己：如果我再遇到当年那个环境，还会有那么一腔热血吗？我是问自己，也是问别人……

民谣里的五道梁

四千里青藏公路沿线，从西宁到拉萨，分散着许多兵站。雪山下冰河旁戈壁滩，那些近似藏式民居又透露着现代建筑特色的房舍，就是兵站的营盘。绕房而建的围墙，有的是用藏地独有的掺着草根的黑黏土垒成，有的是白亮亮的石灰黏合着石砖砌成。兵屋里常年驻扎着解放军官兵，多则二三十人，少者不足十人。这些兵大都 20 岁上下，血气方刚，用青春锐气和军人的刚毅抵御着躲闪不及的高寒缺氧。

环境最恶劣、气候变幻最无常、氧气最缺乏的当数五道梁兵站。它所处的海拔高度并不是诸兵站中最高的，不足 5000 米。但是它正好坐落在昆仑山与唐古拉山之间的大风口，所以一年只刮一次大风，从大年初一刮到大年三十。四季飘寒雪，终年穿棉衣。

最要命的是五道梁的水质，极差，咸水不消说了，水里还繁衍着一种比米粒还小的红虫虫，水都快烧开锅了，那些红虫虫依然在水里漂来游去地做垂死挣扎。人吃了这样的水掉头发落指甲，有时甚至连眉毛也保不住。人们把五道梁称“鬼门关”大概不是没有道理的。

这就是五道梁，你说艰苦不艰苦？多艰苦呀！

我对五道梁最初的认识乃至后来不断加深的认识，都是沉淀在那些流传于青藏高原的民谣里。关于五道梁的民谣很多，作者是谁恐怕没有人能说得出来，然而这些民谣经久不衰地口头流传在高原，倒是千真万确的事实。有时我甚至这样想，设法找到这些民谣的创作者，让他们每人用自己的民谣写一篇见证五道梁艰苦的故事，合集成册，书名就叫《五道梁生长的民谣》，还挺有意思哩！

那是20世纪50年代末，我第一次驾驶铁马闯荡世界屋脊，老兵随口就念了一句民谣：“到了五道梁，难见爹和娘！”这当然是善意地提醒了，可我们这些新兵蛋子就不信这个邪，该怎么着还怎么着。不服不行，到了五道梁兵站那天，一下子就撂倒了包括我在内的五个新兵，高山反应折磨得我们吃饭无味，睡觉难眠，头疼得像有人用闷棍敲。走起路来头重脚轻，直打飘。兵站对面的山坡上有一个坟包，光秃秃的，寸草不生，铺撒在坟体上的石子把坟装扮得更加冷清。老兵告诉我，那坟里安葬的是一位年轻的女文工团员。两年前的3月，她随陈毅同志率领的代表团赴拉萨参加西藏自治区筹备委员会成立大会，路过五道梁兵站为部队演出，本来就高山反应的她坚持为指战员唱歌。在战士们的强烈要求下她多唱了几支歌后，缺氧，气喘，头晕，当晚她就倒在了五道梁。据说陈毅站在女兵墓前说：“三座大山都被我们推翻了，我就不信这高山反应不能战胜！”当时他写了一首题为《昆仑山颂》的诗：

峰外多峰峰不存，岭外有岭岭难寻。
地大势高无险阻，到处川原一线平。
目极雪线连天际，望中牛马漫逡巡。
漠漠荒野人迹少，间有水草便是客。
粒粒砂石是何物，辨别留待勘探群。
我车日行三百里，七天驰骋不曾停。
昆仑魄力何伟大，不以丘壑博盛名。
驱遣江河东入海，控制五岳断山横。

此后，在这个女兵墓的两侧断断续续地出现了一个又一个坟包，仍然光秃秃的，无半点绿色。掩埋的都是在五道梁献出了生命的高原人，军人居多。其中，有一位亡人我虽然没见过他，但是对他的事迹耳熟能详。可以说在青藏高原无人不知他的名字。他是兵站的司机，那一次从河西走廊某地运送一车战备物资走到距五道梁还有五公里时，剧烈的头疼实在无法忍受了，可是他不能把一车物资扔在半道上。他就让助手用背包带把他的头扎绑起来，减缓疼痛，坚持着把车开到了兵站车场上，他也伏在方向盘上永远醒不来了！

“死在五道梁，埋在小河旁。”这句民谣就这样唱起来了。

那个最大的坟包，其实安葬的是一个不足十岁的女孩。她由妈妈带着到某边防站去看望爸爸，走到五道梁因为感冒得上了肺水肿而失去生命。五道梁有民谚：“早晨患感冒，晚上转肺炎。来日肺水肿，赶紧写遗言。”这女孩是献身高原最年轻的生命了。来往五道梁的人怀着感慨万千的心情，都要到她坟前祭奠，还会情不自禁地添一锹新土。这样她的坟包就越来越大了！

我每次到五道梁兵站都会看望这个长眠不醒的女孩。我站在她的坟前，从这坟包上端望过去，眼前是一片坟地。我崇尚英雄，眼泪是飘飞的雨，思念是陈旧的痛。她的魂，还有所有献身高原的人之魂，在世界屋脊的上空飘着，不落下来，也不走远。他们用深情的眼睛看着上下世界屋脊的人！

也许是先辈的灵魂给大家注入了坚守高原热爱青藏的力量，也许是高原人在艰难困苦之中磨炼了万难不辞的毅力，五道梁民谣的内容也悄悄地起了变化，比如："过了五道梁，高原到处闯""要想狂，五道梁""青海湖里洗过澡，五道梁上抛过锚。迎日出，送月落，乐在天路唱新歌"……可以品出味道了吧，昂扬、乐观、炽热，全然是兵的思想和力量！

三个战友

三个战友

生活中每个人都免不了交友，朋友之间快乐同分享，苦难共吞咽。战友的内涵与朋友却不尽相同，它带着军营特有的气息，散射着硝烟战火的光芒。我们这三个战友还凝聚着青藏高原冰雪缺氧的酷寒。我说的三个战友就是窦孝鹏、白宗林，还有我。我们三个人大半生的军旅生涯出奇的相似，简直就像同一个人，世间少有。六十多年的战友情横跨两个世纪，几十年来共同经历的那些美好却没有消失，没有和我们告别，只是深埋在生命里永远值得我们享受、回味！

我们的家乡就在法门寺所在地陕西扶风县。18 岁那年，我们携手告别了扶风初级中学，穿上第一套军装，乘坐绿皮火车的闷罐车厢，向西行驶。那绿皮火车像一个时间的容器，把所有人闷在里面。三天三夜后我们又爬上敞篷汽车，来到昆仑山下的格尔木当上了汽车兵。眼下我们退休在京城，我在海淀区翠微军休所，窦孝鹏在丰台区军休所，白宗林在海淀区田村军休所。退休后难免会有琐碎的家务以及偶尔间无聊的空虚，但是因为有数十年来热爱文学的兴趣的相伴，我们会在身体条件允许的前提下力所能及地去读书写作，使我们的退休生活平添了几分生趣。退而不休，其乐在心。犹如停靠在码头的船，一旦有浪花卷来就切开蒙着坚固冰块的水面，将沉埋在我们生命里的能量释放出来。

我们三人经历的第一个单位是驻守在昆仑山下的汽车 76 团。先是在汽车教导营学习汽车驾驶和修理技术，毕业后分配到汽车连队当驾驶员，执行从甘肃峡东至拉萨的长途运输任务。途中要经过祁连山、昆仑山、风火山和唐古拉山。过着“早别昆仑六月雪，夜饮长江源头冰”的生活。把脚印留在蓝天白云之间。三年后，我们相继调到了团政治处当见习干事，窦孝鹏在宣传股，我在组织股，白宗林在青年股。其间，我们都开始了业余写作，时不时在兰州军区和西藏军区的报纸上能看到我们写的报道和小故事。直接说吧，我们的文学创作是从通信报道起步的。团队涌现了先进典型，我们三人就合力对外宣传。1959 年在执行西藏平叛运输任务中，九连出现了一位爱车标兵何全国，他驾驶一台被人称为“全车除了喇叭不响到处都响”的老掉牙的破车，当时战备运输任务异常吃紧，何全国的车无暇进厂修理，他凭着精湛的技术和高度责任心，驾驶这台车安全行驶了十万公里，将数万吨战备物资安全运到西藏边防，荣立了一等功。窦孝鹏以何全国的事迹为题材，创作了一篇优秀的报告文学《十万里路见忠心》，发表在《解放军文艺》《总后文艺》上，被数家报刊转载。后来总后勤部、文化部还以《十万里路见忠心》为书名，出版了一本优秀作品集，发到全军后勤部队。

对文学创作的酷爱及不断取得的成绩，使我们逐渐走出了一条快乐的道路，使生活变得有滋味。窦孝鹏创作的散文《西出阳关有亲人》发表在《解放军报》上。这篇散文是取王维的边疆诗“劝君更尽一杯酒，西出阳关无故人”为意境反其意创作的，反映的是阳关道上的养路工人和军车司机难以割舍的鱼水深情。我当时拿着这张《解放军报》读了好几遍，给我一种难以抑制的冲击力。感到眼前豁亮，心头顿涌丝丝暖意。回想起来我也多次驾车从阳关走过，每每经过也会默念这首唐诗，怎么就没有写作的意蕴呢？生活中容易撞到鼻尖下的事，有时反而容易失去。关键是我们不但要读书还要多联想，让书本知识渗透到现实生活的土壤中去，才会生发新的天地。直至数十年后，我每每和年轻文学爱好者谈起写作，总要提到孝鹏这篇散文对我的启示。《西出阳关有亲人》我一直剪贴在一个本上，后来因为常翻阅掉了一个角，我从别处剪来同样的铅字补上所缺的字。

参加西藏平叛战勤运输，是我们下到连队后的第一个硬仗。我们驾驶着汽车追星赶月地在青藏线上奔驰。连续旋转的车轮把公路上的鹅卵石都挤得迸闪出火花。为西藏边防运送去多少战备物资和多少支前的工人，把多少参与平叛的指战员运送到战斗的前沿。这些只能从车上里程表记录的数字推知。战勤运输结束后，我们三个战友分别荣立了三等功。青藏兵站部通报表扬了我们。那天，团里领导专门请我们三人在团里小灶吃了一顿饭，我觉得那是天下最好的美味！

那个年代，高原部队的文化娱乐生活，单调得像戈壁滩上枯萎的红柳包一样。看一次电影也“跑片”轮流着看。什么意思？一个电影放映队要在五六个部队驻地来回跑，汽车部队、兵站、转运站、医院……轮到我们头上可不就差不多一周时间了！我们团的王品一政委多次对有初中文化程度的我们三个人说：“你们是咱们团里的秀才，要发挥特长，给指战员们的业余生活增添些亮色！”团首长下了命令，我们照办，在政治处高主任的具体领导下，我们的文化娱乐生活迈出了新步伐。

团里业余文艺演出队应势成立，编导、演员都由我们三人包揽，后来又从几个连队物色了几个文艺骨干加入进来。编剧自然非孝鹏莫属了，这之前他在兰州军区《连队文艺》上发表过小话剧《问路》《抢掩斗》，以及纪实散文《迎着晨风而来的姑娘》等，特别是《迎着晨风而来的姑娘》产生了较大的反响，青海省作协的有关人员还专门访谈过孝鹏。这篇作品的主人公就是白宗林。在分配角色时，长得白白净净的白宗林自然是主演了，且扮演女角。我干什么呢？虽然我当时在《解放军报》发表过散文，且获得总政治部颁发的“四好连队五好战士”征文证书，但对吹拉弹唱实在是外行。窦孝鹏便给我虚设了个职务：导演助理兼后备演员。所有演出都是天作帐子地当台，锣鼓家什一敲就开场。如果只有一个连队从线上回营，我们就在连队的院子里撑一块幕布演出，如果是两个以上的连队回营，就在大操场演出。对啦，孝鹏还有一个职务：负责报幕。一次，笛子独奏《我是一个兵》出场了，他慌乱之中报成了：“下一个节目，独子笛奏！”这下，笑翻了台下的观众。搞笑的例子还有呢，那是演活报剧《东郭先生》，只有两个演员：东郭先生和一只狼。孝鹏指名道姓让白宗林饰东郭先生，谁演狼呀？这时他的目光投向了我：“该你露一手了！”这家伙真坏，让我当后备演员，原来在这里等着我呢！演就演吧，以大局为重，反正我把一件皮大衣翻过来毛朝外，披在身上，不露脸，谁晓得狼是谁扮演的呢？漏洞出在狼扑向东郭先生那个动作上，或许是我太紧张，该扑向东郭先生时没有及时扑，急得白宗林直喊:“快扑,往我身上扑！”我忙扑,一急之下大衣掉了，整个人暴露在光天化日之下，狼变成了人！看演出的指战员都听见了，看见了！满台下哄堂大笑。多少年过去了，每每回忆起这件事，我们三个人都会笑得前仰后合。高原军营生活多有情趣，苦中含乐！

弄巧成拙。后来每次演《东郭先生》时，这个挣脱掉皮大衣，让“狼”显出真身的动作成了必须出现的情节。指战员们乐得掌声不断。甚至在皮大衣还未脱掉前迎接的掌声就先一步响起来了。艺术来源于生活，谁能说不是呢！

我们团里的文化娱乐生活开展得有滋有味，名贯青藏线，有一个人的作用不能不提及——团俱乐部主任郑福存。他在解放战争时期是华北军区文工团分队长，曾和田华同台演过歌剧《白毛女》，田华扮演喜儿，他扮演喜儿的父亲杨白劳。前不久他到北京出差，去八一电影制片厂看望田华，两人还共进午餐。可想而知，有这样一个资深的俱乐部主任，团队的文化娱乐活动还能落后吗！我们演出的节目曾参加过兰州军区业余文艺会演，获得创作和表演双项奖。我和窦孝鹏同一年同一批成为青海作家协会会员。

天空飘着被风吹散的雪花，指不定哪一天会聚在一起，凝成落雨的云。1964 年春天，我背着绿色背包带捆得四方四正的军用被子，前来北京参加总政治部宣传部举办的第九期新闻干部学习班。随后，一纸调令我被调到了总后勤部宣传部。次年，窦孝鹏在出席了全国青年创作积极分子代表大会后，也调到了总后勤部宣传部。开始我俩都在创作室从事文学创作，办公桌挨着办公桌，天天坐班，夜夜加班。我写出了一篇散文请他提修改意见，他有了新的创作题材也总是在第一时间告诉我。不久，我俩又一同调到《后勤》杂志社当编辑和记者。这当口儿，总后勤部召开学习毛主席著作积极分子代表大会，我俩都在会议筹备组采写典型事迹材料。没想到在这里等到了白宗林，他作为兵站代表的领队到了北京。会后，总后勤部机关在学习毛主席著作积极分子中选了一批年轻人“掺沙子”进了机关，白宗林被选到了《后勤》杂志社，我们缘分真不浅啊！我们三个人又到了一个单位，且住在同一栋筒子楼里的三个办公室，出操同站一个队列，吃饭同进一个食堂，睡的都是上下铺的单人床。

我们在传承前人的道路上守正创新，不断前行。生活在改变着我们，我们也在改变着自己。站在京城的长安街上，我仿佛看到不远处的天上有一只鹰在盘旋，它有可能是来自昆仑山吗？

“文革”中，我们三人各自带着八百里秦川吃着苞谷糁成长起来的乡土妻子，办理了随军手续，把家安在了京城，同住在总后勤部大院的一栋筒子楼里。吃一个锅里的饭，说一个腔调的陕西方言。这之后，白宗林蹚了一段仕途之路，先后在汽车团、格尔木兵站和解放军三〇四医院政治部担任领导职务。我和孝鹏初心不改地继续爬格子，激情一年胜似一年地创作小说、散文和报告文学。

我们三人近距离是友情，远距离是思念，不分远近心中总会有彼此，用生命影响着生命。闯荡高原的脚印被冰雪埋在冰雪里，当然也被阳光砌进长安街的柏油马路上。我们相信这些脚印最终会被春风叫醒，溅出火花来。

回忆在青藏高原那段既寒冷又温暖的旧日子，它毕竟消逝着我们永生都熟悉且难忘的艰辛，谁能说艰辛不会变甜果呢！ 1987 年初，解放军文艺出版社出版了窦孝鹏的长篇小说《崩溃的雪山》，这是最早反映西藏平叛的长篇小说。解放军总政治部 1990 年将该书作为在全国遴选的“百部优秀图书”向全军部队进行了推介。我的书柜里至今仍然珍藏着孝鹏签名的这部小说，他的签字是：“我把咱们共同见证的西藏平叛先一步见诸文字，诚恳希望得到你的指正。”指正，谈不上。我倒是认真读了这部长篇。其实我也早就有写反映西藏平叛报告文学的设想，且已动笔。善于把别人作品的优点融会贯通到自己笔端，这不是低级的模仿。在我这类题材的散文、报告文学写作中，《崩溃的雪山》多次启示了我的写作。平叛题材的长篇我倒也没写成，最终只写了三万字的散文《情断无人区》，发表在《解放军文艺》上。高山横在眼前越不过去呀！

我和孝鹏的第一本散文集《春满青藏线》，两人合著，1975 年 5 月由天津人民出版社出版。这不是我和孝鹏的本意，也许是天意吧！事情是这样的："文革"前，天津百花文艺出版社出版了一批在国内很有影响的散文作家的作品，比如秦牧、沈从文、孙犁、袁鹰等，百花文艺出版社因此名贯神州，作家们把能在这里出版散文集看成一种很不一般的待遇。初生牛犊不怕虎，我和孝鹏没有商量，连任何暗示也没有，就各自把自己的散文集投寄到百花文艺出版社。我的散文集叫《青藏线上》，是双挂号寄走的，孝鹏的散文集取名《长长的青藏线》。出版社收到了两本同样是反映青藏高原军营生活题材的书稿，便将两本书捏合为一本书，合而为一，以《春满青藏线》为书名出版了。不能不佩服编辑的良苦用心，还真有点高山流水觅知音的意味呢！当时"文革"的战车刚驶过，百花文艺出版社这个牌子还没有亮相，大概太柔情吧！是以天津人民出版社的社牌出书呢！再有，书的封面上没有作者的名字，只在版权页上有我和窦孝鹏的名字。这也是"文革"的留痕。自然不会有稿酬了！我们已经很满足了。后来，责任编辑告诉我们，现在可以名正言顺地署作者的名字了，我们这本散文集大概有几百本封面上有我和窦孝鹏的名字。但我们没有看到。

我们三个战友的日子过得坦然、自然、舒心，心里总是涌满知足的幸福。是有意或无意并不重要，是偶然或必然也不计较，宁肯亏了自己也不负战友。有福同享，快乐共赏。我的散文集《藏地兵书》获得第五届鲁迅文学奖后，白宗林得到消息是在晚上，他迫不及待地打来电话：“老王啊，你真是越活越年轻了，鲁迅文学奖这么重量的牌子你也扛得动！”孝鹏写下了《七旬老人叩开鲁迅文学奖的大门》一文，文中写道：“王宗仁在职时，一趟趟上高原，或许是职责所系；退休后，他不听家人劝阻，仍‘不安分’地一趟趟地闯高原，与雪山、戈壁亲近，触摸昆仑山、通天河，写出了一个个感人至深的高原汽车兵、兵站兵、管线兵、卫生兵、通信兵、仓库兵（包括一些家属），所以他给自己的书起名《藏地兵书》，是名副其实的。这也是他的作品具有强大生命力的根源所在。大家都说，他退休后焕发出了自己生命中的第二个青春期。”孝鹏的这篇文章，2016年获得全国第三届“书写人生第二春有奖征文大赛”一等奖。

我们三个战友最后一次会聚在我们日思夜想的青藏高原，是在1990年夏天，我和孝鹏参加青藏线文学笔会，从西宁到拉萨全程走了一趟青藏公路。当时白宗林在二道沟兵站当教导员，兵站的指战员都很爱戴这位教导员。从一定意义上讲，我和孝鹏参加这次笔会主要是看望白宗林。那次我俩特地在二道沟兵站多停留了两天。他激情洋溢地给我俩讲了许多兵站的新人新事。二道沟兵站是一个坐落在昆仑山中平坝上的一个中午站，就是过往的部队只在此地吃一顿中午饭，不留宿、小憩。老战友在我们日思夜想的昆仑山中会面，我们都很激动，倍感幸福。白宗林搜肠刮肚地给我俩讲了发生在兵站上的许多故事，讲兵站指战员们平凡作为中的崇高与温情。直到现在我仍然清晰记得白宗林给我讲过的那句话：“我来到二道沟兵站首先把自己当成曾经的高原汽车兵，然后才是教导员！”我和孝鹏在二道沟兵站虽然只停留了三天，但是心境愉快，收获充实。后来我创作出了《二道沟的月亮滩》《野牦牛的喜与悲》两篇散文，首发后被多家报刊转载。

人一生中最美好的风景都在路上，半个多世纪的岁月里，三个战友及战友的战友留在昆仑河畔兵站土坯房里的，还将会有我们的记忆。我们仍然有约，力争在有生之年再寻机会上一次青藏高原，哪怕是到昆仑山下格尔木的柏油马路上蹭一鞋底雪片，也是乐呵呵地享福！格尔木是我们人生的出发地啊！

我们三个战友在青藏高原数十年的所有都会随风而去，后来人也许不会重复。但是如何面对苦难，如何享受苦难之后的甘甜，后来者可能会从中得到一些启示。我们三个只是三颗星星而已，既没有月亮那么皎洁，也没有太阳那么火热，但我们在茫茫人海里各占其位，互相依托，各得其所，有路只知朝前走，共闪其光，共享其乐！

唐柳姑娘

我最近一次到拉萨是在2000年的冬天。古城冬日阳光的密度甚至比夏天还要拥挤。

穿过布达拉宫广场来到拉萨河，我看见一位舀水的藏族姑娘，一瓢一瓢轻巧地舀起拉萨河的水，灌进印着“八一”红五星的木桶里，水花像她的氆氇裙一样鲜丽。她的长发梳扎成一条一条小辫子，很整齐地分散在两肩，半遮半掩着那张红扑扑的脸庞，好动人！

姑娘的身后是坐落着布达拉宫的红山，她投映在河面上的倒影，被山水调理得雅韵悠柔。她像我见过的许多藏家姑娘，又不像她们中的任何一个。人嘛，谁不爱江山和美人！我在河这边，她在河那边，我对着她的背影喊了一声，她没回头，背着木桶径直走向布达拉宫广场。

我想，也许她没看见我，但我的喊声掉进拉萨河里，被她舀起灌进桶里储存了起来，总有一天她会听见有人在喊她。

这个舀水姑娘就这样舀进了我的记忆里。她仿佛在真实与虚幻之间，放不下又唤不来。好比水中望月，直到月落了，我什么也没看明白。但是我记住了姑娘舀水的那个动作，也记住了她的身影是在布达拉宫广场消失的。消失归消失，但好像又有一股陌生的熟悉气味在呼唤我。一个人的缺失，让季节永远停在了春天。

次日，还是那个时辰，我来到广场。她会出现的，她的身影从哪里消失，就会从哪里再现。我这样坚信。

我的愿望说起来很简单，单纯得很，就是想以布达拉宫为背景，跟她照一张合影。我上百次来拉萨，留下的照片装满两个相册，却没有与藏族姑娘在布达拉宫前合过影。这也算是个遗憾吧！话又说回来，即便合影又能怎么样，满足一下心愿而已。相册上添了一抹色彩。人嘛，谁有时没有一些说不清道不明的忽长忽短的渴望和相思。一旦满足了，心里就像装上了羌塘草原，会辽阔好些日子。没有得到，心里也许会惦记一阵子也就没事了，总不会倒下。布达拉宫在世界上也是值得炫耀的宫殿，在它前面留影纪念，我相信我的心情会像阳光一样明媚。更何况要和我合影的那个舀水姑娘的木桶上，还有一颗“八一”红五星，这对军人有特殊的亲切之感。

那天，我还没走到头天和舀水姑娘分别的地方，老远就瞅见一个姑娘背着水桶朝我走来，先是那个水桶，我好像见过，上面有“八一”五角星图案。可是走近一瞧，背水的人却换了，军帽下的脸是陌生的模样。我有点不好意思了，赶紧收住了未出唇的问话，同时止步。就在这一瞬间，姑娘脱下了军帽，呼啦一下一束小辫子像瀑布似的散在了两旁。是她，正是昨天的那个舀水姑娘！我一时有点手足无措，不知说什么好，却异常高兴。

倒是姑娘大大方方地问我：“你昨天不是叫我吗，有什么事？”我是叫她了，可是她现在问我有什么事，我还真说不上来，或者说不好说出来。当时我以为她没有听见我叫她，尽管我希望她听见。她现在这么主动问我，我真不知如何回答，羞得有点无地自容了。

“说吧，叫我有什么事？”她还是那么大方，逼问。

遇到这样直率的姑娘，你再羞羞答答就多余了。我的勇气一下子来了，索性有话直说：“我想和你合影，就在布达拉宫前！”

“当然可以！”她很痛快地答应。说话间，她已经走上了通往布达拉宫的梯形台阶路。我紧随其后。站定，她招招手，让我站在她身旁。我把照相机交给一位过路的游客，别看我是主动要求和她合影，可一旦站在陌生姑娘身边，还真有点紧张。笑也不是，不笑又不合适，双手也不知怎么摆放。

她显然看出我太紧张，说：“你就当站在你身边的是一棵树，这样就不会紧张了！”她指着不远处大昭寺前那棵唐柳这样说。我把目光移向唐柳。

这棵柳树是当年文成公主远嫁藏王松赞干布时从长安带来落户拉萨的。千余年间，它经过枯萎、重栽，再枯萎、再重栽，重重叠叠的绿荫一直蓬勃着。唐柳，一棵无限循环的活物，即使我把时间倒过来，也永远无法和它接近。但是，今天在藏族姑娘有意无意的指引下，它真实地活在了我心里。我看着它，想到了文成公主，心情马上放松下来。就在这一瞬间，只听快门“咔嚓”一声脆响。

拿相机的游人把相机交还给我，半玩笑半认真地说：“这张照片很有意义，照的效果也不错。你有幸和‘唐柳姑娘’合影，叫人羡慕！”他把“唐柳姑娘”四个字咬得特别重，好像那姑娘真的就叫这个名字。

姑娘挥手和我告别，她再三叮咛：“照片洗出来一定寄我一张！”

她留下了名字，还有通信地址：西藏林芝歌舞团。

写在照片背面的入党申请书

我的战友王治江倒在巴颜喀拉山中叛匪罪恶的屠刀下，长眠不醒五十多年了！我作为现场见证人，永生都难忘记他那紧握冲锋枪瞄准敌人的英姿。我们在清理遗物时，曾经读到了他写在照片背面的入党申请书。虽然这份入党申请书只有五行字，但他却用整个人生来酝酿！

半个多世纪过去了，包括我在内的这一代人真的已经老了，一切都变得陌生或者成熟。但是在王治江倒下的地方，在我的记忆里，那摊鲜血永远那么清新、鲜亮。他还是十八岁，永远的十八岁。从那个清晨一直到此刻的这个傍晚，那摊鲜血一直不改颜色地装点着那片雪域高原！

那一天，是我们汽车连队攀上青藏高原后遇到的最冷的天气，茫茫雪野，处处似乎都是坚固的冰块和揪心的焦虑。扑面的寒风把人的头发都冻得要在帽子里立起来了。头天夜里突降的那场雪，仿佛没有带来丝毫的湿润。

王治江就是在这个早晨，怀着对军旅生活的热爱离开我们的。那天我们连队从花石峡兵站登车上路后，车队要经过蛮荒的野牛沟，之前他好像有什么预感似的对我交代了一件事："乡党，我万一有什么不测，别忘了军用挎包里有我托你要办的事！"我记住了，当时却没太当回事。

那个年代，青藏地区刚解放，时有小股叛匪从沟沟岔岔里窜出来骚扰军车，抢劫车上的军用物资。偏僻的野牛沟是我们车队的必经之地，一度成为叛匪集散地。这些匪徒自然不可能使我们草木皆兵，但每次经过野牛沟前，我们都必须把车辆检查好，然后拉开距离，一辆一辆快速通过。万一哪辆车被叛匪拦劫，其他车不必停车照看，由压阵车上的连长或副连长应对。

王治江的死，那种惨不忍睹的场面，戳得我一辈子都心肝疼。那天，王治江和驾驶员一死一伤。他从驾驶室里出来后躺倒在冰雪里，不常梳理的头发上沾满苦涩的泥土，额头有一指长的刀痕，右手食指紧扣着木把冲锋枪的扳机……

事后，我们分析了这辆车被毁的可能经过：由于驾驶员的惊恐，或车速缓慢或车子抛锚，才让匪徒有了可乘之机。当然也不排除另外一种可能，匪徒设了路障，颠翻了这辆汽车。

收拾他的遗体是在我们完成任务返回到野牛沟以后。当天傍晚我们就回到了王治江殉职的现场。他车上的物资被哄抢得七零八落，特别是那些要运到边防部队的各种肉罐头，由于笨拙的匪徒不懂得如何开启，多数都被摔扁或踩瘪了，流淌在满地。汽车的引擎盖变得坑坑洼洼，两个车灯被砸烂了——他们以为灯是汽车的眼睛，把眼睛捅瞎，车就无法走动了。

王治江躺在离汽车百米处山坡下的一个低凹里。呼吸早已停止了，地上凝固着斑斑血迹。唯有他胸部一处的伤口，还在不时向外渗着血，那也许是他心脏里的血吧……

现场的迹象表明，当时王治江面对匪徒进行了顽强抵抗，但是寡不敌众，数十个匪徒，他无论如何是对付不了的。

战友们围着王治江的遗体，默然不作声，只是悄悄地抹着眼泪。

这时，天空洋洋洒洒地飘起了雪，越飘越大。王治江安静地躺在铺着枯草的地上，雪花不断地落在他身上。奇怪的是雪花飘在他身上立刻就融化了，化作亮洁的水滴。这使人想到他的身体还是热的，甚至想到他并没有死去，脉搏仍在跳动。数十年后，我常常回忆起当时的情景，假设有今天这样的医疗条件，退一步说，当时有医生在场，指不定王治江还有被救活的可能。

每当想到这里，一种美好的愿望常常使我觉得王治江并没有离我们远去。他一直朝气蓬勃地活在我们心里。这，就不能不提到他的那份没有写完的入党申请书！

和治江的遗体告别时，我们在他的身旁站了足足半个小时，当时副排长于承欣突然蹲下身子，抓起治江的头发，扯着长长的哭声喊道："治江，你醒醒，你看大家都看你来了！全是你熟悉的战友，你醒醒吧！"他用劲太狠，竟然抓下来治江几根头发。他说他要把这些头发保存起来，等到回家探亲时，交给治江的新婚妻子。他俩是同乡战友。之后，他脱下皮大衣，给治江盖在身上，他特地用皮大衣那毛茸茸的羊毛遮掩了治江那满是血迹的脸。正是这件佩戴着上等兵军衔的皮大衣，给治江送去了军营的最后一丝温暖，也成了他唯一的陪葬品。

王治江的入党申请书正是从他叮嘱我要关注的那个军用挎包里发现的。那里面有一个部队发的笔记本，笔记本首页夹着他的一张半身黑白照片，照片下端印制着“西宁照相馆”的字样。照片背面是他写了一半的入党申请书，那是用铅笔写的五行字:“我叫王治江，1939 年 8 月出生在陕西扶风县，家庭世代贫农。父亲在旧社会给财主家里扛长工，母亲纺织挣钱，我跟着哥哥放牛。一家人吃的饭顿顿都清汤寡水，能照见人影。我爱党爱新社会爱军队，希望党支部考验我……”每次回想到这里，我可以感觉到，他的心当时正被大爱大痛点燃着，启悟着，净化着，让我觉得他的生命仿佛可以在历史和现实之间穿越，重新站在我们面前。

在青藏高原亿万年的变迁史上，一个士兵在一瞬间里发生的故事，一份写在照片后面的入党申请书，已经被时光锤炼为永恒！

藏北的笛声

藏北的笛声

当青藏高原进入一天中最宁静的午夜时，藏北是这宁静的中心。这时，所有的灯都熄灭，所有的路都入睡，所有的河都沉默。大地一片寂静，静得仿佛能听见月亮打盹的鼾声，静得连躺在它怀抱的念青唐古拉山都显得比白天缩小了许多。夜空浮游着几朵不肯回家的云，它时而遮掩了月亮，时而又把月亮裸露出来，给藏北的夜平添了几分神秘。

这晚，我投宿藏北草原上八塔附近的谷露村。我选择在这里停留，当然出于对藏族人民心目中至高至圣的英雄格萨尔王的敬慕。相传当年格萨尔王曾率兵在这里驰骋征战，他旗下的一名大将夏巴战死于此。为表彰夏巴，格萨尔王修八塔安葬夏巴。我是来向英雄祭奠的，没想到在古代英雄的坟旁，竟长眠着一位当代英雄。

后半夜，一阵笛声在浓浓的月色下从藏式小楼的窗口飘进来，把我摇醒。那笛声很舒缓，音调是悲切的。有时断了，有时又续上。断时余音缭绕，续时仍有断掉的留痕；有时近了，有时又远了。近时犹如在脚下，远时仿佛来自月宫。我的心被笛声牵动着，便翻身起来，站在窗前，倾听这不知从何处传来的笛声。一时间笛声竟填满了小窗，窗口似乎盛不下这笛声，飘出了窗外。突然我有一种感觉，这悲凉忧伤的笛声开出了苦花，又结出了苦果。笛声中风来了，雨来了，搅得我的心也跟着酸楚起来。

我猜测着这个吹笛人，是老者还是少年，是男性还是女性？为何半夜三更吹奏这肝肠寸断的伤感乐曲？我仿佛已经清清楚楚地看见那吹笛人，用一双灵动而又沉重的手指从笛孔弹压出这足以能表达其心思的音符。

次日，当地牧民多吉老人给我讲了一个关于藏族女孩哭坟的让人伤心落泪的故事，它开启了我心中的疑团。

十多年前，一场罕见的暴风雪防不胜防地袭击了藏北草原。它给这块瘠薄土地带来满目疮痍，至今提起来让人胆战心惊。数不清的帐篷被暴风雪揭走了，成群的牛羊被零下 40 摄氏度的奇寒冻死在牧场上。还有很多老人、儿童在这突如其来的风雪中奔走哭号，最后他们筋疲力尽倒在地上，有的再也没有起来。

扎西色珍实在弄不清楚她是在哪一刻失去了阿妈阿爸的，只隐隐记得在她家的帐篷被风雪连根拔起的那一瞬间，她就像长了翅膀一样开始在草原上飘摇。也许飘摇了一个白天，也许飘摇了大半个夜晚，她什么也不知道。此刻，疲累、饥饿、奇寒把她撂倒在一个陌生的地方，奄奄一息……

发现扎西色珍的人是解放军某文艺演出队的一位演员，他在边防线上演出后返回途中路经藏北，便参加到救灾的行列中。扎西色珍是他抢救的第三个冻倒在雪野的藏胞。这时他的体力消耗得几乎连举步的力气都没有了，他无法背起已经昏过去的扎西色珍，只得将她抱在怀里一步一挪地往救灾点走去。

后来，扎西色珍知道了一切。最使她难忘的是别人告诉她，这位解放军叔叔救她时的那个细节：他虽然已经失去知觉，双手仍然握着笛子。在他抱着扎西色珍昏倒在地时，正是尽平生之力吹出的微弱的时断时续的笛声，唤来了战友，救出了她。他当时吹奏的曲调是《我是一个兵》。

扎西色珍的身体刚一恢复，就带着那支笛子，来到一个用终年不化的冰块雪团砌成的坟茔前。这里安葬着那位舍命救人的军人。他长眠在这个藏胞为他营建的特殊墓穴里，遗体就能在较长时间得到完好保存。扎西色珍在坟前肃立很久，眼里噙满泪花，却没有流出来。救她的恩人是个坚强的军人，她不愿在他面前表露出丝毫的稚弱。

失去亲人的扎西色珍虽然只有 16 岁，却顽强地生活着。在风雪里滚打出来的藏家女孩有雪山一样的坚毅性格。

她赶着政府分给她的羊群在广袤的藏北草原上游牧。今日住在小河旁,明日暂栖雪山下,食无定时,睡无定点。日子过得充实、自由。只是一看到挂在帐篷里的那支笛子，她就怀念救命恩人。她很快学会了吹奏笛子，是专程拜师一位藏族老艺人才学会的。她会吹十多支曲调，首先学会的当然是《我是一个兵》。不管吹奏什么歌曲，从笛孔里流出来的都是异常凄凉的情感。她是向那位离开人世的军人倾诉心声！

有人告诉扎西色珍，每天夜里五更天夏巴英雄的英魂在八塔下显灵，那里便聚集起一大队格萨尔王的英雄士兵。这本是藏地的传说，扎西色珍却相信了。她想，那位用生命救了她的恩人也是英雄，这个英雄相聚的时刻他也会在其中。于是她便在五更天起床吹笛，让英雄在天之灵知道她的感恩、思念和祝愿。

这个平平常常的藏北之夜，我的所有心思都被从远处传来的笛声牵去。我抬头望月，觉得那笛声缭绕着月亮；我低头看河，感到那笛声溢满小河。吹笛人,你很美。也许今夜你不快乐,但不必忧伤。因为你的笛声是一盏灯，会把藏北的暗夜全部照亮。

高原的美丽在于缺氧

——我和高山反应

谈及高山反应对人的无情袭击，怎能不愤恨缺氧！何谈美丽呢？自然是经过了难以忍受的疼痛以后，极端的痛苦反而变成了美好，美丽！物极必反，是吗？

青藏高原的山太高天气太冷氧气太少,被人们称为“生命禁区”。大概因为我有百余次跨越世界屋脊的经历，总有一些人见了我就要打听让他们担惊受怕的敏感问题。高山反应真的会要人命吗？缺氧时到底是什么滋味？血压高能不能上唐古拉山……五花八门的问题，无一不都是对高山缺氧的胆怯！

当我写下这个标题连同它的副题后，连我自己也觉得怪怪的。缺氧的美丽？没听说过！有人很可能要做这样的猜测：我要讲自己和高山反应的美好故事了。要不美丽二字从何谈起？这实在是一个误解，其实我恨死了高山反应，即便咬牙切齿也难解心头恨。我曾经亲眼看到和我同年入伍的同窗战友被高山反应折磨得送了命的惨景，当时他的脸抽搐得像核桃皮一样皱皱巴巴的，不成样子。我一辈子都忘不了他的那张痛苦难忍的脸盘！这个战友叫王治江，入伍前我俩是初中同级同学，入伍后又是同一个连队的战友！

王治江是在被高山反应折磨得痛苦难忍的情况下又遇到叛匪的突然袭击，在巴颜喀拉山的野牛沟献出了十八岁年轻的生命。我的散文《太阳很红，战友倒在雪山上》真实地记录了他献身的经过，其中有这样一些文字：

那天，太阳很红，但是它似乎不散发热量，倒像刚从冰窖里捞出来的一块冰坨。

王治江就是在这个早晨怀着对这个冰坨太阳的诧异离开我们的。后来我始终认为这是个不祥之兆。我们的车队上路之前，治江对我说："今天这太阳半死不活的样子，好像随时要爆炸。"我听了一笑了之，心想，既然半死不活，怎么会爆炸呢？笑话！

他就是在讲了这句话之后不到一个小时遇难的。我恨死了那个报丧的冰太阳。

在《太阳很红，战友倒在雪山上》里，我还用颤抖的笔写下了王治江遇难后的凄惨现场：

治江静静地躺在长枯草的地下，雪花不断地落在他身上。奇怪的是那些雪花飘在他身上立马就融化了，且不留一点水迹。这使人想到他的身体还是热的，甚至想到他并没有死，脉搏仍在跳动。数十年后，我常回忆起当时的情景，我假设，如果有今天这样的医疗条件，退一步说，当时有医生在场，说不定治江还有被救活的可能。

我是1958年入伍走上青藏高原的。那时候高原的自然环境和生活条件相当差。我们这些新兵最发怵的是高山反应。这个过去在内地从来没听说过的怪病，被一些好事者加油添醋渲染得简直像景阳冈上的老虎一样穷凶极恶，好像它吃不掉你也会把你咬个千疮百孔。正如我们在前文听说那样，“不冻泉得了病，唐古拉山要了命”“到了五道梁，难见爹和娘”“早上得感冒，晚上转肺炎。来日肺水肿，赶快写遗言”。够吓人的了吧！

在这种恐惧的氛围中，我们这些新兵第一次上唐古拉山被吓得出现战战兢兢甚至腿肚打转乃至惊慌失措的情况就在所难免了。从车轮离开驻地格尔木那刻起，新兵们就开始打听翻越唐古拉山的具体时间。心里有了障碍呀，既想体验过山时高山反应带来的滋味，又惧怕这种体验。尤其是新兵小张，分明得了“恐高症”，汽车走不了几公里他就向老司机打听一次。司机看出他的情绪有些紧张，就安慰他不必紧张，说他们已经好几次闯过唐古拉山了，一般人都不会有太大的反应。小张还是紧张，继续打听过山的时间。一直到了中午，小张觉得有点不对劲，又问：“到底什么时间过山？”老司机这才告诉他，一个小时前已经过了唐古拉山。小张一听，脑子一片空白，头好像都朝下了，马上晕了过去。天啊，要命的唐古拉山！

听起来这件事好像是个笑话，但确实是真人真事。它不可辩驳地说明人的精神作用多么重要！你惧怕高山反应，心里的防线崩溃了，即使身体健壮，你也可能败下阵来；如果你藐视高山反应，在气势上先一步压倒它，只要你身体没有大毛病，就能战胜它。小张不是被高山反应击倒的，他是自己把自己吓倒的。不是有这样几句豪言壮语：困难像弹簧，看你强不强。你强它就弱，你弱它就强！

我特别欣赏五道梁兵站院墙上的那句标语:“要想狂，五道梁！”这是针对“到了五道梁，难见爹和娘”吼出来的一句豪言壮语。一个“狂”字，活脱脱地蹦出了高原战士的豪迈气魄。

数十年间，我在青藏高原不知疲倦地奔波，不可能没有高山反应。但是我心里有个底数，我的身体很健壮是可以抵挡高山反应的。我总有这样一种心理：我大步流星地走在世界屋脊上，可以昂起头向人们炫耀：我的脚下是唐古拉山，唐古拉山没我高！从一定意义上讲，正是这超拔的海拔、高山的缺氧、酷寒的气候，锤炼了我和战友们的忍耐力。青藏线精神里“三个特别”不就有一个“特别能忍耐”吗？我尤其欣赏、钟情这个“特别能忍耐”！这是高山缺氧带给我们的一种馈赠。

有这样一件事：1996 年夏，我约请了 20 余名作家赴西藏采风，途经唐古拉山兵站时，不少人头昏脑涨，吃不下饭。我坐在食堂一口气吃了三个烧饼喝了两碗稀饭才罢休，大家围着我很羡慕地“参观”。我说：“高山反应专门欺负不吃饭的人，因为你吃饱了肚子就有力气和它斗，战胜它！”几个同志鼓起勇气吃起了烧饼，他们说：“从来没有吃过这么香的烧饼！”

在这里，烧饼带着很强烈的精神指向。我还是要说，因为有了高山反应,唐古拉山的烧饼才有这种殊荣。难道不是吗？它不美丽吗？

有一个细节我终生难忘。在昆仑山中一个连队的窗台上，我看到罐头盒里盛开着一簇一串红。它那艳丽、翠绿的枝叶花朵，把山中的积雪、冰川也映得有了生命。就在这花簇中间挂着一个小木牌，上面写着两个字：忍耐。

瞬间，我领悟了一种精神，联想了许多。士兵们的忍耐是一种责任，一种忠诚，更是一种美德。这正是高原军人特有的摧不垮的精神！高原的美丽在于缺氧。胡杨、红柳在严重缺氧的日子里，展现着苍凉宏大的妩媚。冬景胜春华！撕得越碎记得越牢。正是此理！

我还要说那句话：因为缺氧，才显出了高原军人美好的心灵。这怎能不是缺氧的美丽？

高原的美丽在于它的缺氧，这是我这篇纪实文学的结尾，也是我用双脚和灵魂继续跋涉高原的开始！

把春天捧回昆仑山

——萝卜、西红柿的妙用

从格尔木南行，不足一个小时的车程，就到了艾家沟口。当年慕生忠修路时不通汽车，步行整整一天，还得摸着星光上路，踩着夕阳到达。其实，艾家沟口是一条河的名字，群山中的河，两岸的悬崖少说也有十余丈高，齐陡陡的，刀劈出来似的。沟底淌着从昆仑山深处消融的冰雪水，滔滔激流飞卷着雪浪花，奔腾不息地流向山外，一里外都能听得到那擂鼓似的涛声。

艾家沟口原来的名字叫雪水河，改成艾家沟口与慕生忠有关。但它不是慕生忠命名的，是修路人的集体创作。

慕生忠在家乡陕北吴堡县闹革命时，外号叫“艾大胆”……

慕生忠出生在一个没落地主家庭，这个沉重的包袱非但没有羁绊他的脚步,反而张扬了他的叛逆性格。他背叛家族最初的动因，是看到周围那么多衣不遮体食不果腹的穷人在饥饿之中挣扎。这使他在那个相对富裕的家庭里生活得很不舒服。于是在一番三思之后，他毅然离开了衣食不缺但精神极度空虚的环境，渴极了似的投奔革命。入党那年他只有 23 岁，他揭竿而起，组织了一支杀恶锄奸的游击队，神出鬼没地在山沟河汊与敌人周旋。恶人不容他的存在却又奈何他不得，明明看到他在东边的山间活动，围剿过去他又带着队伍在西边的河湾里打富济贫。地方上那些反动派自有制服他的办法，他们穷凶极恶地杀害了他的家人。敌人的疯狂和最后的挣扎只能激起慕生忠的深仇大恨，他对天起誓，不除掉恶人，誓不为人。于是他化名艾拯民，更加坚定地与反动派斗争。敌人使出吃奶的劲儿抓捕他，可连他的行踪都摸不清。“艾大胆”大义灭亲的故事在陕北无人不知。他的妹妹嫁给一家大地主，当时也算是门当户对吧！“艾大胆”参加革命后，怎么看都觉得妹妹一家子和穷人不是一根藤上的瓜。他便把妹夫叫出来，让他把家里的粮食交给游击队，分给穷人。妹夫听了，眼珠瞪得像牛眼似的，喊道：“谁敢？”“艾大胆”破了嗓门似的吼出两个字：“我敢！”他大手一挥，游击队就收缴了妹夫家的粮食。陕北红军领导人刘志丹夸他是个智勇双全的战士，远近的乡里百姓叫他“艾大胆”。中央红军到达陕北吴起镇时，他带着队伍早早地站在吴起镇城外迎接毛主席和中央领导人。

在长期的战斗生涯中，“艾大胆”一次次地穿过生死线，身上留下了 27 块伤疤，阎锡山对“艾大胆”仇恨至极，曾悬赏十万大洋买他的头。想领取这十万大洋的人倒不在少数，却没有一个人斗得过“艾大胆”。他很风趣地讥笑阎锡山：“脑袋长在我艾拯民身上，最有资格领赏十万大洋的只有我。别人想得到它，得让我批准才行！”

这就是艾大胆，这就是慕生忠！

眼下，他带领的筑路大军，行进到昆仑山下的艾家沟口时，遇到了新的难题，他要进行的是和平年代的另一种战斗，谁说和平的日子只流汗不流血……

不知何故，这条沟里的蚊子特别多，而且肥大，都是扎堆活动。手一挥就能抓到好几只。修路人一到艾家沟，就不出意外地遭到了蚊子的叮咬，每人身上都留下了红肿的瘢痕。受到了蚊子的袭击后，大家才知道艾家沟俗名就叫“蚊子沟”。蚊子沟？这种小虫竟然能在高寒缺氧地区放肆繁衍！其实，对于那些敢于在荆棘丛中赤脚向前的开拓者来说，遭到任何想象不到的艰难困苦都是可能的，也是应该的！修路人白天都忙着流大汗干活，不给蚊子叮咬的机会。到了夜里，工地上瞬间变得像冰窖一样渗凉，修路人都休息了，正是蚊子张牙舞爪犯浑的好机会。那些白天吮吸修路人的血喂得半饥半饱的蚊子，此刻报复似的加倍地吸人血叮人肉，填充那一半空着的胃囊。几乎每个人身上都泛起了浸渗着血迹的疤痕。

有两件事最让大家犯愁：一是上厕所，你刚蹲下去还没开始办事，蚊子就抢先一步钻到了下面，赶也赶不走。跑一回厕所屁股上肯定要留下一片片肿疮，疼得痒得你整天不自在；二是吃饭时那些恶狼似的蚊子也急头巴脑地往饭碗里扑，大概它们以为饭菜也是它们的美食，岂不知蚊子一扑进饭碗，没几分钟就淹死了。这饭还能吃吗？蚊子，艾家沟的蚊子，像凶神恶煞似的把修路人折磨得苦不堪言！了得！

慕生忠发火了，怒火中烧！那天吃饭他把饭碗都摔了。流到地上的饭菜里还淹着几只蚊子。但是面对穷凶极恶的蚊子，他却束手无策。找碴儿发泄！他把修路队唯一的医生王德明叫来，试问：

“你都看到了吧！蚊子成灾了，难道你这个当医生的就这样没有作为？我真不信，怎么就对付不了小小的蚊子！”

王德明不知该怎样回答这样的指责，防蚊没工具，治病缺药品，医生又不是三头六臂的孙悟空，两手攥空拳，怎么灭蚊？他想了想只好把球又踢回给了慕生忠。他说：

“我坚决按照领导的指示办，领导说咋灭蚊我就咋灭！”

“领导？我是修路的领导，你是灭蚊的领导。在这件事上我听你的！”

王德明无话可说了。可是慕生忠还能说什么呢？

时间一天天过去，蚊害的威胁一点也没有减弱。紧接着又面临着另外一种严峻的考验：营养跟不上，病号猛增。

修路队没有专款伙食费，只能在原运输总队的名下领取费用。大家的伙食每天都重复着一个模式，白水煮面片。极少吃上肉，如果在面片汤里能浮出几星油花，那就能把大家滋润得在工地上多干几个小时的活。饭菜没有油水，是铁人也要掉斤舍两的。每顶帐篷里每天都有人在“哼哼”，那是病人出不了工，躺在地铺上叫爹喊娘地呻吟着这儿疼那儿酸的。差不多有 90 个民工被撂倒了。劳动力本来就十分短缺，病号却天天增加，这路还怎么修下去？

慕生忠听着病号的哼哼声，心里像猫抓一样地刺疼。他从这个帐篷出来，又拐进了另一个帐篷。凡是躺着病号的帐篷他一个不落地都要走到。生病的人连眼皮都不睁一下，他们根本不知道慕政委来过了。有一次，他坐在一个病号身边伸手想试试是不是发烧，没想到那病号没好气地一下子就把他的手扒拉开，说：“走开！谁要你这个医生关心？你要么不管我们，要么拿些没用的药片糊弄瓜娃。快走开！”病号讲这番话时眼睛一直闭着。可以看出他不是懒得睁开眼睛，而是浑身乏力，病得太累了！

慕生忠的心里很不好受，病号把他当成医生了。他理解他们的抱怨，当然他也同情医生。难呀，谁都难！也许最难的是他慕生忠。

他又把医生王德明叫来了。

有了上次的问话，这回王德明不等慕生忠问话，他就先报告自己观察了所有病号，眼下正想办法治疗。他还列举了几个病号的具体病情。

慕生忠耐着性子听完了王德明的汇报，问道：

“现在我最想知道的是，我们这些同志得的是什么病，不弄明白病症，是神仙也没有用！”

王德明说：“是什么病，领导比我清楚。”

慕生忠来气了：“看看，又来了，我已经说过了，治病灭蚊你是领导，大主意你要拿。我看你是个十足的饭桶！如果我明白是什么病，还要你这个医生干啥？”

王德明只好如实回答：“已经好些天同志们的碗里没见荤腥没见菜了，还不躺倒？什么病也没有，就是营养不良！”

慕生忠听了只觉得舌头短，张不开口。少许，他又问：“你说怎么办？”

王德明小声回答：“我听首长的！”

“你就学会了这句话，光听我的，要你这狗医生当摆设啊！”

停了片刻，王德明说：“办法倒是有一个，可是远水解不了近渴啊！”

“什么远水近渴的，快说，什么办法？”

王德明说：“多吃青菜，特别是黄瓜和西红柿，它们里面含有一种什么营养成分，据山里的蒙古族牧民讲，说是可以补身杀菌，这些青菜在敦煌和西宁倒有的是，可是我们的手能伸那么长吗……”

慕生忠打断了王德明的话："我们格尔木有菜地啊！"

……

他好兴奋，想起了"二十七亩园"！那是菜园子啊！

头年末，修路大军来到格尔木后，望柳庄和陈荫村都相继诞生了。慕生忠又让修路队一位领导带着一队人，在荒滩上开垦了一片地，大约有20多亩，这就是后来人们常提到的"二十七亩园"。当时将军心里的谱儿是：先种菜，以后逐渐扩大面积，建个农场也是有可能的呀！既然把修路的指挥部设在了格尔木，总得有个安家过日子的长远打算啊！头一年他们试验种菜，顶着一场雨夹雪播下的一些菜籽，虽然只有一些萝卜苗冒出了稀稀拉拉的芽儿，可把将军和同志们乐得脸上像绽开了花一样美滋滋的。当时，民工给将军送来一盘萝卜，虽然像小石块一样显得很干涩，他硬是舍不得吃，格尔木的萝卜赛人参啊！他一直存放着……

现在王德明既然说蔬菜是能救命的宝贝，将军怎能不想到"二十七亩园"呢？

……

王德明还在发愣，慕生忠说："快，告诉后勤的同志，到'二十七亩园'拉菜去！越快越好！"

有路只管朝前走。

当晚，三峰骆驼就往格尔木赶，慕生忠勇士似的骑在最前面的骆驼上。

"二十七亩园"的情况并不乐观，但慕生忠没失望。原先撒下的五个菜种大都没有落苗，唯小萝卜生了根，长出了雀儿蛋似的果果。"这也是宝贝蛋蛋！格尔木能生长出萝卜，还不是宝贝？"慕生忠竖起大拇指这样说，满脸的幸福。

“雀儿蛋”是用汽车运到艾家沟口的。

慕生忠特地给这些“雀儿蛋”起了个水灵灵的名字：“水萝卜”。他说他就喜欢这个水字。戈壁滩缺水，咱修路人缺水，“雀儿蛋”是来给咱们送水的，是及时雨。他点数掐着指头将这些来之不易的绿色食品分配给每个同志，每人三个，病号增加一个。最感人的压轴戏出现在最后，水萝卜分完了，还有一部分同志未分到，慕生忠当机立断，队长以上的领导干部免分。没想到这个决定遭到了民工们的强烈反对。不行，谁都看在了眼里，干部们每天都是最辛苦的人，他们起早贪黑地忙碌着，体力消耗最大，水萝卜必须有他们一份。说着就有人把自己的萝卜往他们的队长手里塞，不管人家接受不接受，塞过去就走人，头也不回！

慕生忠看着这场面，哪还有分配水萝卜的兴趣，索性一甩手，说：“看来我是低估了同志们的觉悟，我真不该斤斤计较了。这萝卜你们自己分配自己吃好了！”

还真见效。吃了小萝卜，病号的病情就逐渐变轻，好转。他们又浑身冒劲地上工干活了。工地上蓬蓬勃勃的朝气场面欢腾人心。慕生忠后来对人说：“我算领教这些蒙古族同胞的本事了。他们说的新鲜蔬菜里的‘适应素’，人吃了果然能适应高原气候！”

“适应素”这个在菜谱上查不到的名词，是慕生忠从牧民那里借来后在工地上传播开来的，不完全属于他的专利。用他的话说，“适应素”比维生素的功效还要宽泛一些，不仅有营养，还有药效，可以治疗蚊虫叮咬人后留下的病。水萝卜能治疗蚊虫叮咬病一说，有无充分的科学、医学道理，这在当时确实是悬而未解的疑案，留给专家、医学家、营养学家去具体论证。退一步说，即便是穷开心也好，还是苦作乐那也罢！这些我姑且按住不究，还是把话题回到“二十七亩园”吧！

在文学创作上，我是一个固执地抱着过去的岁月不轻易松手的人，尤其对千辛万苦经历的青藏高原的生活，更是这样执着。我一直乐此不疲，几乎每天都要用锋利的笔尖掘进生活的深处，从瘠薄的灵魂中寻找闪光点。我不变的想法是，作家要看得远，这个远不仅是向前看，还包括回头望。瞻前顾后，只有把昨天和今天有机地连接起来，才算完整。写出的作品才能探索到深处。我在追根刨底地弄清了望柳庄、陈荫村的来龙去脉后，就开始追寻“二十七亩园”，它到底在今天格尔木的什么地方？它演变成了什么样？

我的调查是从“文革”后期开始的。那个时间段在格尔木要找到老格尔木人，还是比较容易的。但是，因为“二十七亩园”像流星一样只在格尔木闪了一下就消失了，或者说指不定它已经淹没在城市的哪座建筑的底下了。所以，人们对它的具体位置也只有一些七嘴八舌的模糊记忆。当时说法不一，有三个地方，一是在陈荫村北侧 200 米处的水渠边，二是在将军楼的前面，三是在望柳庄对面的马路一侧，即汽车某团的营区内。越是没有准确的地址，我越是追根究底想得到准确答案。

给了我比较明确答案的青藏兵站部原部长王满洲将军，他曾是汽车团的团长。他很肯定地告诉我，“二十七亩园”就在汽车团的营区内。我对王的话比较确信，这是一位办事很实在的人。我曾经创作过反映他高原生涯的报告文学《昆仑的雪》，在《人民日报》1989 年 11 月 12 日刊登了整整一个版。

随后，我在格尔木郊区一栋陈旧的泥瓦平房里，找到了当年跟随慕生忠修路留下来并且还健在的骆驼工马正圣老人，从他那里证实了“二十七亩园”的地址就是在汽车团的营区内。第二年我准备再次采访他，可老人已经去世了。为此，我痛心、悔恨了好久，为什么不早点抓紧时间采访老人呢？我至今仍然完好地保存着和老人的合影，每次看时总是百感交集！许多事情往往就是这样，得到它时似乎并不费多大力气，但是手一松，它从指缝间滑落了，再也回不来了，你才痛惜万分地追悔莫及。晚了！生活的角角落落都隐藏着文学的萌芽，我当珍惜！

从此，我对坐落在“二十七亩园”遗址上的汽车团，有了一种特殊的亲切感情，这是一块昂扬着光荣传统的风水宝地。汽车团的领导和同志们也以此为荣，发扬传统，锦上添花。他们的营院绿化成为全军的先进单位，农副业生产搞得十分出色，塑料大棚里种植出了各种蔬菜，被大家誉为“昆仑山下的小江南”！

1996 年 7 月 11 日至 8 月 10 日，我们组织了一次“青藏线笔会”，朱向前、周大新、王中才、庞天舒、红孩等 28 位作家行走青藏线。汽车团塑料大棚里的累累蔬菜，是这次笔会作家们参观时最具吸引力的地方，尤其是那挂满枝头的小灯笼似的西红柿，真让作家们大开眼界。团里领导半开玩笑半认真地对作家们说：“吃了我们的西红柿，可以防治高山反应！”为此团里专门给每个作家送了三个大个西红柿，让他们上线时随身带上。权当尝鲜充饥吧！团里人这样说。

笔会结束后，我把作家们创作的散文汇编成一本集子《七月走高原》，由新华出版社于 1997 年 12 月出版。集子中的大部分作品都写到了汽车团塑料大棚的蔬菜，特别是西红柿给他们行走高原时带来的惊喜：真的减轻了高山缺氧带来的身体不适。有一位女作家一上昆仑山就头疼身上无力，且越来越严重。她坚持吃西红柿，给她壮胆提神，吃完自己的又借别人的吃，果真高山反应大为减缓，坚持跋涉完了这次走青藏线的任务。

这件事，不由得让我想起了当年筑路民工吃萝卜驱逐蚊咬虫叮的事，它再一次验证了在缺氧的青藏地区吃青菜对抗击缺氧等高原常见疾病有特殊的抑制效应。到底是医药作用还是营养作用，抑或是精神作用，有待专家们去揭晓谜底！

紧挨着烈士陵园的一座坟墓

缺氧，两个可恶的字眼！它把世界屋脊青藏高原变成了让许多人望而却步的疼痛世界！路疼，草疼，地疼，雪疼，甚至连空气都疼。当然，最疼的还是人的头。高原缺氧首当其冲袭击的是人的头部。高山反应从头开始。

这个夜晚，汽车某团副连长刘刚投宿在五道梁兵站。安排妥帖车队的事情后，他破例没有到士兵们休息的客房去看望大家。今天的高山反应有点反常，它不是按照常规出牌的，而是转移了阵地，从头部转到腿部。他的两条腿变得硬邦邦地，并且伴有酸痛，是那种无法控制的疼痛。他搓揉了好久疼痛的地方，可丝毫没有减弱，反而越是搓揉就越是扩大了疼痛的范围。原先只是腿肚疼，现在疼到了膝盖上。怪，高山反应怎么就转移到了整个腿上。他久久睡不着，因为他的心里也疼！

刘刚终年带着一支车队在青藏公路上奔驰。这个夜晚是他一年365天中很平常的一夜，他不得不一边按揉着酸疼的腿肚，一边谋划着明天或者后天连队该做的几件事：一排要调动五台车到转运站装一批运往西藏边防部队过冬的食品，三排有十台车去格尔木兵站运送两个班的新兵进藏，二排原地待命，准备到藏北无人区执勤……一连之长就是一窝兵的妈妈，妈妈就要有操不完的心。以上是些要做的大事，还有一些针头线脑的琐碎事，也要搁在心上，包括三更里新兵的被角蹬脱后要给他掖好，还得嘱咐他们上路前后要准备好一根棍子随时防着村庄窜出来的藏獒咬人……一个连队就是百十号兵的家，这个家看似很大，其实就只有连长的心窝那么大。心窝，比一间房子要大得多呢！这么想着想着，此刻刘刚已经淡忘了腿肚的酸疼，只觉得一颗管不住的心儿又在青藏线公路上随着车轮漫游，好像要寻找什么……

寻找什么？你不知道，但他知道，她也知道！只是不便于说出口。看他漫不经心，其实内心的寂寞像因了热烈的期盼反而变得很沉重。因为担心天空又要下雨。

在远离她的这个风雪随时可能弥漫的世界里，他想起她难免不带着几分忧虑，当然更多的是幸福。那种按捺不住的蠢蠢欲动的幸福心境。

夜晚到了这个时辰，非常静，峡谷深处的那种死沉沉的静。窗帘没有拉合，夜空的星星不晓得什么时候不吭声地钻进屋里，仿佛在悄声地提醒未眠的人：夜色已深，月偏西，该睡觉了！他举目隔窗望着秋夜的月牙，陡地想起，好像曾经答应要到她栖身的小屋看看她和她那双绣着鸳鸯的枕头。好啦，暂时不去想那么多工作上的事了，那是永远也操心不完的。睡吧，做个好梦，梦里见到她也觉得亲！反正她很快就上山来了！上山，高原军人把从内地出发到青藏高原称之为上山。这里说的她上山，似乎又不全是这个意思，是说从内地奔向格尔木幸福院。

于是，他转过身，背着月亮。很快，鼾声响满屋里……

这个夜晚，夜深人静时刻，刘刚最应该记住的是，日历翻过这一个月，就是说执行完这一趟跑拉萨的长途运输任务，就是他结婚的大喜日子。不知道他总是因为操劳工作,是不是把这个日子忘了？人往往就是这样，有时候常常把不该忘记的事置于脑后。刘刚是这样吗？

刚安静了一会儿的腿，又很讨厌地疼起来了，抽筋。不同的是，这回抽筋不单单局限在腿部，还贪心地扩散到了额头——此处的疼痛甚至超过了腿疼。对啦，刘刚突然有所记忆，许多高原人都有这样的高山反应经历：先是头疼，然后引发浑身疼。只是最初的疼不会引起一般人特别在意，直到头疼加剧时才感到难以忍耐。眼下，刘刚的脑壳发疼显然是高山反应在他身上升级了。一阵疼胜似一阵，时紧时松地疼。紧时像抽筋，松时像断筋。不知为什么这使他想到了很小的时候在田里拔萝卜的那种场景，一只手拽着萝卜缨子往外拔呀拔呀，萝卜也好像拽着他，拔呀拔呀，萝卜忽然离开土地，他也顺势倒在地上，仰躺。眼下，似乎有人拽着他的一绺头发，连根带梢地拔着，拔呀拔呀，可是总也拔不掉。他只干疼着，咬牙忍着。刘刚就这样强忍疼痛，让高山反应那无形的手折磨自己。

一片树叶长到冬日的最后一天，却没有落下来。不是冬天发慈悲善待这片叶子，而是这棵树太有能耐。那是那个冬天他在拉萨八一农场看到的一棵树。那个农场是当年进藏的十八军战士兴办起来的，他们在农场栽了大量的树。树人树心嘛！他刘刚就是要学习在寒冬腊月里依然长在枝头的那片叶子的精神，绝不让那只拔萝卜的手得逞。不是马上就要举行婚礼了吗？高山反应能怎么样，头疼就让它疼一点儿吧，美梦驻在心就要不了命，不就是个缺氧吗，没什么大不了。寒冬里叶子不照样会长在树上！

刘刚又抬起头，透过窗口真的看到了一棵树。那树的枝杈上有一块黑乎乎的什么物体，很像一只缩着脖子蹲在树杈上的乌鸦。不，是这棵树留在枝间的最后一片叶子。不会呀，这个季节会有什么树叶呢？他再细看,是一只鞋挂在树梢上。哎,想必是哪个兵不甘寂寞，把穿坏了的军鞋撂到树上存放。好呀，军鞋上树变成了冬天最后一片叶子。军鞋！一棵冬眠的树，因为长出了战士一只踏雪攀山的军鞋，也有了生命！

刘刚的头疼继续让他不得安生地受苦。准确地说，此刻，应该是酷爱。是的，苦爱，酷爱，一字之差，全拧劲了！初恋的酷爱，那是一个人对另一个人或某个地方倾注了极深的感情。可是苦爱呢，就是另一回事了，是忍受着痛苦去爱。比如，对高原缺氧这个魔鬼，我们称它为魔鬼一点儿也不为过。可是你又不得不承受。这呢，就是苦，可你也得爱，索性就叫酷爱吧！因为这苦里有战士的爱情，有他对竹子的爱情，他刘刚什么苦还不能承受呢！

竹子？刘刚的未婚妻，不，马上就要成为他的妻子了！

难道竹子也要承受这样的酷爱吗？不应该呀！

竹子的家乡在冀中大平原，一圈密密的白杨树围成的一个几乎呈正方形的绿色村庄，就是她祖祖辈辈越住越割舍不下的故乡。竹子从出生到十八岁，只跟着爸妈去过一次县城。在乡间女娃的眼里，县城也难比得上他们的村庄的敞亮、舒服。美不胜收的村庄，村前有一条清澈见底的可以瞭见河底鹅卵石间长着各种水草的小河，河岸上除了有一年四季变换着各种颜色的庄稼外，还有一大片挂满小红灯笼似的枣树林。这怎能不让竹子把心掏出来贴在这样的家乡呢！十八岁的女娃竹子长出了不会告诉别人的心事，包括对爹妈。那条小河流淌着她思念远方的悄悄话，院里的枣树上挂着她心中的小太阳。未婚夫是青藏高原上的汽车兵，这给她的生命平添了缕缕甜蜜和自豪！因为常在静夜里望着月亮思念兵哥哥，这甜蜜里又多了些许的苦涩。大地上没有一滴水或一棵草是多余的，它不是给你带来喜爱就是让你忧伤！

竹子沿着乡间小路攀爬着奔向青藏高原。她当然是整装待发，脱下了心爱的花格布衫，换上了一身类似乡镇妇女主任穿的素装，半高跟也换成了灰色旅游鞋。刘刚在信上对这些穿着的细节都不厌其烦地叮嘱。怎能不理解刘刚的另一种担心呢！在高原漫长的荒野路上把那些外在的艳丽深藏才最安全。漫长而幸福的路程！漫长难免不孤独，而幸福呢，又必须缩短漫长！

旭日在每个黎明升起，首先镀亮草尖上的露珠，竹子每天望着早霞遥想昆仑山的日出。那里有一间空房子，挤满了人，躲在窗帘深处正朝她张望，张望……

刘刚从接到竹子动身来格尔木的信的那一刻起，心就控制不住地飞到了她身边。竹子过河他的心飞到小桥上，竹子乘车他的手扶在座椅上，竹子歇脚在小站他立刻递上一杯水。夜里他躺在床上遥望着像清泉水洗过似的月亮，心儿酥酥的美妙。渐渐地，身上从头到脚有竹笋拱出地面的感觉，是的，那种感觉痒痒的美妙……

刘刚呀，还有竹子，虽然你们都守着孤独却不分枝。

20世纪60年代初，刚有三年军龄的我，还是一个“新兵蛋子”，在刘刚所在的汽车团政治处组织股当见习干事。我的具体任务是分管官兵们配偶政治面貌的外调以及他们结婚时与地方民政部门的联系工作。很琐碎，属于事务性质，但我工作得很愉快。刘刚即将举办的这桩婚事的跑腿出力的事，也就顺理成章地摊到了我头上。说实话，一个战士坐在办公室里，开个证明，打个电话，也还可以。但是具体操办婚事，我还是头一次上手，心里多少有点发怵。当然，真正作难的还是刘刚本人了。别的不说，就说要准备的那几桌饭菜以及糖果、纸烟就让他小子好几个晚上都愁得没正儿八经合眼。当时，所有的食品副食品都要凭票供应。我们军人的吃粮标准也从每月 45 斤减少到 40 斤。军官们办喜事自然会照顾性多发几张票证，但仍然是杯水车薪，多不到哪里去。没办法，刘刚托了几个老乡，我也发动政治处几个年轻人托熟人，四处采购，才算将将就就地把吃吃喝喝的事弄得有了点眉目。你千万别以为是多么地敷张扬厉，列个明细单你就清楚了：今天可以到路边任何一个食品店都能买到的普通挂面，那时我们好不容易凑了几张票，才买来了三斤;那些糖、烟、酒，你当有多高级？用白纸包的软面糖，比一般公民抽的卷喇叭筒好不到哪里去的劣等烟，从大坛里灌来的几瓶烧酒……尤其是今天难以想象的是，为了买到几块香皂，刘刚通过我们政治处高主任，高主任又托了熟人，才从西藏驻格尔木办事处服务社弄到了两块……

大家都乐呵呵地为刘刚布置新房。是新房吗？原先和刘刚同住一屋的白副指导员暂时挤到了隔壁的一间单身宿舍，占据了另一位回老家结婚同志的床。没想到那位探家的同志提前归队，且带着新婚妻子来高原度蜜月。这样，不但白副指导员不得不挪窝，就连同屋原先那位主人也要“净身出户”了。多么热闹而又有趣的高原军营流动生活！好在刘刚的婚房被布置得简朴而温馨，大家心里很熨帖。他把自己的床和白副指导员的床一并，就成了婚床。虽不宽敞，却很随意。不要提刘刚心里有多美了。在他把两张床一并的瞬间，才发现白副指导员不知什么时候买了一条印有喜鹊登枝的双人床单压在下面。他肯定是已经闻到了未婚妻的体味，要不他不会对白副指导员说出这样的话："老白，我一定要让我的妻子给你点一支红双喜的烟，还是你对咱兄弟好啊！"

刘刚讲得真诚，白副指导员心里当然受活，他握起刘刚的手摇了又摇。点烟？此话从何说起？

原来，老白的高山反应比一般人严重得多，犯起来时常头疼得像裂开了缝一样难以忍耐。为了对付高山反应他摸索出了一个绝妙的办法：吸烟。说来也怪，只要吸一口烟，让那烟味在鼻腔停留片刻，然后咽进肚里，高山反应就减缓许多。为此，每次上线执勤时他照例会带一盒甚至更多的烟，他就用这个也许只对他有作用的办法对付高山反应。这完全是条件依赖，没有什么科学依据。可是它管用。当然只对老白管用，放在其他人身上恐怕就不太灵验了。白副指导员就这样成了有名的"烟王"。现在刘刚说要他的新媳妇点烟，而且又是红双喜牌香烟，老白自然十分高兴！他便借题发挥回应刘刚："新娘新郎睡了我的床，我沾了光，看它高山反应还敢靠近我吗！"就凭这种心态，我们也要相信老白吸了这支烟，起码会在不短的时间内可以让高山反应靠边站。我亲爱的读者同志们可能看出来了，我们这些高原军人在为刘刚操办婚事的过程中多么开心，一人办婚事，大家分享新婚带来的甜蜜。最让我们开心的是，贴在新房门上的那副对联，五十多年过去了，我仍然坚持认为那是很绝妙又十分耐人寻味的一副婚联，它出自我们政治处宣传干事窦孝鹏之手，词是他找来的，然后再由他用龙飞凤舞的书法写出来。上联：花径不曾缘客扫；下联：蓬门今始为君开。大家一定看出来了，这是杜甫《客至》里的两句诗。诗人的原意咱就不必说了，将其移植到此，实在是高手所为，妙不可言。我们只能用“绝杀”二字赞赏。窦孝鹏是一位从我们汽车团走出来的军旅作家，1980 年和我一同加入中国作家协会。他创作的长篇小说《崩溃的雪山》，是最早反映西藏民主改革题材的作品，解放军文艺出版社出版后，反响很好。不服不行！高原军营里有的是秀才！

生活永远随时闪光，幸福却常常不可知晓。

那真是一个期盼幸福的日子，虽然盼得我们心急如焚，却依旧幸福得溢香流蜜。我和周围的战友都可以作证，竹子即将踏进格尔木军营的那些日子，刘刚那个美啊，都快成仙了。他从早到晚脚板不沾地地颠跑着，准备这，收拾那，鼻翼两侧的沟里流淌着亮晶晶的可以照见蓝天白云的汗溪。不用抬头瞧，我听见脚步声就断定是他来了，未见人声音就飘了过来：“伙计，劳驾你再到管理股跑一趟，新房只有三把椅子还是少了点！”“小张，麻烦你再跑一趟服务社，买几个塑料杯子，摆在婚礼主持人面前的桌子上……”

每天他总有几次站在营门口朝东边的公路尽头空望几回。那是竹子来格尔木必经的路口呀！他明明知道竹子来格尔木的具体日期，却总要这么想：万一提前来了呢！汽车又不是火车，没有准点的时刻表！夜里他总是睡不踏实，还是竹笋拱出地面的那种痒酥酥的感觉，不离身体地一直陪着他。梦里他和她已经多次会面了！

心里有盏灯光，提灯女人带着光芒朝他走来。天快亮了。

然而，顷刻之间一切变成泡影。感情也是海，难道非得要退潮？那个搁浅的早晨……

竹子走在路上，永远的路上……

那个年代，青海境内除了在西宁可以坐火车出省外，其他地方都没有铁路。竹子取道兰州乘火车，经河西走廊在峡东火车站下车，倒乘汽车，过敦煌穿过柴达木盆地，直奔格尔木。敦煌到格尔木至拉萨以及西藏各地，是汽车部队跑车的长途路线，搭乘军车很方便。漫长寂寞的路途，离家在外，竹子没有流浪的感觉。因为心总是沸腾着也就不在乎那么多了。刘刚只在竹子坐火车前接到一封电报，途中她到了任何一个地方都无法和刘刚联系，只能掐着手指头估算着哪天她可能到了哪里。指尖上的日子过得尤其漫长，刘刚的指头蛋蛋都掐红了。他估摸竹子哪天可能到了当金山，这当然是思妻心切的刘刚指头蛋上估算到的地方。不过,没错,竹子确实到了当金山，该进入柴达木盆地了。刘刚站在新房门口，使劲耸了耸双肩，仿佛清楚地看到了竹子与自己的距离。虽说不算远了，可怎么说也得一个礼拜才可以跋涉完!

这天吃罢早饭，一撂下筷子刘刚就按捺不住亢奋的心情，对包括我在内的几个要好的战友分头提前打招呼："竹子只剩下一天的路程了，明天中午到格尔木。周六，也就是后天，我俩在管理股会议室举行仪式，大家来捧场吃喜糖。到时候可别只顾吃，还得劳各位大驾，帮着招呼一下从沿线来的几位老乡、战友，他们人生地不熟，又很少见过大场面，全凭你们帮忙招待他们。记住，是周六！”这就算发了请柬，口头请柬。高原军人邀请客人参加婚礼就这么随意、简单!

可话又说回来，你说简单吧，又不是那么将就，几乎所有路数都要走到。怎么说也是一个婚礼，一生一次的大喜事。远离亲人，大事小事就靠他一个人做主，他一个涉世不深的青年，即使有三头六臂也难应付得妥帖。自然会有搭帮手的战友，可毕竟是帮忙，落实没落实，落实了几分，最终还得他掀开锅盖看一看，锅里到底蒸的是荷包蛋还是鸡蛋羹。刘刚快乐地忙碌着。在这个六月还飘雪花的昆仑山下，他要拥着心爱的竹子到乍暖还寒的阳光里。

水流走了，就不再回头。鸡娃子叫了，天却没有亮。就在刘刚的身体与灵魂一起在兴奋中走向成熟的路上，他的心一下子跌进万丈深渊。一场要命的六月雪，卷着冰凌防不胜防地突降在昆仑山下，这催命夺魂的高山缺氧！

世界就这么浩瀚，又是如此狭小。残酷分明只是瞬间的工夫，竹子的生命就凝固在冰河里了！她从地球上消失了，永远地闭上了那双长睫毛掩映着的总在探索美好生活的大眼睛！谁也逃脱不掉被土埋火葬的那一天。这，她懂，甚至可以说有所心理准备。可是，她无论如何不会想到这一天来得这么突然，而且在这个时候来到！雪原上的风一步三磕头地爬过，很快就是春天了，她却留在了漫长的冬季。她的人生还没有结出她向往的金灿灿的果实，她的履历表上还有许多空着的位子等待她在未来的日子里填充。她就这样和她爱恋不够的这个世界告别了。她把未成熟的青涩果子分给了追风的云，分给了思念的月，独独没有让即将成为自己丈夫的他尝尝。记得太清楚了，那年刘刚探亲回到故乡，他俩的婚事终于板上钉钉了。他俩满意，双方的父母喜滋滋地点了头。那夜，那是他记忆中最暖的时刻。他返回高原前，他俩在掩映着麦苗的田垄上走着，他碰了一下她的身子，她就羞涩地扭过身子给了他个脊背，红着脸小声说："馍馍不吃在笼里放着呢，迟早还不是你的！"为什么要这样吝啬自己的皮肤呢，让他挨一下短斤缺两了？她不就是为自己心爱的人活着，才跋山涉水地要来昆仑山吗？既然迟早是他的人，为啥不趁早却推迟呢？人啊人啊，有的时候怎么就显得这样的一时糊涂！

她一定很后悔的！

可是一切都晚了。她的忏悔只能化作幽灵送给还不能称作自己丈夫的那个高原大兵。他肯定是一个没有碰过女人的男人！生活怎么对他和她这样无情！死者把痛苦留给了活着的人，活着的人肯定不愿意让亲爱的竹子在另一个世界还为他忏悔！

竹子已经无法把自己从峡东火车站下车后，乘坐汽车走向昆仑山的这一段路上经受缺氧的极端痛苦煎熬和挣扎告诉别人了。因为她和这个世界上所有关注她的人，做了最终不得不做的了断。大家只能从司机小毛断断续续哽咽着的追忆中，从她留下的仅有的几件遗物中与她一同承受她在生命最后时刻，在颠簸的路途上所承受的不堪忍受的非同寻常的痛苦！没有人分担她当时的苦难。回忆的人包括司机和当时在现场的另外一些陌路人，他们真的不愿意也不敢说得详细……

缺氧，这两个十恶不赦的字眼……

那天早饭后，汽车一驶出敦煌兵站，眼瞅着一片无边的沙漠就急不可待地从地平线上悠悠飘拥而来。霎时，天地一下子仿佛宽阔了起来，是那种可以把汽车和乘车人一口吞没了的宽阔。不时有残垣断壁出现于路边，满眼是比铁皮更凝重的更古老的颜色，是竹子从来没有见过的颜色。小毛告诉她，这是阳关遗址。阳关，她知道那是古代战争的伤疤。竹子举目远眺，心里随之亮堂了一些。走过阳关不久，公路旁就隔三岔五地出现了一堆堆垒起的石头，上面还牵挂着一串串五颜六色的经幡。竹子好奇地问司机，那石堆做什么用场？小毛告诉她："那是嘛呢堆，是藏族人家或蒙古族人家设置的寄托佛意的吉祥标志。石头上刻着'六字真言'，石堆间还有各种佛像的泥模。"竹子再问："什么是六字真言？"小毛很为难地笑笑，说："就是六个字，好像是嘛、呢、叭……其他的字，我就说不上来了。总之，是吉祥如意的意思。"竹子见为难了小毛，忙说："你成天忙着开车跑长路，哪里有空闲记这么多事。好啦，我到了格尔木问问刘刚，到时候也让他给你说道说道！”

这原本是个愉快的话题，没想到今天回忆起来心情却变得异常沉重。生活中常有这样的事，设想很完美，一付诸现实就变了大样。其实，本来朝前迈一步甚至半步，就花好月圆。偏不，许多人就缺少这一步，只得终止在云遮月掩的暗影里。小毛后来告诉我，当时竹子问什么是“六字真言”，他回答不上来，他真的打算到了格尔木让刘刚给竹子好好说说，他也一起听听。在高原上跑车不懂“六字真言”有点闹笑话。可是竹子出事后，他见了刘刚哪里还有心情提起此事？张不开口啊！小毛讲了这件事后，我便按捺着发痛的心，给他讲了“六字真言”。我想,长眠在另一个世界里的竹子也能听到。竹子，当时小毛没有给你答案的问题，我现在替他告诉你答案：“六字真言”——唵、嘛、呢、叭、咪、吽。这是佛教秘密莲花之“根本直言”，它包含着佛部心、莲花部心以及金刚部心等内容。“唵”，表示佛部心，念此字时，身体要应于佛身，口要应于佛口，意要应于佛意，即身、口、意与佛成一体，才能获得成就；“嘛呢”，梵文，意为“如意宝”，若能得此宝，入海能无宝不聚，上山能无珍不得；“叭咪”，梵文，意为“莲花”，以此比喻如莲花一样纯洁无瑕;“吽”，表示必须依赖佛的力量，才能得到“正觉”，成功一切，普度众生，最后达到成佛的愿望。

我讲“六字真言”，是给竹子听的。我相信她是会听到的，有佛附身保佑，能听不到吗？半个多世纪了，时过境未迁。当时小毛没有给她答案，我今天替他补上。竹子，我知道，你到了格尔木，一定会让刘刚给你讲的，你也许会开玩笑挤对小毛，小毛这孩子连“六字真言”都不知道，我喊他过来，一起给你俩讲。此刻，我多次哽咽着，写不下去了。竹子，你该听到了吧，一个你从未谋过面的，也许刘刚给你提起过的高原军人，现在坐在格尔木小毛住的一间小屋里，给你讲你很想知道的藏地的事情。你知道吗，你在去格尔木路上发生的一切事情，都是这位小毛回忆给我们的……

小毛加速行驶在蜿蜒沙漠里的公路上，飞快的车速！眼前的一座座山峰刚跳上挡风玻璃，一晃就甩在了后面。他只觉得自己的体内储存着一整个秋天的果实，此时正把车开往一个漫长的明天。为什么是漫长呢？他不知道。不管那么多了，他的心思像竹子一样，巴不得早一天早一个小时赶到格尔木。早一天，早一个小时……

汽车驶过长草沟兵站不久，竹子就隐隐地感到脑袋里仿佛有几只小毛毛虫在蠕动，还时不时在咬着脑内的某一个部位。凭感觉她推断好似蚂蚁那样的小虫虫，痒痒的，咬得狠劲了还伴有闪动一下的疼痛。只是并无大碍，就像针尖挑了一下又消失了，牙一咬疼痛感又消失了。让竹子心里不安宁的是，那疼痛散去没有多久，又返回来，这回就像报复似的疼得更厉害了，如同锋利的刀刃，没有任何收敛地切割着她头部的肉。奇了怪了，高山反应，怎么还有尖锐的叫声，好刺耳！可以得到安慰的是，这种疼痛仍然是一阵一阵的，在疼与疼的间隙里，她的难受可以稍微缓解片刻。她多么想把这个间隙延长一些，使它成为可以让刘刚得到温暖怀抱的机会……

想到刘刚，竹子就觉得自己的身体已经成为刘刚身体的一部分了，两个人合力还对付不了这高山反应！

事实是，头疼不但没有因为竹子的温情坚持忍耐有丝毫的缓解，反而加剧地疼起来。到了后来，她感到好像有人用榔头或别的什么钝器敲打她的双鬓，还有脑门，撕肝裂肺的疼！

竹子想到了佛，公路边又出现了嘛呢堆。小毛不是说了吗，那是藏族人的佛意。佛的事佛知道，人的事佛也应该知道。这高山反应佛也该管一管吧！她默念起小毛教给她的那半拉子“六字真言”。没有用，越念头反而越疼。都怨小毛，“六字真言”这么重要的佛语，为什么只会半拉？

竹子分明感到高山反应的魔爪已经触摸到了她生命的极限。疼痛开始在她周身漫游了。这种漫游在汽车攀上当金山后达到了难以忍受的程度。

当金山是祁连山的支脉，海拔有3600多米，与其他毗邻的昆仑山、唐古拉山相比，在世界屋脊上它当个小弟弟还不一定够格。当然这只是说它的高度，世界上许多矮个子的作为往往使那些高个头的巨人也望尘莫及。高度并不显赫的当金山，气候燥烈、氧气稀薄是出了名的。在高原跑车的汽车兵都领教过。竹子的高山反应在上了当金山后陡然加剧，越来越重。她面如土色，嘴唇泛紫，浑身的筋骨像被抽掉了似的提不起精神。小毛让她半握拳轻轻敲打脑门，她照办了，没用！

“小毛，停下车吧，我太难受了！”

汽车靠路边停驶。竹子下车，开始呕吐，几乎吐尽了早晨在敦煌兵站咽下的所有饭菜。小毛一直扶着她，轻轻地拍打着她的背。“吃进胃里的东西好像掏空了，可是好像又钻进去了什么，还是难受！”竹子说着，又开始呕吐，干吐。吐出来的只是一些淡黄或淡红的血丝。小毛当然知道高山反应就是这个样，即使把肠子吐出来，人仍然难受得干呕。“嫂子，你静一会儿吧，太累了！”小毛一直这么称呼竹子，虽然刘刚还没有娶竹子为妻，迟早的事了，叫嫂子总不会错。竹子一直没有回应，不是不好意思，实在浑身难受得顾不上了。她在小毛的搀扶下，又坐在了驾驶室。竹子的高山反应一点儿也没减退。小毛眼睁睁地看着可怜巴巴的新嫂子在痛苦地挣扎，不知怎么分担她的痛苦！

遥远山野，前无村庄后不见人家，连只鸟儿都瞅不见，谁能帮帮嫂子呢？小毛只能不住地喃喃自语："山神爷爷，你把嫂子的痛苦转到我身上吧，我一个棒小伙子，钢硬的身板能顶得住！"竹子听没听见小毛这善意的祈祷，已经无从证实了，只见她的头一下子就歪在了小毛的肩膀上，说："好兄弟，我浑身实在没力气了，靠着你身体，咱们快点赶路，早点见到你哥刘刚比啥都好！"这是她坐上小毛的车以来第一次说"你哥刘刚"这句话，听来很有亲和力！

刘刚正望眼欲穿地等着她呢！

竹子仍然用拳头按着额头，不时地敲敲鬓角，只是一下比一下慢，一阵比一阵轻。她已经没有多少力气了。小毛不时停下车，帮着摁嫂子的额头、鬓角。就这样走走停停，停停又走走，汽车只能跟着主人痛苦地挪步。汽车也痛苦！可不，你听那排气管在有气无力地咳嗽呢！车速不住地减慢，那些终年不化的雪峰，那些远远看去似乎高过雪峰的冰河，还有那些仿佛总也走不出去的沙漠，渐渐地脱离车窗玻璃被甩在了车后。当它们消失在远方后，又会有迎面扑来的雪峰、冰河跳上了车窗玻璃。小毛自然没有丝毫的心思观赏这些平时他喜爱不够的"车窗电影"。他的心里只揣着一个想法：早点到格尔木，越快越好！没想到，车轮就这么不咸不淡地滚动了不足一公里，竹子又抱着头喊起来："我活不成了！头疼得要裂开了！头疼……"

小毛再次停车，不得不停。路边就是道班房，这是这片漠原上唯一的一户人家。显然小毛有意选择了在这个地方停车。他的手放在双音喇叭的按钮上，不松劲地按着。犹如报警器般的呼叫声，唤出道班一位养路人，看上去30来岁，矮墩墩很结实的个头，紫糖色脸庞，头发花白混掺地卷着，给人感觉那每根发际间都掩藏着祁连山的烈风残雪。还没等小毛开口，那养路人就说话了："看来这位嫂子病得不轻，快进屋！"几个道班工人七手八脚地拥着背着竹子进了道班房。那人赶紧提起竹篾暖瓶倒了一洋瓷缸开水，在缸里倒来摇去变凉，喂竹子喝。竹子迷迷糊糊地抿了一口，就推开了水杯。工人又拿来一个小瓶，摇了摇，对小毛说："我们这里啥药也没有，就这点止疼片，弟兄们害了病，不管是发烧发冷，呕吐泻肚，用开水灌进肚里也管一阵子用。就让这小妹咽一片吧，兴许能救急！"

这位热心肠的大哥，在竹子进屋的几分钟内，又是倒水又是送药，对竹子呢，一会儿叫嫂子，一会儿又喊小妹，多么实在朴实的好兄弟！小毛真是又感动又感激，他说："面对这位好大哥，我心里一直热乎乎的，我多么想把自己也融入这个道班房里，把我的生命放到最低的位置上，对需要帮助的人，尤其是那些无依无靠的陌生人多做些雪中送炭的事！"小毛的这番话当然不会是当时说的，而是数十年后我采访时他对我这样感叹。

我们继续回到那个简朴而温暖的道班房里吧。竹子仍然半醒半昏迷，嘴唇上不时地吐出两个字："刘刚。"只有小毛听得出，也知道是怎么回事。工人们听成了"渴渴"！又递上来水，她并不喝，仍然呼叫着"刘刚，刘刚"！

竹子暂时安静下来了。谁都明白她依然在承受着巨大的痛苦。此时，小毛的心思不得不放在另一件事上——拦一辆过路车，给部队捎口信，赶紧派医生来道班设法抢救竹子，当然要刘刚陪同医生来。他相信,刘刚得到口信后,一定会设法在医生之前赶到竹子面前。

小毛飞快地跑出道班房，站在公路边。正好有一辆去格尔木方向的汽车驶来，他急头巴脑地蹦到公路中央，站住，伸出双臂拦车……司机紧急刹车，算侥幸，汽车擦着他身体刹住，一场虚惊！司机下车扶起保险杠前的小毛，得知这里发生的一切，他摊开双手，表示自己的车不到格尔木就停驶了，爱莫能助！

一个不顾自身安危的人，此刻他把救竹子的希望寄托在了过路的汽车上。从他眼前驶过的车，要么司机点一脚刹车停下来只问一句又飞走了，要么飞车而过……也许希望总会有的，也许希望离竹子越来越远……

道班房里，残月无法复原，原来可能的存在，渐渐冷却。竹子的病情急剧恶化。她脸色苍白，眼圈泛黑，嘴唇颤抖。头发也被她自己和想救她的人抓得乱蓬蓬地卷起来。她依旧双手半松半紧地抱着头，有气无力地喊着："头疼！实在很疼！"嘴里还吐字不清地说了些什么，只有她自己知道，没有人能听得清。

道班房外面就是藏族人垒起的一个嘛呢堆，每块石头都湿漉漉的，是雨水还是露水，不得而知！

忽然，竹子中止了呻吟，微睁双眼，几乎用尽平生之力莫名其妙地问了小毛一句："这里是什么地方？"小毛仿佛明白了什么，随即告诉她："这个地方叫南八仙。"她听了微微点点头，脸上浮现幸福的表情，低声自语："南八仙，南……"

从峡东火车站坐上汽车后，一路上每经过一个地方，或村庄或小镇或一座山一条河什么的，竹子总要问问小毛，这地方叫什么。得到回答后，她就很满足地说："好，知道了，刘刚早就写信给我讲过了。那年刘刚回家探亲，他给我讲了高原上这些地名的来由，我才知道这里的许多地名都缀着一个真实故事。花海子、纳赤台、大柴旦、二道沟、雁石坪、倒淌河……听这名字就能把人的魂勾走，它们的背后都缀着一个故事。”

小毛明白了，原来是这么回事，刘刚早就给竹子做过功课了。她虽然没到过高原，刘刚已经领着她的心灵神游了高原上许多地方，在她心里印上一张青藏公路沿线的地图。数南八仙的故事给她留下的印象最深刻……

这会儿竹子问到的这个叫南八仙的地方，就隐含着一个悲壮凄美的故事。记得刘刚当时给她讲这个故事时，是动了感情的，含着热泪讲的。她呢，自然也是听得泪流满面。这时，竹子暂时忘却了高山反应这个可恶的魔鬼对自己的纠缠，回忆起了那八个女兵的故事。那是一个带着血淋淋剧痛的往事，一个无法被悠悠岁月埋没的故事，一个凝聚着年轻女兵壮烈和忧伤的传说……

20 世纪 50 年代初，五星红旗在西藏上空飘扬起来的那一年，一队通信兵奉命进藏执行任务。她们翻过当金山后，在柴达木盆地北缘的荒原上安营扎寨，执行临时任务。飘在军用帐篷上的五星红旗在大风里猎猎作响，传递着祖国的召唤。她们挖坑、栽杆、架线、护线，这就是通信兵每天不变的重复劳动，却充满了战斗的乐趣。高原上漫长的冬季，温度骤降到零下 40 摄氏度左右。其实抵御酷寒并不是士兵们首当其冲的需求，令她们胆战心惊的是高原缺氧——这个她们过去从来没听说过的恶疾。它说来就来，把这些小青年们折磨得死不了又活不好。她们一个个脸色紫里透黑，黑里又泛红，走起路来头重脚轻，稍有不慎就会栽跟斗。最要命的事发生在一天夜里，一场没有任何预兆的罕见的暴风雪突然席卷了柴达木盆地。通信兵的临时营地遭到致命的扫荡。八个女兵落脚的那顶帐篷被烈风连根撅起，随风在地上没有方向地滚动着。最初女兵们双手死死抓着帐篷不放，跟着旋滚的帐篷奔跑了百十米远。后来，暴风雪越来越猛烈，帐篷渐渐离开了地面，旋在空中。有的女兵实在难以抵抗如刀似剪的暴风雪的残忍摧残，不得不松开紧攥着帐篷的双手，被撂在荒郊野滩。有三个女兵仍然死拽着帐篷没松手，被暴风雪拖出好远好远……

次日，暴风雪缩回到祁连山的某个洼处。青藏高原又恢复了那惯有的寂寥，可怕的死寂。静得连远处羊儿啃草的声音仿佛都可以听得见。战友们和当地的牧民含着悲痛的热泪寻找八个女兵，终于在离驻地十多里远的山沟里找到几具女兵的遗体，还有三具遗体始终没有下落。找到的遗体中，有的女兵手里还紧攥着电话线，有的脚上还扎着脚扣，有的还握着帐篷的一个角。特别让大家心疼又感动的是，一个女兵的怀里还紧紧地抱着一面国旗，国旗已经被撕扯得破烂不堪，那几颗金黄的五角星赫然犹存，她们至死也舍弃不下崇高的信仰！八个女兵就这样远行而去，然后经久不衰地站立在世界屋脊上——从此，她们遇难的那个无名之地，就有了一个美丽而又温馨的名字：南八仙。

……

此刻，竹子的生命已经被高山反应蹂躏得即将走到尽头了，她为什么突然提问起让自己听了心情难受的南八仙这个地名？推测，她也许并不知道自己已经躺在南八仙冰冷的怀抱里。我记得有一位高僧说过，人这一生向往什么追求什么，也许始终未果。但是他们不会轻易放弃，即使生命的最后时刻，他也要找到最初的那个他自己。初心最清白干净，如同水回到泉里。在刘刚讲南八仙的故事时，竹子就向往那个诞生八个女兵故事的地方了。这样伟大的女兵，过去怎么就没听说过？是的，总有一些闪光的生命往往被人们忽视。就像我们的生活中总会有许多值得珍藏的回忆，最后却在石头缝里鲜活！可以推想，这一天，竹子在冥冥之中会感到自己走近了八个女兵。从老家出发的那天开始，她就一直惦念着这个曾经只在想象中见过的南八仙，于是她就不由自主问了司机一句：“这是什么地方？”后来小毛回忆说，竹子被高山反应折磨后，一直是闭着眼睛痛苦地呻吟着，只有在她问起南八仙这个地名时出奇地睁了一下，然后就永远地合上了！

八个女兵以及竹子，可以说她们同为青藏高原的过客，不过都是落地生根的过客。这九个女子在同一个异乡怀着相同的梦想注定要相遇相知相惜。她们确实已经筋疲力尽了，但是她们会使活着的人的明天更像明天。

对啦，我险些漏说了司机小毛后来给我讲的一件事。这是让他今天回忆起来仍然幸福着的事。人一生有些幸福或者说这幸福还没有实现时只在心里甜蜜着，保不准这只是一瞬间的事。那是竹子在闭眼之前的大约一个小时，她意外拉起小毛的手，吐字不清地连连说着一个字：“嫂，嫂……”机敏的小毛马上就明白了是怎么回事，赶紧把嘴贴近她的耳门叫了一声：“嫂子好！”竹子听后唇边浮出浅浅的笑容，将手从小毛的手里抽出又放在了另一只手上，握了握便慢慢地远走了……

从峡东车站接上竹子后，小毛就亲切地喊她嫂子，第一天这么叫，竹子呢，还有点不好意思，便纠正说：“事情还没办呢，先把嫂子两个字放在心里，等婚礼完毕后再叫，现在我就是你姐，叫姐我习惯！”谁会料到在奔往“嫂子”的路上出现了不测之事。此刻，竹子似乎预料到了事情的悲惨结局，便让小毛喊她一声嫂子。这既是对热心肠小毛的安慰，更是给未婚夫刘刚的一个交代。

“嫂子，你会好的！真的，你会好的！”小毛握住竹子的手，这声嫂子叫得好沉重！他的眼泪像散了的珠子，落到竹子渐渐冰冷的手背上……

南八仙的天空蔚蓝蔚蓝，蓝得让人觉得这个世界洁净得没有声音了。竹子如果是一只燕子，她在蓝天下飞翔，那将是青藏高原一幅多么无与伦比的绝美图景！其实，不必这样想象，竹子比燕子更美，更富有梦想。在祁连山的这边，昆仑山的那边，在更远的高处，还有更美的一幅画面正在悄声地开放！

梦是满天星，黎明到来前，融入晨曦。

司机脱下皮大衣，轻轻地盖在了竹子的身上。之后，这件军大衣上又压上了一件蓝色大衣，道班工人拿出了不久前妻子从内地寄给他的大衣……

大地很静，很静。正是八个女兵躺在大地怀抱里时，那种可以听到牛羊啃草的声音的安静。唯两件军民合而为一的大衣未停止呼吸。抵达昆仑山的途径是多样的，竹子穿着这两件大衣肯定会走到刘刚身边的。那是她新生的两只翅膀，可以飞翔到任何一个她要去的地方。这时竹子安静地躺在道班房里，她的胸脯似乎还在微微起伏着。这让我再一次感受到落雪无声的意境。

深情，含蓄，饱满的生命！

这个时刻，青藏高原呈现着旷世的俊美。满天跑着白云，阳光被挤成一道窄缝。

这个时刻，我要站在高高的祁连山岗，只想望一个人的影子。

救命的医生还是赶来了。可是已经无命可救了。这是道班的另一位工人特地拦便车到大柴旦镇请来的医生。寒冷的冬天，荒野上仍然有照亮他人前行之路的亮光。大柴旦镇当时是柴达木的首府，一个不足2000人的小镇。一位老中医，哈萨克族，茂密的银须蓬住了上唇，目光是从眼镜框的上方射出来的，那种慈祥、温馨仿佛挂在嘴边，随时会喷散开来。他问了问竹子的病情，又摸了摸脉象，摇摇头："我无能为力，就是早一点来我也没得办法。病人早在几天前就患上了感冒,再加上高山反应,十有八九命是保不住的！"说罢，他把两件大衣又给竹子盖在身上。

老医生随口念了几句顺口溜："早上患感冒，晚上转肺炎。来日肺水肿，赶紧写遗言。"看来这几句顺口溜在高原上流传很广，角角落落都能听到。老医生在说这番话时显得十分惆怅，无奈，眼里飘着按捺不住的泪花。

小毛后来对我说:"爱是艰难的，尤其在青藏高原这片缺氧地带，培养一棵爱情苗儿是要承担风险的。这，刘刚和竹子不可能不知道，但是他们依然深爱着。竹子千里迢迢奔向高原，刘刚望眼欲穿地盼着竹子早一刻投身到他的怀抱，他们急不可待地希望快点，再快点，种子快点长出苗儿，苗儿快点结出果实！"

作为团政治处组织股具体分工管婚丧嫁娶的办事员，我和营部军医急三火四地赶到了南八仙。这已经距离出事后三个多小时了。所见惨不忍睹，让我们目瞪口呆。竹子僵硬的遗体停放在道班房后面的工具室里，她的脸上呈现着微紫透黄又见黑青的冷色。这是我揭开蒙在她身上的那两件大衣后看到的。我在抱起她的身体搬动到汽车座位时，似乎感到了她身上微弱的热气传递到了我手上。这是她留给她的恋人最后的体温吗？可是刘刚不在她身边，何时能赶来，赶来后这体温还能不能久留？很难说！于是我先替刘刚接收了。我下意识地将她的身体靠近了我的胸部，我心甘情愿替刘刚回报了一个男性的体温。这是竹子在人世间得到的最后的温暖。我知道她是不甘心就这样告别这个她心爱着的世界的。只一步之遥，却成了万里险途。原来死亡也是如此地神秘难测！

刘刚呢？

他并没有告诉竹子，也许有意要给她一个惊喜才暂时瞒着她的。但是竹子绝对能想象得出那间婚房被刘刚捯饬得多么温馨，具有特色的简朴才更显得温馨！谁说不是呢？在昆仑山下，格尔木军营的某个并不起眼的角落，刘刚布置好了自己的婚房，自然房间不可能大，但是照样能拾掇得干干净净并且还飘散着香美。香美？那是刘刚探亲时特地托人从北京王府井百货大楼买来的花露水。当时刘刚把花露水在竹子面前一晃，有点神秘地说："现在不给你用，到了你成为我媳妇的那一天，洒你满身，香醉看热闹的人，让他们闻着香气美死去！"竹子回应了他一个傻笑，说："还没等人家美呢，先把你美死！"竹子就一直盼着"美死"刘刚的这一天早些来到。当然，那天刘刚还说了，新房应该布置得有高原特色。可是，高原特色是什么样儿呢？他俩额头碰额头地想了好久，还是刘刚想出了招。他说："亲爱的竹子，我思谋来琢磨去还是把格尔木的胡杨树请到咱们的新房里来吧！"竹子问："就是你让我读的那篇散文里的那种树，千年不死，死了千年不倒，倒了千年不朽？"刘刚说："让你说着了，就是它！"竹子又问："格尔木城里长着胡杨树？"刘刚笑笑："在城郊，30多里地有片胡杨林，原始胡杨林，一眼望不透的树丛。"

他俩就这样作出了决定：采一束死不了的胡杨枝装点在新房里，让这顽强的生命在他们的心里悄悄发芽。

竹子没有走！她隐藏在刘刚的身体里。也可以说，刘刚藏在她的身体里！

此刻，我站在竹子的遗体前，心里涌满对她的同情，一种难言的委屈之情，当然更多的是替竹子委屈之后萌发的敬佩。这样的女性谁能不敬佩！我不由自主地想到了往事，心里针刺刀割般的难受、伤感。就在我抱起她的遗体挪动时，沉重的自愧咬着我的心。我们都好好地活着，她怎么就走了呢？我真的不如她这么勇敢、豪气。为了追到她爱的人连命都搭上了！这是一个多么了不起的女孩！是的，她还是个女孩。不是吗？她有一百条一千条理由把刘刚拽回老家去完婚，在那里任何一个小饭馆举行婚礼都不会比高原条件差，而且风平浪静，不会让人提心吊胆地颠簸吧！自幼在老家那里连个遮眉挡眼的大土包都少见的女娃，当然明白自己独身出远门且要翻山越岭地闯荡世界屋脊，能不是“玩命”吗？“玩命”二字是刘刚和她商量在高原举行婚礼的信上写的，自然是一句调侃的玩笑话了。沉浸在幸福蜜罐里的恋人开玩笑是不讲究措辞的。写信人和读信人都把这话当成了开心的玩笑。谁能想到它竟然应验了。但是不可否认的是刘刚用“玩命”这个词开玩笑，那是提醒竹子要认真对待这次高原之行，起码要有吃苦的思想准备。不就是吃苦吗？从乡下柴门里走出来的女娃把吃苦当成喝凉水，渗一渗牙根罢了。他和她都不愿往深处想，想它干吗呀，眼睛一闭就挺过来了！不信还真会有过不去的火焰山！玩命？万分之一的概率，太小太小！所以，从某种意义上说，从开始上高原那一刻起，竹子就把生命掂在手里了。她绝对不想扔掉生命，而是要牢牢地攥紧它，唯恐丢失。那是属于两个人的生命呀！所以，正是她比刘刚更坚持要把婚礼放在高原举行。她不是要向别人张扬什么，这个荒凉的莽野确实没有几个人会看到他们的婚礼，给谁张扬啊！是刘刚在和她商定在哪里举行时说的一句话刺痛了她的心，好疼好疼，她会终生难忘：“那是一个女人不去的地方，即使去过一些女人也待不了多久！可是，没有女人这个世界哪儿还会有色彩，还算完整的世界吗？”刘刚还给她传递了曾经发生过的这样一件事：四年前，青藏公路通车后，修路的民工纷纷要求回内地老家结婚生子或孝敬老人，筑路总指挥慕生忠将军一再动员大家把媳妇或未婚妻带到格尔木扎根落户，即便这样，仍然有不少民工跑回家了。当时老将军说了一句石破天惊的话：“格尔木这个地方，没有女人是拴不住男人的心的！”竹子的心震撼了，她拍着发疼的胸脯对刘刚说：“我就要在这个女人不去的地方，和你组建一个家庭！哪怕这个家在那里只存在十天半个月，那也是把女人的气息留在荒原上！”

要为莽原设计美景的乡间女孩，彻悟世间，净了昆仑，怎能不让人敬慕！

这时，我的目光重新落在竹子的遗体上，看上去忽然觉得她比活着的时候还要安静、优雅！毕竟我是自己安慰自己，她活着时我何时见过她！但是，毕竟再有两三个小时我们就能见到刘刚挽着她的臂膀进洞房了！为什么不能提前想象嫂子的容貌呢！真的，我总觉得竹子并没有离开大家！

近在眼前，为什么遥遥无期？她始终没有走到她一心想去的格尔木的那个军营……

……

刘刚还在哭，那哭声惹得我们都在流泪。我确实记不得他是怎么来到南八仙的，什么时候来的？噩耗传到格尔木时，我们政治处的人像被恶人抽了一闷鞭子，全傻呆了。怎么会发生这样的事？大家不得不暂时先瞒着刘刚，好像谁最先把这个噩耗告诉他，谁就是罪魁祸首。难道谁瞒着他谁就立功了？反正怎么做都不合适。当时刘刚正在新房里忙着收拾他们的床铺，那床单怎么铺都不对劲，印在床单中间的鸳鸯总也放不到床铺的中央。都因为是两个单人床并成的双人床，不规则嘛！他傻呀，都什么时候了还逮着鸳鸯不放……

可是，刘刚还是知道了一切，他什么也没问，从小车队要了一台车就紧三火四地赶到了南八仙……

谁也无法不让他哭，他哭得撕心裂肺的绝望！那哭声就像挂在山腰的一朵含足雨水的云朵，来一阵风立即就会落下一场暴雨，把祁连山淹个淋头浇脸。刘刚抱着竹子渐渐冰凉的身体，像一头怒狮一样狂跳暴叫。许久许久，他才稍稍安静下来，边哭边字不成句地喃喃自语："我的竹子呀，亲爱的竹子，你是怎么啦？为什么不睁开眼来看我一眼，叫我一声刚哥！我是你的刘刚呀，就是你写信时那个'亲爱的刚哥哥'。自从认识了你以后,你对'你的刚哥'那份感情，对高原的那种向往，让我抵挡了多少浮躁和诱惑，你多次说过你要随军到高原给我当'后勤部长'。可是，你为什么转眼就把我撇下自己远走了呢！没有了你，我怎么活呀！我把咱们的新房都拾掇好了，站立在我们新房的窗口就能望见昆仑山，这是你一直向往的呀！我亲爱的竹子，你睁开眼睛看看我吧，再叫一声'我的刚哥'……"

平时寡言少语的刘刚，在这个失去了他亲爱的竹子的时候，突然变得多言善说。他边说边哭边跺脚捶胸，他的声音已经嘶哑得快破裂了。他抱起竹子，摇着她的身子呼喊着，仿佛要把整个祁连山摇醒才罢休。可是这个世界已经沉睡，身单力薄的他是摇不醒的。我可以相信的是，荒原上的每棵小草都被他摇得流泪。我从来没有见过人和草这么伤心地哭叫，铁石心肠的人看着也会心疼！回头望一眼吧，沙丘上的胡杨树也要长成忧伤树了！

茫茫人海，不是所有失去的事情都能唤回。人死如灯灭！

当晚，汽车把竹子送往格尔木。路上，柴达木六月的冷风吹拂着死寂的原野，风带着红柳的一颗种子也许还在石头缝里活着。刘刚一步不离地守在竹子身边。他停止了哭声，只是不错眼珠地看着竹子的脸。竹子的脸上盖着一条手绢，是那种军营里战士使用的绿色手绢。我确实没有看清是谁盖的手绢，但是可以肯定那是司机小毛所为，我们这里就他一个战士。刘刚没有动竹子脸上的手绢，她睡着了，让她安静地休息一会儿吧，不要惊动她。他只是一言不发地握着竹子的手。当时天已经黑了，夜幕从车窗玻璃上徐徐滑下。刘刚小声地对我说："咱们赶路吧！"我明白他的心思，是要早一点到格尔木，毕竟那里有部队医院，说不定竹子还有起死回生的一线希望。那里是昆仑山，昆仑山的夕阳很壮美，竹子早就听他描绘过，夕阳可以唤来日出！

戈壁，草原，河流，急速从车窗掠过。

格尔木的灼灼灯光终于跳上了车窗玻璃。我闻到了夜风里卷来的察尔汗盐湖的咸味，它是中国西部最大的内陆盐湖，它抖动起来全中国都能尝到沁心的美味。它静卧在昆仑山下，一刻也没有停下来喷涌卤水。它发誓要把内心的盐撒在东南西北四个方向，让四季和节气流溢出芬芳。那么竹子呢？请你伸出舌尖舔舔盐湖的味道，它今天的这一刻是专为你而存在的！汽车驶进盐湖中的一条便道，车子摇煤球似的颠簸起来。刘刚说："竹子身体虚弱，经不起这样摇晃。"司机便换上低速挡，小心翼翼地放慢了车速。仍然有些颠簸，刘刚让竹子的头枕在他的腿上，软软的，竹子会好受一些。他还不时地拍拍竹子的胸脯。

汽车过了盐湖不久，车子转了个"S"形大弯，驶进了格尔木。这时天空飘起了雪花，六月雪。今夜，这大片的雪花会把昆仑山的冰雪砸得粉碎！汽车驶进营门后，我看到许多战友都默默地站在路边等候。刘刚没有下车，站着的人也不动。过了一会儿，刘刚才慢慢腾腾地下了车，我们政治处的高主任上前抱住了他，两人都无语。停了一会儿，刘刚才放声大哭。高主任用衣袖给刘刚擦去眼泪。

刘刚是怎么从汽车上下来的，我记不得了。后来有人说，是高主任和两个同志抱着他下车的。为什么要三个人抱？因为他怀里还抱着竹子。没有人不理解刘刚，他的身体里永远会住着一个女人的。他们谁也离不开谁！

刘刚和我们精心布置的那间婚房，就成了竹子的最后归宿之地。这自然是刘刚的意愿了。他说："竹子要在这个家里住上三天，我再送她回娘家。"这是我们老家的乡俗，新媳妇回门。可是娘家？高原上有她的娘家吗？我们都想问问刘刚，可谁也张不开口。当晚刘刚陪竹子到 12 点钟才离开，他就那么一直拉着竹子的手。我们离开新房之前，他说："你们都回家休息，我要和竹子单独说说话。"他这话像针一样戳在了我们心上。他一说完泪水就盈满了眼眶。

那晚，刘刚到底给竹子说了些什么，我们一直想知道却无法得知。夫妻间的私房话是进不了别人的耳门的。他的私房话出唇的时候，她已经出了远门。想必她也会听到的。她把悄悄话从一座山带到了另一座山，压在心底下，有意让它找不着回家的方向。这样就成了永远不会消失的悄悄话！

次日，第三天，刘刚依旧都会陪竹子到夜深人静。她孤身一人要上远路了，高原路上风硬雪吼，他要给亲爱的人嘱咐的事情太多太多。临行前，夫妻间总会有说不完道不尽的话。一次，他陪竹子从新房出来，怎么也迈不开脚步，回头一看，满天的星星簇拥着他。有一颗最亮的星，他认定那就是竹子，仿佛听见竹子呼唤他的声音："刚哥，快拿出你的笔，给我写几句知我疼我的话！"他猛地一转身，一张跟竹子一模一样的脸浮现于眼前，他揉揉眼睛正要细瞅时，不见影了……

他跑上前双手相握，不想抱住了一怀的星星！

到了第四天，吃罢早饭，刘刚送竹子回娘家……营房对面的山坡上，那是刘刚为竹子选的墓地。他说那里就是竹子最后的家，也是她的娘家。他要送她回娘家。他告诉战友们，这些天夜里他陪竹子就是和她商量在哪儿给她安家的事。他说竹子托梦告诉他：“刘刚，我的丈夫，我的身子上路了，心还留在昆仑山。我不能无家可归。躺在军营对面的山上，可以天天听见军号声，看着你起床、出操、上班。我踏着军号声，和你走在一起。能看到你的地方，就是我的家！”竹子说得对，她千里迢迢来昆仑山，不就是为了成家、安家吗！

我，还有刘刚的所有战友，此后好长一段时间都没有勇气走进我们为竹子布置的那间婚房。在拾掇好新房的那一刻，我们原以为幸福就可以掷地有声地降临在昆仑山的军营里，一个新建的高原家庭就会诞生。新娘新味醒昆仑！谁会料到，新的故事刚刚开始，悲惨的结局就抢先一步占领了新房！

我们期盼的是昆仑山彩虹，为什么送来的却是一场六月的冰雹？

此刻，蒙在竹子脸上的那块薄薄的军用手绢，把这位没有成为新娘的“军嫂”永远隔在了另一个冰冷的世界里！

掩埋了竹子后好长一段时间，我们都没有见到过刘刚。营门的哨兵告诉我们，刘刚每天执勤回营后，都要去对面山坡上竹子的坟地探亲。一堆黄土，几枝红柳摇曳在坟头，这分明是竹子正在轻轻梳理着她的秀发。刘刚双手剪在身后，静静地站在竹子坟前，站着，与大自然共时共生，倾听微风掠过和流水滴过的声音，遥看雪山，冰岭依旧，这样似乎能听到竹子的呼唤。之后，他不停地踱步。能看得出他无法丈量出昨天和今天的距离。但是，他要努力地缩短这个距离。昆仑山太空旷，竹子初来乍到，她还不习惯在这样的环境里落脚。刘刚要陪她一些日子，直到昆仑山那些先于她躺在陵园里的高原英灵，认可她正式成为他们之中的一员后，他再离开她！

她消失了，应该让她长久地出现！

这天，我找到刘刚，小心翼翼地提出要为竹子建立一份档案——准确地说应该是“死亡档案”。可是，我实在说不出“死亡”二字。我做这件事完全是个人行为，与我的本职工作无关。这出于我对战友的情分和怜悯。当然，还有很重要的一点，是我对竹子的钦佩。一个身单力薄的乡间女娃，跋山涉水上高原，在昆仑山下的军营里安排自己的终身大事，如果她的身体里没流淌着热爱军人的热血，谁会相信呢！但是，要为竹子做一份档案，我左右为难谁都可以理解。她不是军人的妻子或子女，她仅仅是一位从农村来高原准备完婚的女娃娃。她进入不了军营的死亡档案，就意味着无法享受军队的有关待遇。我提议要建立的这份档案充其量是一纸空文，只是可以让刘刚,还有我们这帮见证了他和竹子这场未走进婚姻程序的“军婚”，有个也算“完满”的结局。大家在心里记着这位只能永远站在军营大门外观望自己心上人的未婚女子！她确实是值得我们每个军人疼爱的“军嫂”！如果昆仑山阳坡上只有一朵雪莲花开放，我确认那是献给竹子的！

我要建立档案的设想，刘刚并不认同。

“我的心里像钻进刺猬一样发疼，让该结束的尽快画上句号。可是我做不到。也许句号画上了，我会更加痛苦！在今后相当长的一段时间里，我不可能忘掉我亲爱的妻子竹子！”刘刚说这番话时没有眼泪，但是我知道他咽进肚里的眼泪太多太多！这种无奈，与其说他是在摆脱痛苦，还不如说他是在痛苦中挣扎更为确切。

我理解刘刚，对他说："竹子进了咱们军营，按乡俗她就是属于你的人，也是属于我们的嫂子了。我们以后就叫她竹子嫂。"

我绝对出于真心，不是为了安慰刘刚。

"你和我都有今后，她呢，她的今后在哪里？"稍顿，刘刚又说："这样吧，我也想了好些天，我们还是做些实实在在的事情吧，在昆仑山里给她安排一个名正言顺的家，毕竟她下了那么大的决心要在这里安家。我们给她做一个墓碑，算是门牌号，她就有了户口！"

我们满口答应。世事的公平或不公平，我们不能抱怨太多。现在我们要尽量做到的是，让刘刚感到这个世界对自己不亏欠或亏欠的不多。我们政治处的几个战友在高主任的带领下，都忙着给竹子嫂操持家。墓地是刘刚已经选定了的——就在离昆仑烈士陵园约200米的一个向阳山坡上。她入不了烈士陵园，那就遥望着烈士们吧！刘刚说："如果我能一直在高原干下去，到老。那么我就把坟地选在陵园内与妻子不远的地方，她望着我，我也能看见她。我们从来没有离开，一直就这么近又那么远！"他说这番话时一直咬着嘴唇，不想让眼泪落下，但最后还是流下了伤心的泪珠。

竹子嫂躺着的那个山坡顶端，就是终年积雪不化的山峰。为做墓碑，我跑了格尔木的角角落落，才跑来一块柏木板。你以为呢，能那么容易吗？20世纪60年代初，几乎寸木难见的戈壁荒滩，更不会有多少树了，别说松柏树。格尔木用的一根钉子一块砖瓦都是从内地运来的。可以想象得出，能用什么材质给竹子做墓碑呢！我们几个小青年为了能从汽车修理厂木工房跑来这块柏木板，好话说了一箩筐，就差作揖磕头了。那个老木工知道了我们的苦心后，帮我们把柏木板刨得光溜溜的，跟石质一样耐看耐用。墓碑上的字自然是刘刚来写，他胸有成“竹”，提笔就写下一行字：十八岁的竹子，永远的格尔木人！

只是，他爱得太深沉，提笔的手颤得像旋风，写下的“竹”字歪着，快倒下了！

我长久地默诵着这块墓志铭，终于读懂：这里没有死亡，竹子永远是十八岁！

刘刚跪倒在墓前，抚抱着墓碑，满眼泪水。随即，他从一丛红柳上摘下一枝，放在墓碑上。有些美好独处时才能享受。此后，刘刚常常抽空，静静独坐在竹子坟头。

不是用死亡去祭奠一种死亡，那枝红柳会落地生根！

飞吧，英雄的三十号车！

——记“雷锋式的战士”汪龙兴

（窦孝鹏　王宗仁　著）

在茫茫四千里青藏线上，人们热情地传颂着汪龙兴的名字和他创造的先进事迹。

共产党员汪龙兴是总后勤部某汽车团九连三十号车的第五任驾驶员。他和他的战友们开着三十号车，在“世界屋脊”上安全行驶了 57 万公里，其间，没有进行过一次的全车大修。按照青藏线的修间里程计算，这将延长十个大修里程。现在这辆车依然飞奔在高原上。1978 年 3 月，总后勤部党委授予汪龙兴“雷锋式的战士”光荣称号，以表彰他为革命开车，为人民爱车的先进事迹。

不久前，我们采访了这位普普通通的战士。在和他的交谈过程里以及翻阅他的日记的时候，我们多次发现了这样一句话：“宁肯人吃千般苦，不让车受半点损。”这句体现对革命工作认真负责的话，像汪龙兴本人一样，朴实无华，但它确是从心底里迸发出来的革命战士的最强音。

下面记述的是汪龙兴同志爱车的几则故事，就让我们从中去咀嚼、品味这句话吧！

爱车爱到心坎上

1971年秋，汪龙兴还是一个刚脱离保险，单独开车才满一年的新驾驶员。他文化程度不高，上完高小后，在生产队劳动了四年，1968年来到了部队。连里的领导对这个贫农的儿子、年轻的共产党员很了解，他虽然喝的墨水不算多，但却有一股拼命钻的劲头，政治上、技术上进步都很快，他的性格虽然有点蔫了巴唧，但政治责任心却是很强的。因此，党支部决定把34万公里无大修，在当时被大家称为“红旗车”的三十号车交给他开。

开过交接车大会以后，汪龙兴心情很激动，感到这是党对他的信任。他也知道这台车已到了它生命的后期，而且随着时间的推移，车子只会越来越衰老。自己能否为这台“红旗车”锦上添花，使它为人民再立新功？严峻的考验正等待着他。

开始几次出车，连长惠树彪坐在汪龙兴的车上，心贴心地给小汪讲解为革命爱护车辆装备的道理，并语重心长地说：“小汪呀，三十号车的行程不是一帆风顺的。1962年，我国工人阶级在毛主席‘发愤图强、自力更生’的战斗号召下，打破了苏修对我们的技术封锁，造出了这批‘争气车’。三十号车的前几任驾驶员，开着它在中印边境自卫反击战中立过功、受过奖，在支援西南边防的斗争中披过红、戴过花。现在这台车交到了你的手上，党支部相信你一定会用全部的热情爱护它，使用它，让它继续为人民服务！”

汪龙兴激动地向党支部表达了决心。他坚信：人的积极性是可以转化成巨大的物质力量的。他把这种积极性归结到一个“爱”字上。

在九连，同志们都说汪龙兴对三十号车爱到了心坎上，有时甚至入迷了。你瞧，数九寒天，青藏高原“飞起玉龙三百万，搅得周天寒彻”，温度计上的水银柱缩到了零下 30 摄氏度，冻得人牙齿捉对儿打架。驾驶室里冷得像个冰窖。汪龙兴急忙脱下自己身上的皮大衣，披在汽车的水箱上，好像是钢铸铁制的机器向他叫冷了似的。盛夏，在戈壁滩上行车，顶着火辣辣的太阳，驾驶室里简直像个蒸笼，人坐在里边嗓子眼里直冒烟，满头大汗。可汪龙兴舍不得喝一口水，却把水壶里的一丁点水，底儿朝上地倒进了汽车水箱。长途运输，往往是拂晓五点马达响，夜半三更才宿营。但每逢到站，不论天多晚，人多累，他都要先找些清水，擦洗汽车，然后才进食堂吃饭。他常常把自己弄得身上满是油泥，汽车的里里外外却被擦洗得干干净净。这样，他才吃饭吃得香，睡觉睡得甜。

不管是谁，若是把三十号汽车碰一下，他都不答应。有一次，连长替他开了一段车，途中遇到一个不太大的水坑，连长没有减降车速通过，也没有绕行，而是让车轮从水坑里压了过去。结果，泥水溅到了汽车上。他心疼万分，神情严肃地说道：“大坑慢，小坑弯，方向盘稍微一转就能绕过去，为什么图省事，非压过去呢！”接着，又给连长讲了一番道理：“这样做，容易颠坏钢板，水溅在汽车上，容易腐蚀机件！”

这些道理，平日里是连长经常性讲给大家的，现在他却拿出来讲给连长，可见上级的要求确实在他心里深深地扎下了根。连长诚恳地接受了小汪的批评，还在全连大会上多次讲了这件事，要求大家向汪龙兴同志学习。

这台“红旗车”几乎把汪龙兴同志的脑海占得满满当当的，什么家庭问题、个人困难等，都甭想插进去。就拿探家这件事来说吧，也常被他挤得排不上队。领导多次问他：

“汪龙兴同志，你安排一下，准备探家吧。”

“哪里顾得上呢！”

“可是你已有两年没探家了。”

“那……”汪龙兴想起，在万恶的旧社会，父亲常年给资本家晒纸，母亲给地主浆洗衣服、种地，两位老人日夜操劳，还难得温饱，哪里还有什么“家”可言！中华人民共和国成立后，全家人才翻身过上了好日子。由于父亲在旧社会积劳成疾，1959 年汪龙兴十岁时就去世了。是党的阳光温暖着他们孤儿寡母的心，抚育着他长大成人。如今，家里只剩下年迈的母亲和结婚不久的爱人，应当回去看看她们。可是，他放不下三十号车呀！

为了解决这个问题，这几年，小汪的探家时间有点规律性了——不是冬训期，就是夏训期。因为这时候，连队暂时从路上收车回营房，进行整修。不跑车了，汪龙兴才放心地回家探亲。其实，说放心，又不放心。有一年冬训时，小汪先把自己的三十号车保养好后，在领导的再三督促下，才回四川老家探亲。在这次假期的末尾，正赶上过春节。看着农村节前的欢乐气氛，汪龙兴想起了远在千里之外的莽莽昆仑山下的连队。心里琢磨：春节一过，车队就要开始今年的第一次执勤，自己过完年再归队，虽然超不了假，却赶不上连队出车了。我的三十号车怎么办……

想到这里，他急急忙忙找到母亲，说：“妈，我要回家去！”

母亲不解地问："回家？你不是已回到家里来了吗？"

"不，我要回部队去。"

"回部队？再有五天就要过年了，你参军后很少回家过年，这次好不容易赶巧了，你……"

汪龙兴耐心地说："妈，我也愿意在家过年呀！全家团聚当然好，可我的汽车却孤零零的……"

母亲疼爱地埋怨着他："你心里有了车，连亲人都忘了。"

小汪说；"不是有了车，是有了革命。正是为了亲人，我要把革命放在前头。"

就这样，汪龙兴说服了母亲，在春节前五天告别了乡亲。在火车上，大部分旅客都是赶春节前回家过年去的，唯有汪龙兴却行色匆匆地从家里出来奔向工作岗位。是一种比眷恋家庭更强烈的感情，促使他向另一个吸引他的目标奔去。

在欢庆新春的爆竹声中，汪龙兴正好赶回高原。两天后，他就开着心爱的三十号车，跟随全连浩浩荡荡地踏上了征程。

为了使汽车不得"肠胃病"

在汪龙兴的眼里，汽车不但是有感情的，而且简直成了有血有肉、有肠有胃的活家伙。"人吃饭喝水不注意就可能得肠胃病，别看汽车是钢肠铁胃，不注意也会得肠胃病。我们宁肯人吃千般苦，也不能叫车子受半点损呀！"汪龙兴说。

这是青藏高原一个风沙弥漫的下午，汪龙兴开车路过海拔 4000

多米的风火山。青藏高原上的地势有个特点，就像人们常说的："远看是川，走近是山。"漫长的山坡路，汽车行驶起来特别费劲，水温表上的指针很快就指向 90、100，不一会儿，水箱里冒起了白气，"咕嘟咕嘟"开了锅。水蒸气在挡风玻璃上罩了一层迷雾。为了使水温降下来，就得给水箱加凉水。远途运输，每台车上一般都带有一桶备用水。但是像今天这样遇上了翻大山或兜屁股风，发动机温度容易过高，一桶水根本不够用。汽车在缺水的情况下行驶，会严重损伤发动机。

汪龙兴把车停在路旁，拎起扁桶，下到公路边的山洼里去找水。他走呀，走呀，好不容易发现了一个水坑，坑里的清水一眼望到了底。但汪龙兴却没有立即往桶里灌，而是自己先尝了尝。哟！味道又苦又涩，是盐碱水。有的驾驶员开车，遇到发动机过热，只要见到清水就往水箱里加，哪管它是啥味道哩。汪龙兴思量着，人喝了盐碱水要得肠炎，发动机加了这种水，固然也能降温，但时间长了，却会腐蚀机件，缩短发动机的寿命。

汪龙兴毅然离开这个好不容易才找到的水坑，迎着凛冽的寒风，又艰难地向前找去。高原空气稀薄，走起路来非常吃力。风沙飞扬，打得人抬不起头，睁不开眼。他每见到一个水坑，都要尝尝。沙地上那长长的两行脚印，曲里拐弯，越过一道山沟又一片戈壁，一直延续了 5 里多地，他终于在一个石崖下找到了淡淡的清泉水，他喝了一口，甜得沁心。他高高兴兴地灌满一桶，扛上肩头，飞快地向车跟前跑去。肩头上的水桶随着他飞快的脚步，"哗哗哗"地响着，好像在唱一支欢快的赞歌。但他额头上的汗水却不停地往下淌。汪龙兴肩上扛的是一桶清水，但里面蕴藏的却是他对汽车那大海般的深情。

这只是汪龙兴为汽车找水的一次真实的记录。八九年来，谁知他遇到多少次这样的情况！

司机们都知道，发动机里的润滑机油，好比人身上的血液。机油加多加少，也是有一定标准的。过多过少都不行。一天下午，汪龙兴正保养车辆，突然连里叫他去开会。临走时，他对副驾驶员小郃交代，“发动机里缺点机油，别忘了加！”他走后，小郃用油尺一量，发现只差半毫米。小郃想：差这么一丁点儿不会影响什么的，下班就回宿舍去了。汪龙兴开完会回来，一检查，机油还是原样儿，就添上了所缺的机油，然后跟小郃说，“人为什么得胃病？一个主要原因是不注意饮食。给汽车加机油，就跟人吃饭一样，一定要适量。加多了，容易增加曲轴旋转的阻力，影响发动机的动力；加少了，润滑不好，可能烧坏机件。所以发动机里的机油，一定要保持在规定的标准上。”小郃从半毫米油的差距上，量出了自己爱车思想的差距。同志们从汪龙兴不放过半毫米油的行动，看到了他为人民爱车的思想高度，都自觉地学习他这种一丝不苟的好作风。

高原风沙大，尘土多，如何不使沙尘进入汽车发动机的“内脏”，这是减少发动机磨损的重要一环。三十号车的前几任驾驶员从人戴口罩这件事上得到启发，曾买来纱布，给汽车的空气滤清器缝了个“大口罩”戴在上面。汪龙兴接过三十号车后，也接过了老驾驶员这种爱车的好思想和好作风。起初，他也给空气滤清器戴过一段时间的“大口罩”。后来，他想，戴“口罩”固然可以防沙挡土，但“口罩”上如果沾上了泥沙，就会影响空气的进入量，同样也不好。怎么办？靠勤清洗来解决这个矛盾。按上级规定，每行驶 2000 公里，要清洗一次滤清器，汪龙兴同志根据风沙多的特点，把定期清洗改成经常清洗。这样一来，他的工作量加大了，经常忙得不能按时吃饭和休息，但心里却格外痛快。

螺丝钉之歌

去年年底，团里组织有关技术部门对三十号车又进行了一次技术鉴定。检查结果：全车大件有百分之九十二保持了原厂原件，小件有百分之七十九保持了原厂原件。大家特别感兴趣地是，拆装过2500多次的空气滤清器也是原厂的，就连滤清器盖上那个蝶形螺帽依然使用着，已经用得锃亮。

啊，闪闪发光的螺帽，引起了人们的深思：看见它，大家怎能不想到全心全意为人民服务的雷锋，怎能不想到在雷锋精神照耀下成长起来的汪龙兴？他就是一颗不生锈的螺丝钉！人们不由得想起了汪龙兴常讲的一句话："要使每颗螺丝钉都充分发挥它的作用。"他正像爱护那个蝶形螺帽一样珍爱车上的每一个零件，尽最大努力延长它们的使用寿命，能用的就不轻易换掉，能用旧料的就不领新的。因为汪龙兴知道，汽车上3000多个零件，无论大件小件，都是人民的财产，都凝结着人民的血汗，司机爱车就是要从爱护每一颗螺丝钉做起，要从爱护每个零件做起。

我们对这种"爱护每一颗螺丝钉"的思想非常感兴趣，沿着他那留在万里征途上的深深的辙印，采集到了许多平凡而又感人肺腑的故事……

那还是汪龙兴成为正驾驶员不久的事。一天下午快下班了，他在安装起动机时发现固定螺丝少了一颗。哪儿去了呢？他地上、车上找了个遍，连个影子也没有。天已黑了，收工了，汪龙兴只得把没有装好的起动机放下，回连队去了。

吃晚饭的时候，他还在想着那颗螺丝。他仔细地分析、判断螺丝可能会丢在哪里：也许在洗机件时掉在了汽油里，倒进了汽油桶？也许落在地上，埋进了沙土里？也许到修理连修起动机时丢在路上了？也许……他努力回忆每一个细节，决心让这颗螺丝重新回到三十号车上，为那飞旋的车轮贡献一份力量。

吃过晚饭，离连队开会还有半个小时，汪龙兴匆匆跑到车场。他把汽车周围地上的沙土几乎筛了个遍，没有；沿着去修理连的路上走了一遍，也没有；最后，他挽起袖子，在洗油桶里一点点地捏着、摸着……呀，抓到了一个硬邦邦的东西，拿出来一看，正是那颗固定螺丝。这会别提他心里有多么高兴啊！

汪龙兴很快安上螺丝，装好了起动机。起动机飞转起来了，仿佛在唱着一支赞美的歌儿——螺丝钉之歌。

一颗螺丝钉小吗？不！如果没有用它来固定，起动机怎能转动？

还有一次，汪龙兴在保养车时，发现分电盘上的真空调节装置失灵了，拆开一检查，原来是里边的膜片破了。他跑了多次材料室，都没有找到这种膜片。用别的东西代替？却怎么也找不到合适的。保养车的时间只有三天，两天已经过去了，膜片还没配好。有人对他说："为这个膜片你已经费了老鼻子劲儿，看来没治了，干脆让材料室赶快设法买一个。"也有人说："在高原上行车，有没有膜片关系不大，不装它，四个轮子照样跑。"汪龙兴想，为什么要伸手向上级要呢？尽最大努力克服困难，决不当伸手派。

汪龙兴决心一定要设法修好真空调节装置。他一头钻进材料室的废旧材料堆里，翻呀，找呀，终于从一个废油泵上看到了一个膜片，卸下来比量了比量，大小合适，长短相当，薄厚一样，稍一加工，装上去就成了。分电盘又正常工作了。

汪龙兴爱护每一颗螺丝钉的精神，表现在他开车、管车的各个环节。汽车一丝一毫的毛病都逃不过他的眼睛。大家说他像一个热情而又细心的护士，对车做到了知冷知热。在行驶途中，每次停车检查，他顾不得擦拭脸上的热汗，总是先摸摸轴头、变速箱、差速器、发电机的温度，看一看机油、冷却水的液面，检查一下轮胎气压和承运物资是否良好。每次到了站，他不是先忙着扛背包、找房间、吃饭，而是想着汽车跑了一天，哪些机件应该清洁，哪些螺丝应该紧定，哪些部位应该润滑。正因为他如此精心爱护车辆，所以他对三十号车的“脾气”都摸透了，哪里有细微的变化都可以立即判断出来。有一次，助手正开着车，汪龙兴听到发动机的响声里夹杂着一种微微的杂音，他判断有问题，停下车，经过检查、修理，及时防止了大的机件事故。同志们都说：“汪龙兴观察汽车的毛病有一双火眼金睛，爱护汽车有一副慈母心肠。”他听后却笑笑说：“这没有什么奥妙，我们爱车就是要从每一颗螺丝钉爱起，熟悉汽车‘脾气’也要从熟悉每一颗螺丝钉做起！”

这话是三十号车第一任驾驶员赵炳彦说的，汪龙兴就是跟他学来的。赵炳彦讲这句话是 1962 年底，到现在已有 16 年了。16 年来，三十号车在青藏高原上不停地飞驰，这句话也一茬一茬地传了下来。

宁叫人吃千般苦

青藏公路上，冬春雪茫茫，夏秋水汪汪，天阴下雪一地白，天晴雪化一路水，有时在一天的行程中就可以经历四个节气的变化：冰路、雪路、泥路、翻浆路。在这样一条极其复杂的公路上行车，困难很多。有些困难，在内地来说不过是小事一桩，可是在这里你要战胜它，却要付出极大的代价。

在内地，司机一踩马达，发动机就起动了。可是，在青藏高原上，情况就大不相同。这里冬季气候酷寒、滴水成冰，水箱、发动机里的水根本不能存放，停驶就得把水放得干干净净，否则就会冻裂、报废。润滑油虽然不会结冰，但是在这种高寒气候的袭击下，黏度大大增加。

长期以来，高原汽车兵有个习惯，每天发动车前，都要在汽车的油底壳下生一堆火，使润滑油遇热慢慢溶化，发动机的温度逐步升高。这样，车子就好发动了。他们把这叫作“烤车”。天长日久，“烤车”便成了一条不成文的规矩。在爱车工作中善于创新的汪龙兴，对“烤车”这件事进行了观察、分析。他发现用火烤车虽然容易发动车，但害大于利，火烤以后，机油变质，失去了润滑作用，时间一长，会使瓦片上的合金脱落，造成机件过早磨损。

1971 年底，汪龙兴接过了三十号车以后，就毫不犹豫地推翻了“烤车”这条法规，改为用手摇柄起动车。自然，用火烤省劲，不需流大汗；用手摇，凭体力，要付出艰苦的劳动，一般要呼哧呼哧摇上半个多小时，才能发动起来。在天寒地冻、空气稀薄、海拔四五千米的高原上用手摇柄启动车，那种滋味可想而知。摇一次下来，浑身痿软无力。然而，汪龙兴想的不是个人的苦累，而是怎样爱护好车辆。“干革命就不能怕吃苦，越是吃苦的工作越应该抢着去干。大寨人让七沟八梁长出庄稼，大庆人在茫茫荒原上叫石油流成河，不吃大苦行吗？不付出代价行吗？我还是那句老话：宁叫人吃千般苦，不让车受半点损！”汪龙兴说。

一个隆冬飞雪的凌晨，唐古拉山区寒风怒吼，滴水成冰。人们用“风穿石头雪啃手”来比喻此地的严寒。这时，在山下的温泉兵站车场上，汪龙兴正顶着风雪紧张地发动着车。这里是在海拔4700多米的雪线上，气温零下40摄氏度。在这里，人们空着手走路都几乎喘不过气来。汪龙兴却紧握手摇柄，进行着艰苦的劳动。摇呀，摇呀……手摇柄在旋转，汗星子在飞溅……天气太冷，发动机里的润滑油凝固了，摇起来十分吃力。汪龙兴一个劲地摇着。半个小时过去了，发动机还没有起动。有人建议他用火烤或边打马达边摇车，他都不干。他说：“那样倒是能省点劲，可是机件要受损失，车子要吃亏呀！”这时,同志们伸出了友谊之手,帮他摇车。发动机终于“吐吐吐”地欢唱起来。

现在，在青藏高原上，大部分司机都坚持用手摇的方式发动车。大家认为，这种方法虽然在紧急战备情况下不宜过多采用，但平时这样做却大有好处，可以锻炼意志，可以延长车辆的使用寿命。

没去过青藏高原的人，都知道那里终年冰封雪冻，而我们的高原战士对党对人民的一颗赤诚的心却比火红，比火热，冰封无所惧，雪冻难阻挡！

汪龙兴就是这样一个浑身上下都散发着热能的战士。他把心窝里的热全都掏了出来，献给了汽车，献给了革命！

思想上的方向盘

红花在阳光下开放，阳光更使红花开得鲜艳，散发出异香。在汪龙兴飞轮驶过的崇山峻岭间，留下了多少他用毛泽东思想的方向盘统帅手中方向盘的动人故事！

毛主席在《中国革命战争的战略问题》这篇光辉著作里，教导我们对于别人的经验要“从自己经验中考证这些结论，吸收那些用得着的东西，拒绝那些用不着的东西，增加那些自己所特有的东西”。春风吹进汪龙兴的心里，久久地荡漾着。他想，高原的气候、地形、路况和内地比都有它特殊的地方，在这样一个特定的环境中开车，如果死搬别人的经验和书本上的规定，非碰壁不可。汪龙兴在高原行车中大胆创新，敢走新路，结合高原的特点，总结了行车、爱车的“新套套”。

汽车保养上有一条规定：每行驶2000公里，清洗一次空气滤清器。汪龙兴根据高原的特点，将定期清洗改为经常清洗。如果遇到特大风沙，就在途中随时进行清洗。根据同样道理，他坚持经常洗车，保持车容整洁。冬天，拉萨河上结了一层冰，楚玛尔河的水冰冷刺骨，他每次开车过这些地方，都要挽起裤腿跳下河去洗车。

车管部门对驾驶员有这样一条要求：每天出车回来后将机油粗滤器上的十字手柄要转动两至三圈，以便刮掉滤芯上的脏物。别看转这两三圈不费大劲，一般人却往往忽视它，做不到。但汪龙兴开三十号车的六年来，从没有落过一次。

汪龙兴还总结出了在高原行车的“三不开”和“三个一样”：春初秋末，青藏线上清晨的路面冻得叮当响，过晌软得像弹簧，这个时候的公路叫“橡皮跳”，要坚决不开“蛮干车”，做到好路和坏路一个样。夏季，青藏路上的气候比较好，容易放快车，要坚决不开“痛快车”，做到好天气和风雪天一个样。冬春季节，风雪多，气候恶劣，车子有了毛病往往懒得修理，这时要坚决不开“凑合车”，做到冷天和热天一个样。

这些“新套套”是用毛主席的哲学思想浇灌出来的“爱车之花”，它凝聚着汪龙兴刻苦学习毛主席著作的心血和汗水。

一天，全连的车队从昆仑山上的五道梁出发，超越长江正源沱沱河，直奔唐古拉山麓的温泉兵站。因为一天赶了两天的路程，所以到站后已是深夜12点钟了，吃完饭，时针指向了凌晨1点。指导员王邦才同志督促大家赶快休息，明天还要赶路。

这里海拔4800多米，空气稀薄，叫人胸闷难受，奔跑了十几个小时的驾驶员们确实很疲劳了，大部分同志很快就呼呼入睡了。过了一会儿，王指导员去查铺，只见六班住的房间一个角落里还亮着一支蜡烛。到跟前一看，原来是汪龙兴正捧着毛主席著作在认真学习。指导员心头一热，说：“小汪，时间不早了，明天再学吧！”

汪龙兴笑笑说：“指导员，雷锋同志说，毛主席著作是粮食、武器、方向盘。方向不正，车子就要掉沟里，我们不挤时间学不行啊！”

指导员翻开他的笔记本，只见上面写着：“雷锋同志说过：‘只要人听党的话，车子就会听人的话。’我要永远把这句话记在心窝。”

他望着这位普通的战士，似乎发现了什么，嘴里喃喃地说：“啊，这就是力量的源泉，思想上的方向盘！”